海馬龍

馬可波羅・600年前・人文遺産

上海三联书店

马龙 魏天一 著

自　序

马　龍

《海马龙》是一部献给历史、时代、真爱、人文的诚意之作。

当我在构思这部作品时，书写下的每一个字，都充满了兴奋与感恩。

海马龙是我脑海中刻骨铭心的一个形象，在精益求精地不断打磨下，它终于在艺术家的手中，变得生动又活泼。随着海马龙的出现，海马凤、艾琳娜也应运而生，成为表达真爱理念的三大人文艺术瑰宝。也是从那个时候开始，我在脑海中描绘起了和海马龙、海马凤、艾琳娜有关的故事。终于，有幸与读者见面，荣幸之余，又有了诸多期待！

我出生在海纳百川的大都市，城市的气度影响着我的见识；海边的成长经历，拓宽了我的胸襟。我生活的年代，是世界巨大变迁的时代，我的成长里，布满了时代车轮行进中的深深痕迹、感受着民族与世界的沧桑巨变，亲历着历史文明到当代文化精神的演变，当然，更重要的是，我感受着，无论时间如何更迭，从来没有变化过的是人与人之间对真爱的执着和守护！

这是我创作这部小说的初心。

我也希望，历史、时代、真爱、人文，能够在这个故事里碰撞、融合，最后成为一段扣人心弦的传奇。

有位名人曾经说过：一个没有历史的民族，不能从时间中得到拯救。而一个不懂历史的人，也无法从有限的时间里获得人生的启示。

《海马龙》作为一部考古博物题材的历史小说，叙述了一段源于600多年前的旅程，你将在这部小说中，看到马可波罗之前的远行，郑和下西洋的航行。经过时间的淬炼，历史的光芒，以人文精神得以传承至今，成为值得人类共享的财富。

而《海马龙》，也绝不是一部冷静旁观的历史小说。

时代的发展伴随着文化的多元化冲击，真爱理念在现实的风暴中偶尔迷失，如果这本书，最令人动容的笔触，那一定是注入其中的一股温暖人心的神秘力量，这股力量，就是穿越岁月依然恒久不变的真爱。无论是故事里的历史过往，还是当下现实，所有人都在为自己的真爱信念苦苦探寻、默默守护、甚至勇敢付出。真爱会带领我们找到问题的答案、生活的出路、人生的价值。在辽阔宏大的历史背景中，真爱也更显历久弥新。

我和当下的很多读者一样，敏感而怀旧，这个回首历史创作出的故事，在历史与个人命运之间，生出了相聚、离别、爱、恨、生、死，在惊心动魄、曲折离奇的故事里，我们看到，千帆过尽后，时间不可改变的，唯有，至真至善的人性之光。

序　言

郑欣淼

上海一位值得信赖的好朋友向我推荐了这本“考古博物历史小说”，希望我为之作序。

我不是小说评论家，但对于考古与博物，还是饶有兴趣的。

这本小说描写了600多年前的一段旅程。郑和第四次下西洋，一个化名为顾清伦的特殊船员，带着对马可波罗闯世界的向往，带着已故师傅的遗愿，与郑和的船队一同踏上了这段征程。其间发生的传奇故事，记录着人类性灵中的至真至善，在时间的雕琢下，历久弥新。

在漫长的历史长河中，马可波罗、郑和，是被光打亮的时代。

这是文明之光。

作为一种历史文化现象，马可波罗、郑和，代表了当时中西文化的交流和对未知的探索。他们所行走的，是千万里的追寻，追寻文明的交融与互鉴，追寻文明的光芒与结晶。

世界宏大，需要看见。文物博大，需要发现。

有一部有趣的电影，《博物馆奇妙夜》。有一句好玩的名言，“不是在博物馆，就是在去往博物馆的路上”。

为什么人们对博物馆推崇备至，充满欣欣然呢？多年浸润其间，我越来越真切地体会到，人们这种“博物心理”，在于博物馆所蕴含的历史脉动，在于博物馆所呈现的文物艺术，让人惊叹过去，让人启思未来。

博物馆的核心在于“物”，在于博大的“物”。这个“物”，是有精神品质、生命灵性的。它们是远古的成就，鲜活在当代。它们是文明的结晶，光芒于当下。

依然熠熠生辉的文明结晶，是属于人类的无价之宝。珍爱、呵护文物，是现代人应有的历史态度、文化态度，正如钱穆先生所说的那样，需要我们“抱有温情和敬意”。

基于这样的“温情与敬意”，对于已经发现的、已经拥有的文物，理当小心地予以保护，理当仔细地予以研究。而对于还沉淀于时间隧道里、散落于某处的文明遗珠，就应去探寻，去发现，去让它惊艳亮相于世，绽放出夺目的光芒。

马可波罗四分之三个千年前的远行，郑和下西洋的远行，不仅是有彼时的时代意义，更重要的，是跨越时空的文明意义。

从这个角度来看，这本小说所描述的，这段考古博物历史，在惊心动魄、跌宕起伏的故事背后，记录了温暖世道人心的真爱传奇，发现了令人惊叹的文明遗珠，传承弘扬了闪耀文明光芒的人文遗产。这样的故事，带给人们的思考和启迪，是历史、是考古、是博物，是人间真爱、是人文遗产，归根到底是对文明的推崇、对文明的激赏，和对文明价值的守护。

博古，以便通今；

博雅，以识真知；

博物，以利文明。

是为序。

（作者郑欣淼，文化部原副部长、故宫博物院原院长，现任故宫研究院院长、中华诗词学会会长）

序　言

何　勇

2018年9月9日，纽约联合国总部大厦，第四届“艾琳娜9·9国际真爱节”隆重举行。我应邀出席，并发表了题为“‘真爱人文’的人类学意义”的演讲。

一年多后，我欣喜地获悉，向全球首倡“9·9国际真爱节”的高迪安集团，即将出版这本考古博物历史小说。

真是创意频出啊！

世上所有的创意，归根结底，都源自于人类内心对生活的热情，对生命的激情，对文明的温情。

人类的良知，本质而言，就是对生活的态度，对生命的态度，对文明的态度。

也正是这种态度，赋予了人文、艺术的温度。

作为人类学的学习与研究者，我自然对有历史背景的人文艺术故事饶有兴趣。因为人类学，需要遥远的打量，需要微妙的想象，通过一个个生动的故事，追寻对人与社会、历史与未来的整体理解。

生命起源于海洋。海马龙的故事来自600多年前，历经劫难，成就传奇。盘点现代人类学的历史，人类学同样热情于海洋文明，倾情关注每一细微的个体与事件，以人文关怀履行人类责任。

任何学科本质的根本讨论，都是力图更深刻地认识人性与人心、文化与文明。在这个方面，人类学的关注和探求，与这本书所带给读者的思考，是一种相同的脉动。

脉动的生命，是生活的实践。亚里斯多德强调了人的“实践智慧”。

知行合一，方为智慧。人类学面对现实生活，生活的本质是优雅从容地应对各种纠缠，让生命勃发出真爱的光芒。浸润着性灵的色彩与味道，正是生活与生命的真实。

现代人，应该是文明人。文明人，是善待众生的悲悯者，是爱家庭、爱社会、爱世界的真爱者，也是爱生活、爱工作、爱艺术的优雅者。如果说，海马龙是600多年前留给现代人的文明遗珠、艺术瑰宝，那么，这本小说所蕴含的，则是真爱人文理念的历史钩沉。为了真爱所彰显的勇气，所付出的努力，正是体现了人类追求文明进步的原动力。

岁月流转，人类在文明中前行。无论什么年代，“世界”“社会”“家庭”，都是全人类必须直面的“他者”；而真爱，则是全人类都必须看见的“自己”，都应当觉悟的“本质”。

（作者何勇系联合国中文组原组长、美国哥伦比亚大学人类学博士）

目 录

第一章 …………………………………………………………… 1
第二章 ……………………………………………………………15
第三章 ……………………………………………………………25
第四章 ……………………………………………………………34
第五章 ……………………………………………………………40
第六章 ……………………………………………………………45
第七章 ……………………………………………………………51
第八章 ……………………………………………………………66
第九章 ……………………………………………………………77
第十章 ……………………………………………………………86
第十一章 …………………………………………………………91
第十二章 …………………………………………………………96
第十三章 ……………………………………………………… 104

第十四章 ……………………………………………114

第十五章 ……………………………………………118

第十六章 ……………………………………………125

第十七章 ……………………………………………137

第十八章 ……………………………………………148

第十九章 ……………………………………………155

第二十章 ……………………………………………171

第二十一章 …………………………………………178

第二十二章 …………………………………………188

第二十三章 …………………………………………202

第二十四章 …………………………………………207

第二十五章 …………………………………………215

第二十六章 …………………………………………222

第二十七章 …………………………………………226

第二十八章 …………………………………………233

第二十九章 …………………………………………250

第三十章 ……………………………………………262

第三十一章 …………………………………………285

终　章 ………………………………………………301

第一章

“三百一十万，三百二十万，三百三十万，三百五十万！”竞价的数字蹭蹭向上蹿，年轻的拍卖师也开始变得激动起来。

“哦，那边的六十九号女士，喊出了三百六十万。三百七十万，三百七十万，三百八十万，注意，九十三号喊出三百八十万。三百八十万，三百八十万一次，三百九十万，还是六十九号女士，看来六十九号志在必得啊！”随着拍卖师手指之处，所有目光都被吸引了过去。

六十九号女士就坐在我的身后，一身贵妇的打扮，身材高挑，皮肤苍白。年龄四十岁左右。她优雅地微笑，坦然应对四面八方的目光。

“岁寒三友是什么？”一旁的思薇指着手上的图略问我。

她是一个法国女孩。

我叫李匠仁，从小喜欢手工、画画，爱捣鼓点小玩意儿，做做模型什么的。我小学上课的时候喜欢在本子上画连环画，为此被老师抓住，叫了家长，挨了一顿训。然而，我并未因此变得老实，反而变本加厉。我的父母看我小小年纪就如此执着，就送了我去学画，这一学就是十年。十年后，我考进了清华美院，也算是光宗耀祖了。张榜那天，我看着贴满我房间四壁的习作，觉得一切都有了回报。透过那些线条，我似乎看见了另一种人生。

所谓另一种人生，一定是比现在美好的人生。就像别人家孩子，总是比自己家孩子强一样。我在大二的时候从绘画系转到了雕塑系，这样不仅可以在二维平面上创造，还能把二维的画面做成立体的东西。这也正应验了我的名字李匠仁——匠仁，匠人，看来我注定要成为一名匠人。我热爱我的专业，认真学习，醉心创作。时间飞逝，四年的大学时光很快过去了。人过了二十岁，少年往青年走，身心皆不一样。到了大四的时候，大家都不得不考虑毕业后的日子。考研、就业、出国。这是如今年轻人离开学校后必须经历的三岔口。平心而论，我是不想离开学校的，倒不是因为贪图象牙塔的安逸，而是觉得艺无止境，自己还太嫩，需要继续修炼，才能完成我的梦想——成为一个有着自己品牌的设计师。

我最终选择了出国，去意大利，继续我的学业。在学校的时候，我认识了 Jade。她是我的同学，法国女孩，对东方文化很感兴趣，她说家族有很多来自中国的收藏，她有一枚造型奇特的戒指，平时都戴在手上。记得我们第一次见面的时候，她径直向我走来，身着一身墨绿色的旗袍，脚下踩着一双雪白色的低跟皮鞋，她金色的长发披散在肩头，发梢打着卷，像一层层的波浪，翡翠色的双眸与旗袍的墨绿色一浅一深，交相辉映。Jade 这身装扮在当时被我惊为天人，更是让我紧张得无以复加，“咚咚”的心跳声让我感觉自己都快要窒息。Jade 看着我的脸，然后开口用中文说了一句：“你好。”

我当时应该是处于大脑充血的状态，大脑一片空白，但眼神却不受控制地开始从头到脚扫过 Jade，像是对一件商品评头论足，实在无礼至极。在我目光落到 Jade 如削葱根的手指时，我看见了她手指上的戒指，指环上镶嵌的并不是白色的钻石，而是一个白玉的龙头。

这并非西方传说中的恶龙，而是典型的中国龙。龙对于一个中国人来说意味着什么，从我们自称龙的传人就可见一斑。把龙头镶在戒指上，现在自是无妨，但要放在古代，也只有皇家的人才有这个权力。但中国古代的戒指多是文字戒，就是戒面宽大，将图案、花纹、文字镌刻在戒面上。镶嵌戒的戒面则窄，主要做戒托的作用，用来支撑镶嵌在上面的珠宝，并不常见于中国。这枚戒指若是近代产物，倒也不足为奇，只是从材质看来，它明显蕴含有一股年代的沧桑感，不像是新近打造。

我后来问 Jade 这枚戒指的来历，她说是她的叔叔偶然在路边的小摊儿，看中并买下的。她的叔叔是一个收藏家，对古玩珠宝的鉴别很有一番心得。据她叔叔的鉴定，这枚戒指应该产于五百多年前。那么问题就出来了：五百多年前中国似乎是没有这种镶嵌戒的；若有，那镶嵌上龙头的则一定是出自皇家。五百多年前中国属于明王朝。明清是中国最后的两个封建王朝，年代接近，史料繁多。若是当时的宫廷打造，则必然会留下记载。我答应帮 Jade 查查，便用手机拍了一张照片。可以说，我们第一次会面就相互吸引对方。Jade 喜欢东方文化，所以她注意到了我这张黄色的脸；而我则注意到了 Jade 手上的戒指，上面刻的是我们民族的图腾。

不过，我后来看清楚了，戒指上镶嵌的并非只有一个龙头，龙头后还连接着一个身体。只是这身体并非龙的蛇形身体，看起来更像是某种昆虫的腹部一般。我的历史知识有限，好在父亲有一位姓钱的好朋友，是复旦大学历史系的教授。我便把照片发给父亲，请父亲转给钱教授帮忙看看。钱教授看过后回信，说史书资料上并无这种戒指的记载，而且从工艺水平、设计风格看，应该是制造于欧洲，只是龙头的形象无法解释。

钱教授的回复让 Jade 的戒指继续保持未解之谜的魅力，也引起了我极大的好奇心。我和 Jade 约定，等毕业回国以后，有机会一定帮她多方打探。而 Jade 则当场表示，自己毕业后会去中国工作一段时间，去她一直感兴趣的东方文化发源之地。

Jade 的曾祖父是一名传教士，曾在清朝末年于中国传教，走过很多名山大川，也去过不少穷山恶水。这些跌宕人心的大冒险经历都被 Jade 的曾祖父写成了一本日记，而日记里记录的故事也在他们家族里口口相传，成了孩子小时必听的伟大冒险故事。因为曾祖父在两个世纪前的东方冒险，使得整个家族都对东方文化带有一种情怀。Jade 从小就在家族的熏陶下学习了汉语，所以她第一次跟我见面的时候开口就是一句“你好”，让我吃惊不已，把已经酝酿到嘴边的“hello”又咽了回去。我和 Jade 成为朋友后，也顺理成章地成为了她的汉语老师。中文对于外国人来说，发音是一个难点，词汇是另一个难点。尤其是词汇里包含着成语，一个外国人若能熟练地使用成语，就像一个中国人可以熟练使用英语的俚语一样，会被看成其掌握这门语言的标尺。在我认识 Jade 的时候，她的汉语还只限于日常的简单交流，而到了后来她出口成章、旁征博引，那都是后话了。

我和 Jade 成为朋友后，几乎天天在一起，一起上课，一起吃饭，晚间一起散步。Jade 对学习中文有浓厚的兴趣，而我教得也是尽心尽力。不仅是语言方面，对于中国的文化，Jade 但凡有问，我都倾囊解答。若是自己也不懂的地方，我就算是回去上网查资料也要告诉她。不羞愧地讲，和 Jade 在一起久了之后，并没有过多加深我对法国文化的了解，反而让我对本国文化有了更深层次的认识。Jade 让我帮她想一个中文名字，我想了想，给她写了两个字：思薇。

她问我这个名字有什么深层次的意思吗？我告诉她，“薇”是一种草本植物，在汉语里表示美丽、聪慧、坚忍的意思，中国女子取名时常用该字。而且“思薇”音近 Hathaway（Jade 的全名是 Jade Kathleen Hathaway）。Jade 听了我的解释后，满心欢喜，就取了这个名字，并且要求我以后见她都叫思薇。

我嘴上应承，心中暗喜，究其原因，因儿时喜欢的电视剧《还珠格格》女主角之一名曰紫薇。和天真活泼爱闯祸的还珠格格小燕子不同，紫薇天性善良、温柔体贴、坚毅勇敢，曾是多少少男心目中的女神，我便是其中之一。思薇，思薇，我的女神。

在即将毕业的时候，我和思薇加入了法国的一家设计公司，而公司则承诺将会把我们派遣到位于上海的设计工作室。这对我和思薇都是最好的结果。我可以回国了，而她也可以前往东方明珠——上海，去那个曾祖父游历冒险过的国度。

“哦，就是说松树、竹子、梅花这三种植物一起傲寒而立，所以就成为了朋友是吧！”上海浦东慈善拍卖会的现场，正在进行拍卖的是一件焦点拍品——产自清朝乾隆年间的碧玉雕笔筒，上面雕刻着中国著名的《岁寒三友图》。起拍价是人民币三百万元。而现在竞价已经到了三百九十万元。

听了思薇的话，我仰头想了想，“岁寒三友”这四个字按字面意思直译是这么个说法，但总有一种怪怪的感觉。汉语就是这样，同样一种文字，从古文翻译成白话文，往往意思还在，意境却丢了。

“四百万，九十三号又加了十万。四百万，四百万一次，四百万两次。四百一十万，第四排的那位先生突然加到了四百一十万。四百一十万一次，四百一十万两次……四百五十万。九十三号直接喊出了四百五十万。还有比这个高的吗？四百五十万一次，四百五十万两次，四百五十万……三次。成交！”

终于，一锤定音。

“让我们用热烈的掌声祝贺九十三号，这位先生拍得了我们的焦点商品，清乾隆时期的碧玉雕笔筒。”

周围再次响起掌声，大家都把目光投向九十三号，他坐在对面第五排靠走道的位置，我能清楚地看见他的脸。那是一个四十岁左右的中年男人，面色红润，头发稀疏。此刻的他面带微笑，满脸春风得意。

值得一提的是，在我前面坐着一个戴鸭舌帽的老人，从我进场开始，他就一直低着头，一动不动，如老僧入定一般。刚开始我甚至以为他睡着了，仰起头才发现原来他是在看手上的图略。他看得全神贯注，就连主持人拿着话筒讲话，吸引众人注意力的时候，他也依然不为所动，仿佛整个人都钻进了图略里一样。等到拍卖开始，各路拍品竞相亮相，竞价声此起彼伏，他却依然低头如故，对一切视而不见，充耳不闻。刚刚竞买结束的碧玉雕笔筒，是本次拍卖会的焦点拍品，三百万的起拍价也冠绝全场，竞价的过程也是你争我夺，然而从始至终，我前面的老人连一次头都没有抬。

这样一来，老人的行为就不仅显得古怪，而且更神秘了。

这次拍卖会的焦点拍品有两件，一件是刚刚成交的碧玉雕笔筒，另一件明嘉靖龙凤穿莲纹鱼缸，不出意外应该是放在下半场。碧玉雕笔筒成交之后，有十几个买家离场。看来他们来意明显，只可惜“财”不如人。而拍得碧玉雕笔筒的九十三号男士还留在场内，似乎意犹未尽，也透着胃口不小。

“你想买的盘子快到了吧？”我问思薇。她叔叔托她来买的是一对起拍价五万元的斗彩松鹤文盘。

“嗯，看图略应该是这件拍品之后。”思薇低头看着图略，突然皱了皱眉头。

“怎么啦？”我刚想顺着她的目光去看图略，主持人的声音却响了起来。

“接下来的这件拍品，委托拍卖提供的资料，是产自明永乐时期的一尊玉像，出土自苏州昆山，起拍价是人民币五十万元。”

话音刚落，一片哗然。

因为大幕布上显示了拍品照片，会场在一片哗然之后又立刻响起了一阵窃窃私语。

“这东西是明永乐时期的？”我身后的六十九号女士的口气就像指着一

头鹿说这是一匹马一样。

幕布上所显示的拍品图，看起来像是某种远古的神兽。它拥有龙的头，昂首骄傲，口里还衔着一颗珠子。胸膛挺起，身子张成弓形，背上有一个发条形的鳍，细看则是海浪的形状。神兽的尾部似乎是一团奔腾的祥云，但又仿佛是翻滚的海浪。传说龙生九子，不知道这神兽是否也是龙的九子之一。

“苏州昆山？什么时候出土的？”

“这真的是明朝的东西吗？龙头御用，必是皇室重器。可我怎么从来没见过这种神兽？”

“这是赝品吧。看样子不像是明朝时候，更像民国时候啊。你看那东西的尾部，龙是蛇尾，这怎么看都不是蛇尾啊。就像是把龙的头和什么别的东西嫁接起来了一样……”

“这雕塑的工艺明显是西方的手笔，中国的工匠不这样雕刻器物，既然是永乐年间的手笔，那也该看起来像是中国货啊。还要五十万？天啊，我看最多五万块吧。这就是个工艺品，完全没有古董价值啊。”

会场议论四起，群众交头接耳，满是疑问句的升调让台上的拍卖师也略感尴尬。但场上并不是只有怀疑的声音，思薇瞪大了眼睛，死死地盯着幕布上的图像，我前面一直低头的老人竟然抬起了头。直觉告诉我，幕布上的图片一定有什么特别的地方。

“怎么了？”我问思薇，她转头看着我，脸上写满了惊疑，她指了指自己戴在左手的尾戒，然后又指了指幕布。

经思薇这一点拨，我才恍然大悟，幕布上那神兽有一个中国龙头，身躯却非蛇形，思薇戒指上的镶嵌物，也是龙头，身躯同样不是蛇形。

难道两者根本就是一个东西？

我连忙低头翻看图略，很快翻到了有这件拍品的页面，拍品的名字叫做海马龙像……原来那不是蛇尾，而是海马的下半身，此刻再抬头看幕布上的图片，才惊觉这似乎是将龙与海马各取一半，嫁接而成。图略上有关海马龙像的资料也仅仅是长宽高、质量等物理数据，其他的介绍一应俱无。

只是思薇的戒指来于欧洲，而此刻的拍品资料上却写着产于明朝永乐年间，空间上是矛盾的。但话说回来，思薇不远万里来到中国，不也正是为了寻找这枚产于欧洲的戒指的线索？

拍卖师咳嗽了一声，打断了台下的议论，“现在拍卖开始，有没有人出价？”

随着拍卖师的声音响起，台下的私语声开始降低，大家都安静了下来。

当然，他们应该不是想出价，而是想看看，会不会有人出价。

结果，就真的变成了一片安静。

“肯定流拍啊。”身后的六十九号女士再度开口，她的声音不小，在此刻安静的会场里人尽耳闻。

“那……”拍卖师举起了槌子，我不知道他是不是在心里感谢六十九号女士，给了他个台阶，让他顺着宣布流拍。

我注意思薇的肩膀抖动了一下，我想她的脑海里应该闪过一个电光火石的念头：拍下这件雕像！

拍卖师的槌子已经扬起，留给思薇犹豫的时间已经不多，五十万不是一个小数目，何况思薇此行的目的本来只是一个五万的小盘子。不过还没等思薇做出反应，我身前的老人举起了手中的牌子。

一号，他是一号。

“五十万，一号，一号老先生五十万。”拍卖师的手还举着槌子，嘴巴却开始结结巴巴地说话了。

老人的举牌就像一颗石子扔进了湖面，哦不，应该是一颗烧得滚烫的石子扔进了锅里，接着整个锅都沸腾了。全场哗然的同时，大家的目光都被吸引到举牌的老人这里。我和思薇在老人的身后，无法看见他此时的表情。他就像刚刚从沉睡中醒来一样，之前他一直低着头不知在想着什么，而现在他的一次举牌就让整个会场陷入一种莫名的躁动。

“五十万一次，五十万两次，五十万三——”

拍卖师再次举起了槌子，而他再次没能砸下来。

“六十万。”一个女声响起，发音并不标准，大家循声望去，发现竟然是一名外籍女士，看年龄在四十五岁上下，一头金发。她戴着黑色的大墨镜，让人无法看清面容。

“这位三号女士出价六十万。”

几乎就是在下一刻，老人再度举牌，报出七十万的价格。

从拍卖师刚刚急促的报价可以看出他似乎生怕老人后悔，而事实是五十万真的只是一个起拍价，这件险些要流拍的物品似乎验证着一句中国古话：大难不死，必有后福。

“十万十万地加，是托儿吧。”旁边有人议论道。

的确像这种规模的拍卖会，两件集万千宠爱于一身的焦点拍品，碧玉雕笔筒和龙凤穿莲纹鱼缸的价格也不过两三百万，其他的拍品很多价格不过数万。

“可马上都要流拍了啊，如果有托儿，到底一号是托儿，还是三号是托儿?”

说这句话的人好像生怕大家听不见，不像六十九号女士在安静的会场一语蔽全场，他的声音已盖过“嗡嗡”的大厅，传到了每个人的耳朵里。

“七十万。”老人再次举牌。

“八十万。”外籍女士不甘示弱。

这次全场不再哗然，似乎都傻眼了。

看来无论是一号还是三号，压根就没有理由再去质疑他们了。

“这是什么情况?”身后的六十九号女士困惑了，而我知道这绝不仅仅是她一个人的状况，困惑传染着现场的每一个人。我不禁回头看了一眼，发现六十九号女士正低头在手机上输入着什么，这也是现场不少人的动作，还有的直接拿着手机起身离开。我恍然大悟，他们在查找有关这件拍品的资料。

唯一没有被传染的，恐怕只有在竞价的老人和外籍女士了。

他们知道真相。

年轻的拍卖师已经有点茫然，面对底下交头接耳的大众，他一会儿看看老人，一会儿看看外籍女士，显得不知所措的样子。

“报价。”思薇突然出声，我吓了一跳，几个人冲这边投来目光，拍卖师马上反应了过来，清清嗓子：“八十万一次，八十万——”

八十万到不了第二次，老人再次举牌：“一百万。”

又是一阵骚动，简直就像是海潮一样，一潮接着一潮，一浪高过一浪。

“两百万。”声音再起，却是从我旁边传来的，我猛然一惊，回头，却看见思薇举起了手里的号牌。

“八十号女士，两百万？”拍卖师的声音里透着藏不住的疑惑，这个说着中文的外国女孩怎么就突然加入了这场诡异的竞价，而且直接喊出了高于上一次竞价一百万的数字。

“是两百万。”思薇说道，掷地有声。

不用说了，现在全场的焦点又转移到了思薇身上，包括一直坐在我们前面的老人，他回头望着思薇，思薇也看着他，两人均面无表情，看不出喜怒。

一个念头在我脑海中闪过，我隐约有些明白思薇的想法，但现在不是细想的时候，因为另一个可怕的念头冒了出来，如果两个人都是托儿呢？刚才四周有人谈论，猜老人和外籍女士里有一个人是托儿，可这又不是斗地主，规定只许有一个地主。如果两个人都是托儿呢？这根本就是一场双簧，引诱第三个人进来买单。若真是如此，那他们显然已经达到了目的，思薇把一个起拍价五十万差点流拍的雕像喊到了两百万，如果这时两人撒手不管……

“两百万一次。”无人加价，拍卖师已经开始倒数。

我心急如焚，想跟思薇说点什么，可她若有所思的样子，仿佛思绪根本不在现场一般。

“两百万两次。”无人加价，拍卖师的目光扫过全场，我感到额头已经沁满汗水，难道思薇真的被套进来了？

“两百一十万。”拍卖师的声音再次响起，是两百一十万，而不是两百万三次，有人加价了。

不是老人，也不是外籍女士，当然也不是刚刚举牌的思薇。

有新的人加入了战局。

我不禁舒了口气，一股虚惊一场，劫后余生的感觉。然而，局面的变化是连锁式的，在周遭四起的议论里，在一片潮水般的嘈杂声中，信息如白色的浪花般翻滚着，并被人们清楚地捕捉到。

“刚刚得到消息，这件雕像可能确实产自明永乐年间，据说和郑和下西洋有关。”

“郑和下西洋吸引万国来朝，郑和的船队最远到了非洲东海岸，他很有可能进入红海，他离欧洲并没有想象的遥远。”

“郑和下西洋时的海图，资料等大多都被明朝的官员烧了，郑和七下西洋，带回来那么多奇珍异宝，难道这就是其中之一？”

“郑和下西洋曾从苏州浏家港出发，有出发就有回来，前面说这件雕像出土自昆山？”

“昆山在哪？”

“在苏州啊。”

在一片人人问我，我问人人，人人答我，我答人人的氛围中，连我这个一个指头没动的人都迅速理清了这些关系。

郑和，苏州浏家港，下西洋，红海，欧洲，回浏家港，苏州昆山出土。

“两百二十万。”在这条大家贡献编制的线索链中，有人开始将理论变为现实。

“两百三十万。”现场似乎不需要拍卖师了，每个举牌加价的人都让自己的声音盖过全场“嗡嗡”的讨论声。

如果说刚刚老人和外籍女士之间的单挑让现场稍现火药味的话，那么现在简直是烽烟四起。

我转头看了看思薇，大概理清了她的想法，她出声提醒拍卖师报价，是为了让竞买快点进行下去。而她喊出两百万的竞价，则是在赌老人和外籍女士会再加价，也是在间接估量海马龙像的价值。

而海马龙像，必然和她手上的戒指息息相关，因为她的戒指上，此刻也正躺着一头小海马龙……

“两百五十万。”刚刚以四百五十万高价拍下碧玉雕笔筒的九十三号举牌。

“两百七十万。”有人又抬了一杠。

“三百万！”九十三号激动得站了起来。

有人说竞买就像赌博，很容易让人热血沸腾，现在看来此话确实不假。

现场再次变得安静了，似乎九十三号的激动震住了大家。或者说大家都趁此机会稍微冷静了一点，没有让刚才的势头继续变成一场不理智的赌博游戏。而这时又有一个人大声嘟囔了一句：“这要真是托儿，这次可是钓上大鱼了。”

大家的目光并没有转移到说这句话的人身上，而是转移到了最先竞价的老人和外籍女士，甚至还有几道目光射向思薇。而接着所有的目光都转移到了现在的“胜利者”身上，叫价三百万的九十三号。

我看见九十三号得意的表情变得有些慌乱，而当他意识到几乎所有人都在看他的时候，他的表情就像是吞了一只死苍蝇一样难过。

“三百万一次。”已经被大家剥夺声音很久的拍卖师此刻终于“还魂”了，不过他的语速很慢，似乎在等着新状况发生一样。

现场再次变成了窃窃私语的状态，我注意九十三号的脸色，那哪里是吞了一只死苍蝇，简直像是把一只死苍蝇嚼碎咽下去了一样。

“三百万两次。”拍卖师的声音再度落下时，现场连窃窃私语都没有了。

这时再看九十三号的脸色，我只能说那只苍蝇其实是活的，嗯，对，他一定是把一只活苍蝇咬死嚼碎咽下去了。

“五百万。”平静的声音，稳定的手，举起的牌子上写着阿拉伯数字：1。

老人又出手了，似乎是在用实际行动回应周遭的质疑：你们不是说我是托儿吗？

如果老人真的是托儿，还会有人再出高过五百万的价格吗？当然我相信，现场已经没有人会认为老人是托儿了。而从三百万到五百万，这似乎是老人给大家的一个信号：让这场无聊的游戏结束吧。我本来只是想以低调的姿态，以起拍价的价格买走这件你们眼中的赝品。而现在，我却要以起拍价十倍的价格，让你们所有人闭嘴。

是的，大家都闭嘴了。啊，不对，很多人依旧张着嘴，但他们都没有发出声音。大家都看着老人，每一个人，每一个角度，所有的视线只集中在一点。

会这样结束吗？

“一千万。”

我听到了一个声音。

我听到了这个数字。

那一刻我感觉一切都变慢了，我似乎能清楚地听见自己的心跳声，周围人的心跳声，大家好像都进入了慢动作时间，直到我听见拍卖师的声音再次响起。

“三号，一千万,一次。”

无人应答，大家像被冻结的蜡像一般。

“三号，一千万，两次。”

拍卖师的声音里带着无法抑制的颤抖。

“三号，一千万,三次。”

举起的槌子扬起，然后落下。

落下了吗?

会落下吗?

我想那一刻，很多人都和我一样，其实并不清楚自己希望看到的是什么。

第二章

“所以最后，雕像被那个外国女人买走了？”中午休息，公司的茶水间里大家齐聚一堂，听我和思薇绘声绘色地讲述前天在拍卖会上的奇遇记。

“没有。”我摇了摇头，“几乎就快一锤定音的时候，我前面的老人又举牌了。”

“多少？”Sam 问，他是一个胖胖的设计师。

“两千万。”我说，脑海里又浮现出当时的场景。

“两千万。”老人又重复了一次，显然他刚才说的那一声不仅阻止了要落下的槌子，似乎还剥夺了拍卖师的思维。后者正张大着嘴巴举着槌子空洞地看着他。

拍卖师放下了槌子，有些颓唐地看着老人，我觉得当血液一次次冲上脑门又退去，几个来回之后人难免疲惫。而现场更是已经鸦雀无声，现在发生的事情完全超出预料，或者说这个数字，根本就不应该在这里出现。

然而，它还是出现了。

“您能再重复一次您的报价吗？”拍卖师问，我知道他不是不相信自己的耳朵，而是不相信现在发生的事情。

“两千万，我出两千万竞买海马龙像。”老人一字一句地说。

“哦。”拍卖师点了点头，然后转头看了看外籍女士。

外籍女士直接起身离席。

“两千万一次。”拍卖师喊道，而外籍女士已经离开会场。

“两千万两次。”众人再次交首接耳，但明显已经无人竞价。

“两千万三次。”拍卖师举起了手。

在他喊出成交的那一瞬间，老人起身离去，在场的所有人目光都追随着他，直到他消失在人们的视线里。

“也就是说，他一次加了一千万？”Sam 想要再确认一下。

我点了点头。

Sam 又看了看思薇，思薇也点了点头。

“疯子。”Sam 嘟囔着嘴。

“完全不合逻辑啊，”Lily 说，“为什么会从一千万直接喊到两千万呢？这个跨度太大了啊。都已经拼成这样了。”

“所以我说他是疯子么。搞不好喊上头了，竞价的时候争强好胜，很容易出事的。”

“那个老人不是疯子。”思薇说，“我看见他的侧脸，很沉稳，他完全知道自己在做什么，疯子或者一时激动的赌徒不会是那个表情。”

“可为什么呢？”Sam 讲，把原因推给神经病虽然是一个省事的方法，但从来只限于那些不关心真相的人。

思薇没有回答，她关心真相，可她同样不知道真相是什么。

就像她不知道一直戴在手上的戒指，背后有着什么样的故事一样。

“李匠仁，一点半到我办公室来一趟。”新来的设计总监 Henry 突然出现。我点了点头。然后，又见他对思薇说，一点去他的办公室一趟，说下我们最近在赶的两个案子。

Henry说完这些就出去了，而我回头，却发现大家都忧心忡忡地看着我。

这目光虽然是关切，但依然让我觉得尴尬。

这一切，要从一个月前说起。

一个月前，我们换了设计总监。

我来公司四年了，从欧洲回国后，我就一直在这家公司工作。从小学画，本科在清华美院四年的学习，加上出国留学，这一切为我的设计师之路打下了坚实的基础。工作的四年我做了不少大案子，服务过很多国际知名珠宝品牌的case。这四年我业绩彪炳，是同事中的翘楚。而就在不久之前，公司内部传来了消息，上海分部的设计总监要调回欧洲总部，而新的总监，可能会从公司现有的员工中选出。

我们的设计分A、B两组。每次项目都是A、B两组竞争，取其优胜。我所在的A组曾多次击败B组，占据绝对领先地位。而且，我是A组的组长，而我们总监对我也深表赏识。所以于情于理，这个位子都很可能是我的。

另外一个消息是，公司联合几大国际知名珠宝品牌，发动了一个提携设计新锐的设计大赛。这并非对外开放的比赛，只有长期以来和这几大珠宝品牌有合作的设计公司下辖的设计师可以参加，获得优胜的设计师将有机会签下合约，将自己的作品卖给这几大珠宝品牌。由于是比赛制而非单纯的雇佣工作，所以设计师在自己的作品上拥有更大的自主权，而一旦获得优胜，则会对自己以后的职业发展发挥不可忽视的推力。

所以说，两个消息合在一起，便是摆在我面前的机会。如果我可以成为总监，那我就拥有了足够的话语权。这份话语权会让我尽可能最大限度地发挥我的才华，执行我的创意。而创意结果，如果可以在大赛中获得优胜，那我离建立自己的珠宝品牌的目标，无疑跨出了具有关键意义的一步。

正当我沉浸在革命形势一片大好的幻想中，事情已经悄然发生了。

我们的确换了总监。

但换来的人不是我。

新调来的总监叫张恒利，英文名字 Henry，是在总部工作的华人设计师，年龄三十五岁，比我大七岁。这样的调动没有任何问题，这是一个比我更有工作资历和经验的人。大赛设计的 case 当然就由他全权负责。

Henry 第一次出现在大家面前的时候，我们都以为他是某个设计师请来的模特。他身材高大，西装穿在身上被撑得笔挺。他有一张国字脸，脸上的线条柔和，但是眼神锋利，仿佛心中一直有一头愤怒的猛兽。他说话做事雷厉风行，走起路时来去如风。若以前的总监给人的感觉是怀柔，像大海一样包容着这一船人，Henry 给人的感觉就像是疾风，你只需要撑起风帆，他便玩命地将你吹向目的地。

若我和 Henry 的设计理念相似，甚至情投意合，倒也没有什么，大家可以群策群力，一起把东西做好。可惜我们的理念不合，甚至南辕北辙。我是力主加入中国元素的，作为东方的设计师，当然要将东方元素加入进去，这样才能做到与众不同。而 Henry 主张全盘西化，他的道理也简单：既然是参加西方的珠宝品牌主办的比赛，当然一切以西方为主，凡事逐本，大道至简。我争辩说既然大家都按照一个思路设计东西，又何必比赛，反正出来的东西看似不同，实则千篇一律。但是 Henry 依旧不认同，尽管他嘴上说得客气，可心里其实嗤之以鼻——这种圈子游戏，你要遵守规则。

Henry 在欧洲呆得久了，若是真的有什么游戏规则，那他一定比我知道得清楚。Henry 给我的感觉是香蕉人，外面的皮是黄色的，可是里面的果肉是白色的。听说 Henry 是第二代移民，自幼生活在欧洲，自然不像我有这么多民族情感在里面。但我还是希望设计里可以体现东方元素，这将成为区分我们和其他设计的关键点。只有万绿丛中一点红，才能脱颖而出，而这一点红，就是东方元素。

我有这个想法，但遗憾的是还未有具体的做法。Henry 听了我的阐述，让我拿出方案，我却只能自咽苦水，总不能告诉他，这只是个方向，至于具体怎么走，我是按照自己是总监的前提，然后让大家一起去想的。

我只得告诉他自己已经有了初步设想，但还没细化具体，让他给我点时间，下次例会的时候我会拿出来。

一点半，我准时来到 Henry 办公室门口。

我深吸口气，然后敲门进去。

一点三刻，我走出 Henry 的办公室。

毫无疑问，我的案子又被否了。

而这十五分钟，似乎比我人生中的任何一个十五分钟都要漫长。

这种感觉很奇怪，就像数学考试时，明明题不会解，但还要煞有介事地摆一堆公式，然后将题目上的已知条件照抄下来，生搬硬套地和公式合为一体。这样做的目的一来是白卷太难看，二来也希望写得满满的可以换来点辛苦分。

从业四年，我从未像这次般窘迫。Henry 似乎看透了我，他知道我交上来的这份东西只是拖延时间，以换取被驳回下次重来的机会。当大家心知肚明的时候，也就没有什么好说的了。

所以，当走出 Henry 办公室的时候，那种写在脸上的沮丧，真是想藏都藏不住。

“下班了一起吃饭吧。”思薇对我说。我冲她笑笑，有气无力。

“喂，怎么就一点头绪都没有，这不像你。”面前是热气腾腾的火锅，蒸汽对面的思薇看着我，她的脸在氤氲背后若隐若现。

我摇了摇头，“整个思路方向变得太大了，我有点措手不及”。

“是有变化，可是已经过去一个月了，你应该调整过来了。”思薇说。

是啊，已经过去一个月了。我的脑海里此时涌现的画面是小时候台历被一页页撕掉的样子，撕掉的台历被揉成纸团扔进一旁的垃圾桶里。接着画面又变了，我把自己的设计稿一页页地揉成一团，然后扔进一旁的垃圾桶里。

“要是这个月底再拿不出让他眼前一亮的东西，恐怕就只有放弃我的思路了。”我说，看着火锅里沸腾的汤越来越少，总觉得好像有什么该做的事情没想起来。

“服务员你好，麻烦加一下汤。”思薇冲路过的服务员小妹说，我这才意识到原来是忘了喊人加汤。

真是恍惚到家了，我这个状况要是去做饭，恐怕会把厨房炸掉吧。

“还是说，我们的整个方向其实是错的？”我抬起头来望着思薇，沸腾的火锅冒出蒸汽挡在我们的面前。

“李匠仁，”思薇放下了筷子，认真地看着我说，“你有没有想过，你现在需要的不是拿出让 Henry 眼前一亮的东西，而是首先要拿出，对得起你自己的东西。”

锅里冒出的蒸汽依旧，思薇的脸在蒸汽后面看不清楚，而她的话，却向一根撞针一样直直撞了过来，撞在胸口上，刺进心坎里。

服务员小妹提着汤壶过来，浑白色的火锅汤注入了沸腾的锅里，气泡和蒸汽都消失了，我看见思薇的脸，她的目光让我无法直视。

就像是趋暗的昆虫躲避阳光一样，又或许，是害怕阳光照亮丑陋的自己吧。

“你已经开始怀疑自己了。你被太多别的因素影响了。你本来以为总监会是你，那么你就可以调动 A、B 两组所有同事帮你一起想，你想像一个统帅一样坐在后面，拿着指挥棒在地图上指指点点就结束战斗，收获巨大的荣誉。可当事情超出你的预期，递给你的不是指挥棒而是锋利的刺刀时，你自己却变得迟钝，不愿意面对残酷的战场。”

思薇看着我，字字如针，目光如刀。

思薇摘掉左手的尾戒，放在我面前。

“东方的中国龙，西方的镶嵌戒，合在一起，六百年前。”思薇把戒指推到我的面前，一字一句地说。

“六百年前，就有人做到的事情。”思薇看着我的眼睛，锅又沸腾了，透过白色的蒸汽，她翡翠色的眼睛若隐若现，像云层飘过，时而被遮盖时而又明亮的星光。

“六百年后，你没理由做不到更好。李匠仁，按照你们中国话来说，你是一个很‘轴儿’的人，而我知道，一个很‘轴儿’的人，又很容易变成一个很‘二’的人。你的这种对设计的偏执，时常会让我想要摇头，但摇头之后，我却又总会不自觉地微笑。正因为如此，我才喜欢和你一起工作学习，我们才会成为好朋友。”

她的每一个字都像冰凌一样刺进我的大脑，像是盛夏的冰水淋遍全身，在骄阳似火的炎热中有一股蔓延至全身的冰凉。每一个冰凌所带来的震撼都印象深刻，但这些印象又很快消失了，就像冰凌会融化一般。在一片融化的冰水里，只有一根依然没有融化的棱刺，因为这根棱刺并非寒冰，而是坚硬的钨铁。

其他的话我都忘了，只剩下了那个词——

喜欢。

像钨铁一样不会融化。

我喜欢思薇，从她的名字就能看出，这种小伎俩，到现在还没被拆穿，只能说是运气好吧。进的是外企，中国人平常也是称呼英文名。而且，薇字在中国人名里并不少见，大家都见怪不怪，除了我这个倾慕紫薇的人，恐怕也没有多少人会联想到这一层吧。

刚开始还担心回国后会被揭穿，后来发现是自己多虑了，原以为“司马昭之心，路人皆知”，结果发现路上没人。

倒反而有点失落的感觉。

回国已经四年了，我和思薇做了四年的室友。

刚开始的时候，大家都以为我们是一对跨国恋人，但我们却声称彼此只是好朋友。周围的人曾经多次问过我和思薇之间的事情，我说我和思薇之间是纯洁的男女关系，就是好哥们儿那种。他们听了以后嗤之以鼻，都觉得我在讲一个笑话。两年后，没人再觉得我的那句话是笑话——他们都觉得我是个笑话。

再到后来，大家都相信我和思薇只是好朋友了。两个人认识六年，从西半球到东半球，一千多个日夜都住在同一个屋檐下，竟然都没发生点什么，或者说，要发生点什么早发生了，这都没发生，以后也不可能发生了。

正因为人人都这样想，所以我对思薇的喜欢就这样被隐藏下来了。有时候人们是“不识庐山真面目，只缘身在此山中”，而站在旁观者的角度会看得更清楚一些。但更多的时候，因为是站在旁观者的角度，就算能设身处地，但也无法身临其境。这世上有无数人以哥们儿的名义默默喜欢着对方，我只是其中一个。

有人说，若你和一个姑娘成为了很好的朋友，你就很难成为她的男朋友了。尽管你觉得她在你面前可以站没站相坐没坐相，可以素面朝天大声喊叫，可以无所顾忌甚至百无禁忌。但事实是，她们把轻松的一面留给朋友，却把最美的一面留给情人。

这么多年来，我没有表白，实则是无法表白。一切已经成为了习惯，你很难去开口，打破这种惯性，因为你并没有把握。一旦开口，就像是在赌桌上推出了全部的筹码，一旦失败，就连朋友都没得做了。

我这样想着，这一望就是六年。

现在，我的心底突然涌起一股冲动，我不想再等了。

这股冲动就像是一口从丹田涌现的真气一般，将我整个人都提了起来。

“李匠仁，你怎么了？”看我突然“红光满面”，思薇也觉得诧异。

“思薇……我——”

思薇放在桌上的手机铃声响起。

她拿起手机：“Bonjour，Henry，je suis en train de manger……”

我不能说懂法语，但 Henry 这个词还是听得懂的。

丹田涌现的那口气已经被我吐出去了，整个人别说是被气提起来，现在感觉更像是被抽了脊梁骨。

思薇讲完挂了电话，抬头问我：“哎，你刚想和我说什么？”

“没，没，没什么，我是说没什么……”

从火锅店离开后，我一个人回家了。思薇被 Henry 叫走了，说是同事们在聚会，思薇叫我一起去，我说算了，还是回去整理下思路，看能不能有突破。

回家的路上，我一直在思考“喜欢”这两个字。我喜欢思薇，暗恋了六年；Henry 喜欢思薇，来公司六天就开始追求她了。

这时候我倒有些羡慕有的公司有那种同事之间禁止谈恋爱的规定。

在这点上我突然有些明白，为什么我和 Henry 在创作理念上会有这么大的分歧，这大概应该算是文化差异吧。也许他根本不能理解东方的含蓄，就像我们也无法像西方那样奔放。

虽然不应该把感情的事情带到职场里，但我还是隐约觉得，Henry 对我的冷落，大致和思薇有些关系。无论怎样，自己追求的女人和另一个男人同居了四年，无论怎样心里都不会有那种能把他当成 dude 的感觉吧。如果我是个女孩儿的话，Henry 估计是会接近我，然后请我吃饭，巴结我什么的。

可惜，我是个男闺蜜。

想到这里，嘴角不自觉地咧开了一个自嘲的笑容。

然后逐步走进城市的阴影里去了。

第三章

父亲打电话过来，说给我寄了一些东西，让我注意收着，里面还有几本书，让我给钱伯伯送去，我满口答应。父亲口中的钱伯伯就是钱教授，是父亲的老友，我最初看见思薇的龙头尾戒时，也拍过一张照片给钱教授。父亲一直叮嘱我，说让我有空了多去钱教授那儿走动走动，可我因为做设计工作太忙，就老忘了这回事。

我提着父亲让我带给钱教授的东西，是几本线装书，看样子有些年头。这几本书被父亲用塑料帆布层层包裹，防护备至，仿佛一遇空气就会化灰一样。父亲这样包装，我自然小心翼翼，颇有当年地下党携带重要文件的感觉。

我来到钱教授家门前，按了门铃，门背后传来“咚咚”的脚步声。门开了，钱教授出现在眼前，他快五十了，但看起来只有四十出头的样子，我虽然有几年没见他，但印象里他一直活力四射，有点老顽童逆生长的感觉。

“李匠仁啊，快进来快进来，我有几年没见你了吧，长这么高了。”钱教授热情地拍了拍我的肩膀，让我进去。我忙笑着点头，局促得像个毛头小伙儿。

然而就在下一刻，在我踏进钱教授家，视线落在客厅的时候，我的笑容定格在了脸上。

下一刻，我的手松了，被父亲层层包裹细心保护的古书，就这样随之落到了地上。

我应该是听见了“咚”的一声，但我却连低头都忘了。

因为在钱教授的客厅里，此刻正坐着一位老人。

“那位”老人。

这大致就叫做“踏破铁鞋无觅处，得来全不费功夫”吧。

费尽心机寻找，结果往往一无所获。

我来送东西，竟然就这样直接碰见了。

“李匠仁，你怎么了，你和老顾认识？”钱教授讶异地看着我这张吃惊的脸。

看我还没还魂，钱教授又转头问老人，“老顾，你认识李匠仁？”

老人眯起眼睛看着我，似乎是在竭力回忆什么。

“哦。您好，上周末慈善拍卖会的时候我坐在您后面，我旁边还坐着一个外国姑娘，您记得吗？”我帮助老人回忆。而此刻钱教授弯腰捡我刚掉到地上的书，我这才反应过来，忙蹲下帮他。

“哦，好像是有点印象。”老人低下头，笑了笑，这时他突然站起来拍拍腿，“老钱，你先忙吧，我就先走了。改天咱们再聊。”

钱教授被现场的状况弄得有点糊涂，而我更显得手足无措。

“老钱，下次再聚。”老人双手拍了拍钱教授的肩膀，钱教授刚想说点什么，老人就推门出去了。

而在愣了两三秒后，我扔下一句钱伯伯再见，也跟着推门出去了。

老人在前面走着，我在后面跟着，心里思索着该怎样开口，老人走到路边的一辆车旁，司机下车给他开门。我见状紧走两步，但车子已经开走，好在立刻有一辆出租车过来，我上车后对司机说，麻烦跟着前面那辆车，司机异样地看了我一眼，让我好不尴尬，好在他没多问，只是发动车子。

之后我们的车一路跟着老人的车，向西北方向开去，跟了大概二十多公里，老人的车还是丝毫没有停下的意思，司机开始有些怀疑，问我为什么要跟着那辆车。我心知个中缘由一时讲不清楚，但不解释的话恐怕司机会立刻停车，就在我踌躇之间，发现老人的车突然停靠在路边。

司机看老人的车停了，也立刻停车，我四处看了看，此处虽然不能用“前不着村，后不着店”形容，但也着实荒芜，不像是停车的地方。司机刚想和我说些什么，就见前面老人的司机下车，向我们走来。

老人的司机是一个四十岁左右的男人，腰杆笔直，皮肤黝黑，走路一板一眼，似乎是军人出身。他走过来敲了敲车玻璃，司机摇下车窗。

“你为什么跟着我们？”老人的司机问。

出租车司机回头看了我一眼，我打开车门出去，对老人的司机说：“是我打车跟着你们的，我找车里的老人家有事情。我们之前在钱教授的家见过。”

听见钱教授的名字，老人的司机面容和缓了许多，显然他是知道钱教授的，这时前面的车子后门打开了，老人从中走出，向我们走来。

我急忙迎上去，老人略有惊讶，显然没有料到在钱教授家一别之后，我竟会打了辆出租车一直跟了他二十多公里。

“顾先生您好，抱歉冒昧一路跟随，我有事情想问你。”我想起在钱教授家听见钱教授称呼他为老顾。我拿出手机，翻到自己的微博相册，找到思薇的龙头戒指照片给老人看。老人在看见照片后，神情立刻变得专注起来。刚回国那阵为了帮思薇寻找戒指的线索，我曾经将戒指的照片发在我的社交网络上，以期能多一些人看见，只是可惜我并非大V，在我的社交圈内并未有所斩获。当时从不同角度都拍了照片，老人一一看过，把手机递还给我，问我这戒指是哪里来的，我是否带在身上。

我一五一十给老人讲有关思薇戒指的来历，不知不觉间越说越快，越说越多，好几个地方还语无伦次。我本来最想问的是那场拍卖会上匪夷所思的竞价，却不知为何先讲到我对那件海马龙雕塑的理解，就像我当初跟思薇讲的那样。我认为海马龙融合了中国的海神龙王和西方的海神波塞冬元素。我赞扬了那位设计师，如果他真的生于明代，冒着大逆不道凌迟处死的风险做出了如此大胆的设计，却大胆得这样美。然后我又开始讲到自己，讲自己从小喜欢画画，喜欢设计，从作业本上的涂鸦和在家里玩橡皮泥开始，一路到清华美院，到出国留学，再到回国进设计工作室工作。我讲了梦想的斑斓因现实的单调而褪色，然后是好不容易有一次机会可以展示自己的才华，却又遭遇和上级理念不和，自己同时又创作乏力。我甚至差一点就讲了思薇，向这样一个陌生的老人去说一个我从未跟任何人承认过的秘密。

我们就站在路边，在我滔滔不绝的讲述中，老人一直静静地听着，偶尔眯下眼睛，露出那种仿佛洞悉一切的微笑。我情绪激动，感到自己情感的巨大波动和宣泄，当我最后终于将话题推进到拍卖会上的时候，我想我明白我为什么会这样，我压力太大了，其实我需要宣泄，我需要理解，所以我不仅把老人当成了海马龙像的解答者，我还把他当作了我的倾诉对象。

“嗯，原来是这样。”老人拍了拍我的肩膀，示意我停下来，我话说太多，情绪太重，已经开始气喘吁吁。

“你想知道，我为什么会出两千万买海马龙像，对吧？”老人说。

我点了点头。

“因为它值那个价。”老人笑了，眼角的皱纹舒展开来。

我一下愣住了。

“你刚才说，照片上镶嵌着海马龙的戒指是那位法国女孩的？”

老人又问，我点了点头。

“你们留个电话。”老人对他的司机说，然后又对我说道，“今天不早了，我住在昆山，如果你想知道其中的原委，叫上你那位外国女朋友，明天可以来我家，我想看看她的那枚戒指。出发前联系小张，他会来接你们。”

老人说完转身回到自己的车子，我和司机交换了手机号码，然后乘车返回。

车子刚开动我就迫不及待给思薇打了一个电话。

“喂，思薇？”我握着手机。

“喂，李匠仁。怎么啦？”

“你干吗呢？”

“哦，我和 Henry 啊，在等电影入场，还有五分钟。”

“哦……”我迟疑了一下。

“怎么啦？有什么事说啊。”

“我找到拍卖会上那位老人了……”

“啊？”思薇的声音突然提高了一个八度，吓了我一跳。

“你在哪找到的，他现在人在哪？”

我把事情的经过简要地跟思薇讲了一下。

“好的，那我先看电影了，回家详细说吧。”思薇挂了电话，我一想到此刻她和 Henry 在一起，心里油然而生一股深深的失落感。

回家之后，我和思薇详细说了事情的经过，思薇听后表示愿意和我去昆山一探究竟。我和老人的司机联系了一下，定好了明天中午十二点见面。

第二天中午，我和思薇准时来到约定的地点，发现司机大哥已经提前在那里等候。我们三人吃了个饭，然后驱车前往昆山。一路上我尝试问一些关于老人的话题，但司机大哥要么回答一个“嗯”，要么默不作声，让我有一种话题总是掉在地上的感觉。气氛慢慢安静起来，他开车，我们坐车，一路无言，只有窗外的风景不断向后。

汽车一路开进一个别墅区，我和思薇下车后发现来到一处会所正门，写着“御珑宫廷”，看起来是这个小区的名字。门口有摆渡车，车上有身穿制服戴着白手套的司机。老人的司机似乎和摆渡车的司机相熟，两人打了个招呼，便领我们坐上去。摆渡车一路带我们进入园区，然后下车步行。老人在前面领路，我和思薇边走边看，发现这个园区里的建筑充满了法兰西风情，思薇是法国人，可算是“他乡遇故土”的感觉。老人的司机一路带我们走过小桥流水，最终来到一处三层楼高的别墅前。他告诉我们这里就是老人的住处，老人在家等我们，让我们自己进去就好，然后便离开了。

我和思薇走到门前，按了按门铃，须臾之后里面传来了沉稳的脚步声，门开了，老人出现在我们面前。

“老人家你好，第二次见面了，我的名字是 Jade Kathleen Hathaway，你可以叫我的中文名字思薇。”思薇伸出手来，礼貌地说。

“你好。”老人轻轻握了握她的手，目光在思薇手指上的戒指上停留了一下，“一路上辛苦了，先进来吧。”老人侧身，让我们进门。

别墅的内置同样奢华典雅，不过想想也是，可以用两千万拍下海马龙像的人自然身家不菲。我们在客厅落座，见老人去泡茶，我们连忙说不用，老人摆摆手，示意这是一个不需要讨论的话题。其间我注意着老人家里的陈设，多是木制家具，古朴清典，但看着都价值不菲。再看那些书画，瓶罐，都隐隐有一股贵气在里面，说不定其中不少也都是拍卖会上拍

下的佳品。此时房子似乎没有别人，不知道老人是一个人住，还是和家人住在一起。

老人给我们泡好茶，我和思薇双手端起茶杯，我竭力思索着小时候看过的古装剧，学着里面人喝茶的样子，把杯盖提起，在杯沿上刮上两下，然后吹口气，一边用杯盖开个小缝，一边把嘴靠上去吸了一口。

放下茶杯，我和思薇正襟危坐地看着老人。

“我能看看你手上的戒指吗？”老人问道。

“当然，我们就是为此而来。”思薇说，摘下戒指递给老人，后者将戒指放在手心，移到眼前，仔细查看。我和思薇对视一眼，彼此都能看见对方眼中的兴奋，五年了，终于找到了一个知道戒指线索的人。

老人查看完毕，将戒指还给思薇，他神情专注，似乎在思考着什么。

“老先生是姓顾吧？”我问，“昨天听钱教授叫您老顾。”

老人点点头，端起茶杯喝了口茶，说：“问吧，你们想知道什么？”

“有关海马龙像的，所有……”思薇深吸了口气，以平复自己的激动，“这座雕像真的是产自明朝永乐年间吗？如果是，又是如何诞生的？跟您竞价的那位金发女士您认识吗？她为什么要使劲抬高价格？为什么您最后直接从一千万加价到两千万？海马龙像您已经拍得，能让我们看看实物吗？还是说……”

思薇环顾了一下四周，“雕像就在这所房子里？”

老人认真听思薇的问题，并没有急于回答，依然是一副若有所思的样子。

这时门铃突然响了，老人示意我们坐着别动，自己站起来去开门。我们将目光转向门口，老人打开门，按门铃的人便随着进来，一头金发映入我的眼帘，我和思薇同时坐直了身子，并且都张大了嘴巴。

来人不是别人，赫然就是在拍卖会上和老人竞价海马龙像的那位外籍女士。我和思薇立刻站了起来，外籍女士冲我们招手微笑，我们也赶忙回礼。老人给她搬了把椅子，又示意我和思薇先坐下。

我这时才看清楚外籍女士的样子，她年纪四十多岁，保养得很好，只有眼角有些许皱纹。她有一头金色的长发，披散在脑后，穿着深蓝色的职业套裙。她的眼睛却是黑色的，在陷入的眼眶里，像是深山里寂静的湖水。

“介绍一下。这就是我刚在电话里跟你说过的那两个年轻人，他们当时也在拍卖会上，就坐在我后面。小伙子叫李匠仁，这位姑娘好像是叫思薇吧。”老人用中文介绍我们，说明外籍女士应该是懂汉语的。

果然，外籍女士冲我们点点头，说：“你们好，我是安娜，顾先生给我打电话，说你们一直在找我们。”

“是的，安娜夫人。我们很想知道为什么在拍卖会上会出现那种情况。”我说。

“叫我安娜就好。”外籍女士笑了笑，示意我可以不用添上夫人那两个字，“听顾先生说，你有一枚海马龙的戒指？”

思薇立刻摘下戒指，递给安娜，后者接过戒指，也像老人一样细细查看。

“您知道这戒指的来历吗？”思薇问。

安娜将戒指还给思薇，说：“我知道一些，但时间太久了，另外和顾先生所了解的也肯定不同。我也理解你们的好奇，顾先生会告诉你们其中原委，而他叫我来，也是想我一起听听。”

老人给安娜泡好茶，安娜礼貌地喝了一口。老人拍拍手，然后说：“好了。今天既然我们四个能聚在这里，是天意也好，人事也罢，我们总是有一些缘分的。我想从头讲起。”

老人说到这，抬头望着天花板，像是在回忆一件很久远的事情一样。

随后他缓缓开口：“那是六百多年前吧，是明朝永乐年间的一艘船上……”

第四章

“鬼船，鬼船。”瞭望手李飞扬伸直的手臂晃动着，嘴里喃喃自语，听着甚是惊恐。一旁的水手戚凡凑上前来，顺着胳膊指着的方向望去，却只见海面上茫茫大雾，哪里有什么鬼船的影子。

戚凡道：“你莫是看错了吧。”

李飞扬怒道：“你敢怀疑我？去，快把顾大哥叫来。”

戚凡诺了一声，扭头便去，显是极听李飞扬的话。李飞扬咽了口口水，凝神以待，只见四周雾气茫茫，船行无风，众人在海上漂行已有不少时日，这样的景致却还是头次见到。身后脚步迭起，李飞扬回头，见戚凡领着一人匆匆前来。

那人年龄二十上下，身体精壮，眉目疏朗，两道剑眉斜斜伸入两鬓，他虽和戚凡一样身着粗布兵服，但气质品相，当真是一个天上，一个地下。李飞扬看见顾清伦，双颊一红，唤了声："顾大哥。"

这英气青年姓顾，名清伦。和李飞扬，戚凡同是这宝船"封狼"上的水兵。此刻他凭栏而望，问道："你真看见了？"

李飞扬点了点头，顾清伦凝神思索，道："你目力惊人，这么大的东西，自是不会看错。你且说说那鬼船什么样子。"李飞扬刚想应话，突见一旁的戚凡伸出胳膊，神色惊恐，两人立刻顺着戚凡所指方向望去，只见一面用白线绣织的骷髅旗正悬挂在一条榆叶形的船上，此刻看去，又像是一具死尸挂在那里，端的是一副说不出的诡异景象。那骷髅船的甲板上好些男女，俱都衣衫褴褛，被绳子连着脚踝，跪着擦洗甲板。一旁还有些站着的人，皆赤膊着上身，手握黑鞭，腰间悬着无鞘弯刀，仰头也望着顾清伦他们，众人目光相交，李飞扬只见他们的眸子是浊白色的，似是没有瞳仁，吓得闭上了眼睛。顾清伦却凝神观望，只见一个跪着的女孩抬起了头，和顾清伦四目相对，她的脸极脏，长发披肩，似是许久未洗，显得暗淡无光。只是那双眼睛，如一泓秋水，似是含泪，又似是泛光，那鬼船倏忽一现，又驶进雾里，由明转暗，最后只剩下个黑影，若即若离。

李飞扬忙去看顾清伦，只见他注视着雾气中那道船影，眉头微蹙，像是在极力回忆着什么。戚凡伸手想要鸣鼓示警，却被顾清伦一把抓住手腕，沉声道："敌我不明，切勿打草惊蛇。你们在这盯着，我去禀告麻大将军。"戚凡点点头，显然也和李飞扬一样，对顾清伦极为信赖。

顾清伦脚步加快，心里思绪渐明，那绝非什么幽灵鬼船，乃是西洋海寇。船上站立拿刀的自是海寇，跪地擦洗的则应是他们掳掠的当地百姓。而那泓秋水般的眼睛，此刻不住在顾清伦脑海里浮现，一阵似曾相识的感觉涌上心头，但又一时说不出个所以然来。他心里思虑，脚下不停，已来到将军的卧舱门口，令兵见是顾清伦，让他稍候片刻，待自己去通报一声。

“是顾清伦吗？让他进来。”里面传来一个浑厚的声音，时值清晨，顾清伦本还担忧将军或在安寝，现下听见将军召唤自己，忙推门进去。只见将军坐在桌旁，桌面上堆满了木头牌子，牌子上用刀刻着大饼、鱼、元宝等图案。那木牌不过一寸见方，但三种图案俱都栩栩如生，比之在布上刺绣也无不及，堪称鬼斧神工。

顾清伦对这些木牌熟悉无比，只因它们全部是自己的手笔。

“清伦，我又想到几种玩的法子，来我跟你说说。”将军招手唤道。

顾清伦走近一步，压低声音：“大哥，我们快到陆地了。”

甲板上乌压压站着一大片人，长矛林立，铠甲如墙。将军有令，三军集结，严禁喧哗。大家都沉默地站立着，本应炎热的气候在雾气里却让人觉得清冷。将军和几个百户站在甲板的高台上，以让所有军士都能看见他们。顾清伦虽然与将军私交甚密，但论身份也只是寻常军士，此刻和别人一道站在高台下。

李飞扬耳边尽是细语的聒噪，有的说看见那鬼船用一具骨头架子吊在旗杆上，那头已是白骨，只剩下眼睛还血淋淋地转着。有的说看见那鬼船的甲板上趴了好多亡魂，正用血水擦洗着甲板，并以此得出这条船实是冥府的鬼船，那些亡魂都是生前犯过罪业的人，此刻正用自己的血擦洗生前的罪过。众人越说越邪，直听得李飞扬浑身起了鸡皮疙瘩，一旁的戚凡倒是听得津津有味，也不知是觉得他们扯得好笑，还是对这等怪力乱神的事情觉得有趣。李飞扬不想听他们再讲，踮起脚尖，找到顾清伦，便一路推搡着人群向那边挤去。

这时人群又起一阵私语，都说是高公公来了。人群让开一条道，监军太监高化贤披着丹红斗篷，头戴黑色乌纱，被一个军士搀扶着走来。太监面色苍白，眉头紧蹙，一脸的厌弃之情，仿佛周遭尽是不干净的东西。那一旁的军士倒是抬头挺胸，一副志得意满的样子。李飞扬认得那人名叫高洋，官拜百户，同时又是太监的侄子。太监走上高台，立时和将军起了争执。

“顾大哥，他怎么来了？”李飞扬一路挤到顾清伦旁边，拉了下他的袖子问道。

顾清伦没有应声，但是面色已显焦急，他心知将军是水师统帅，可高公公却是监军太监，两人分庭抗礼，彼此掣肘。“封狼”是主船，太监却久居“居胥”，可见和将军关系不睦。如今主战与否，抉择之时，恐怕会和将军意见相左。

那边高化贤来到麻大将军旁边，两人行过礼，高化贤便不紧不慢地说道：“麻将军号令三军集结，也不知会我一声，如此大张旗鼓，不知所为何事？”

将军知道太监来者不善，但碍着其有监军之衔，还是如实相告道：“事出突然，未来得及知会高公公。”将军身子向前，压低声音道：“瞭望手发现了海寇。”

听见海寇两字，太监的面色变了一变，也低声道：“海寇在何处？”

将军道：“周遭大雾，我们发现了海寇，海寇却未必发现我们。所以我才集结三军，禁止喧哗，为的就是不打草惊蛇。”

高化贤皱了皱眉头，道：“我当是海寇盯上了我们，原来是将军盯上了海寇。这茫茫大海，远离陆地，这海寇既未发现咱们，咱们又何苦去招惹他们？强龙不压地头蛇，这里人生地不熟的，真打起来，对我们也没有什么好处。依我看，何必让将士们冒着性命危险，蹚这趟浑水？”

将军素来知道太监怕事，加上两人本就不怎么对付，眼下看来是要阻碍自己的决定，当下驳道：“我大明水师，纵横天下，怎能被这小小海寇唬住？我们是兵，他们是贼，既然看到了，怎么能当作没看见，放他们白白逃去？”

高化贤咳嗽了两声，道：“将军哪里话，若是在我大明海域，遇上海寇当然要杀他个片甲不留。但咱们在这海上已漂了不知多少时日，将士们久未着陆，本就士气低迷，而且这茫茫大海，也不知道这海寇为祸的是哪家哪国。我们就算胜了，也不知是为哪家除了害，为哪国做了善事。”

将军和太监都压低声音说话，底下的将士能猜出两人是在争论，却也具体听不清他们在说什么。顾清伦嘴唇紧抿，牢牢盯着两人，他知道太监必定以监军之衔阻挠出战，若将军一意忤着他的意思，到时必少不了吃他一本子参奏。他们这样耗着，怕是贻误战机，周遭茫茫大雾，若那海寇船跑远，怕是再无追上的可能。顾清伦思虑及此，面上焦急之色已显凝重。一旁的李飞扬见他脸色如此难看，问道：“顾大哥，你脸色怎么这么差？”顾清伦不语，右手不自觉间伸入口袋，摸到了一个四四方方的硬东西，乃是麻大将军让他刻的木牌，手摸到木牌上，心里突然灵光一闪。他掏出木牌，拿出自己平素用的小刀，在木牌上刻了七个字：近陆，战而还其民。然后，他低声唤了将军的令兵，把木牌扔给他，同时用手指了指将军。

令兵心领神会，接了木牌，递了给将军看。将军一看木牌，就知道是顾清伦的手笔，立时明白了他的意思。他们已在海上漂流了不知多少时日，平素里别说是海船，就是海鸟也难得见上几只。海寇行掠，多是依靠陆地，此所谓近陆。海寇为虐，若是能将之一举荡平，把他们劫掠的百姓放还归国，此所谓战而还其民。到时我大明水师的正义，自然传播开去，等到郑公及此，必是大功一件。到时就算监军太监有所微词，也是万不用放在心上。是以顾清伦见自己第一面不说遇见海寇，而是说我们快到陆地。太监不能想通这海寇与陆地之间的联系，还当大家依旧在茫茫大海上沉浮漂泊，也更想不到击破这海寇后的功劳。将军当下也不说透，和太监又顶了几句，字字珠玑，句句要害，说得太监无言以对。将军趁此站起，下令“封狼”靠近海寇，待时机得当，一举击溃。三军偃旗息鼓，不得喧哗，以免打草惊蛇。

太监本来面色苍白，现在则气得面如金纸。将军则干脆转过身来调兵遣将，不去理会他。太监跺脚负气而去。顾清伦手扶上刀柄，深吸口气，“封狼”向着那浓雾中的黑影逐渐靠近，他抬头望天，只见层层白雾之中已可见一个氤氲的光点，看来太阳已经升高，这雾气不时就会散去。

顾清伦用手扶上刀柄，活动着手指，他知道雾气一旦散去……

图穷匕见!

第五章

黎曦·瑞德克斯正泡在一个大木桶里，身体淹没在清凉的淡水里，水面上是散发着轻微刺鼻气味的绿色叶子。黎曦猜想这应该是一种草药，可以治疗她身上遍布的擦伤伤口。

木桶旁边的桌子上是一沓叠得整整齐齐的衣服，质料轻柔，黎曦曾用手触摸过，细滑得像是没有摩擦力。这套衣服是供自己沐浴后换的，她之前的衣服早已千疮百孔，她只有用双手捂着身体，才不至于让太多裸露的皮肤暴露在空气里。她本来以为一切都完了，诸神已经背弃了她，将她扔到命运的深壑里，从此再没有光芒会照耀到她。她若不自我了结，便必须苟延残喘地面对未知的恐怖，永远回不去的家乡，以及再也见不到今生最爱的依瑞斯。可诸神似乎并未因她对诸神失望而放弃她，那个鲜血染满上身，长发披散在肩膀的异国男子救了他。而她之前好像见过这个男子，就在浓雾之中，她所在的海盗船从一艘大得惊人的帆船边行过，她抬起头，看见巨船的甲板上有人正望着她，可她看不清楚他的脸，只是一个黑色的轮廓，居高临下，像一座没有脸的雕像。海盗船很快驶入了迷雾，那艘巨大的帆船成为了白色雾气中一个黑色的影子。后来，当那个赤裸着上身，浑身沾满海盗鲜血的异国男子将自己从拥挤的船舱拉上来时，刺眼的阳光逼迫得她只能眯着眼睛，她看着这个解救自己的男子，突然意识到他就是那座黑色的没有脸的雕像，而现在他动起来了，带着神罚的利刃拯救了自己，将恶魔刺死在他们自己的座驾上。

黎曦从木桶里出来，水顺着她的身体流淌下来，少女的胴体虽然饱受磨难，但依然曼妙玲珑，好在身上只是一些擦伤，并未挨那可怕的鞭子，除了脚踝上被绳子磨得有些严重。她换上一双很软的布质鞋子，穿上为她准备好的丝质轻纱，拿起桌上的一面铜镜，看着镜中的自己，熟悉又陌生。那如晴空般湛蓝的双眼此刻终于短暂摆脱了恐惧，长发洗去泥垢，乌黑如墨，又如一挂瀑布披散肩头。她时而睁睁眼睛，时而抿抿嘴唇，就如曾经在家中，每次出门前的梳妆打扮。想到这里，她放下镜子，叹了口气，脸上复又爬上忧伤的神色。她推开门，在船舱里小心翼翼地走着，这艘船太大了，船上竟然有这么多房间、走廊、楼梯……简直就像是一座海上的城堡。

她东拐西拐，竟走上了甲板。

此刻碧空万里，海鸥在主桅杆上盘旋着，发出“欧欧”的叫声。她用一只手挡在额前，慢慢适应着阳光，享受着海风咸湿的味道。

他在那里！

那个带着神罚之刃拯救自己的勇士。她曾听当时在甲板上的奴隶说过，这个异国男人从天而降，阳光在他的身后将他的影子拉得无比漫长，像乌云一样盖住了整个甲板。他的刀像是宙斯的雷电，顷刻间就夺去了海盗的性命。他抢夺了船舵，让快要逃离的海盗船强行转向，给了那艘大船时间追上，然后无数的钩锁像绵延的网一样扑住了海盗船，穿着统一的勇士们握着长矛和尖刀跳上甲板，像波塞冬的审判，将这些为祸在海上的恶魔淹没。

她缓步向顾清伦走去，同时在脑海里极力思索着措辞，一些久远的只言片语开始在她脑中浮现，只见她走到顾清伦身后，轻咳一声，引得顾清伦回头，便道：“这……有礼。”

顾清伦起初吃了一惊，但反应出来黎曦说的是汉话时，继而惊喜，道："姑娘所言可是……这厢有礼？"

"这厢有礼"四字听来有一种熟悉之感，多半是了，想到这里，黎曦点了点头。

顾清伦再次喜道："你会讲我们的话？"

"会……一点，说不好。"黎曦吃力地说，"东方，最，古，语，语——"她卡在"语"字后，竭力思索。

"语言。你想说，这是东方最古老的语言。"顾清伦说，黎曦又点了点头。

"我……小时……有人……传……传……"

"传授给你。"顾清伦明白了，他看着面前的少女，眼若晴空，长发如乌，再观她举止得当，言行有理，虽然不知外邦民俗如何，但俨然也算彬彬有礼。

黎曦被顾清伦这样看着，脸上不禁一阵发烫，不由得侧了侧脸。顾清伦心里懊恼，怎得自己这般失礼，当下想拣些无关紧要的话说说，但又怕黎曦听不明白。黎曦也想说点什么，但满脑子都是自己家乡的语言。两人你看看我，我看看你，就像狭路相逢时，你想让我，我想让你，最后却偏偏行为一致，双双卡在了那里。

李飞扬远远看着两人，咬着嘴唇，神情苦涩。又有几个兵士站了过来，齐齐向顾清伦他们望去，手口并用，一阵指指点点。都说没想到顾清伦看着一副书生的样子，武功竟如此惊人，海战时先是一箭射断敌船的帆索，接舷时又是第一个冲了上去，最后竟然在浑身鲜血之中，还从船舱里抱着一个美人上来。李飞扬起初听他们夸赞顾清伦神勇无敌，心里甚是舒服，待得听见那神勇无敌却是为了救这异国女子，那满腔的苦涩立刻卷土重来，想到顾清伦那日种种不要命的打法，真是差之须臾，失之性命。有人看李飞扬面色不佳，问道："李飞扬，看你面色不好，莫非也看上了那位姑娘？只可惜顾清伦对人家那是有救命之恩，你啊，恐怕是没什么戏唱了。"

李飞扬咬着嘴唇，心里无数把火蹭蹭烧着，当下握紧拳头，使劲跺了下脚，刚好踩在说话那人的脚背上。那人吃痛大叫一声，李飞扬则扭头就走，只想离他们越远越好。只是他这一套动作下来，看起来不似一个吃醋的少年，倒更像是一个吃醋的姑娘。

另一边顾清伦和黎曦继续交谈，海风怡人，吹得黎曦长发轻舞，眉目之间，风姿绰约。顾清伦在上船之前，曾跟随师父游历四方，名山大川是去了不少，但如花美眷却是一个都没见过。他平素为人稳重，处事极有分寸，有时给人感觉深沉得不像他这个年纪。只是如今和黎曦交谈，却让他久已深藏的少年心性显露了出来，两人连说带猜，打着手势，每次知晓对方的意思都像是一场胜利，一番交谈下来，不仅对彼此了解增多，之间的陌生和隔阂也减了不少。黎曦将自己是如何在商港“阿力山佐”走失，又是如何被人贩子卖给海盗一一讲述给顾清伦听，幸亏同船的一位老妈妈给自己脸上抹了海泥，遮蔽了自己的容颜，才让自己免遭厄运。说到难过之处，不禁潸然泪下。顾清伦静静地听着，看着面前如玉的美人，心里突然涌起一股将她揽入怀中的冲动。

“我定送你回家，让你重见父母。”顾清伦一字一句地说。

黎曦看着顾清伦，见他满脸真挚，语气如铁，喜极再泣。

“黎曦姑娘，你先莫哭，这甲板上人来人往，旁人见了，都以为我欺负你呢。”顾清伦柔声道，突觉旁边有人走近，回头只见百户高洋带着四个亲信就站在旁边，高洋挥了挥手，身后几人向黎曦走去。

黎曦见此阵势，吓得不由后退，顾清伦跨了一步，挡在黎曦和高洋之间，道：“不知百户大人何事？”

高洋白了顾清伦一眼道：“这里还轮不到你说话。”又向后连使手势，身后的人绕开顾清伦，却不料顾清伦突然出手，将这四人全部摔倒在地。

“大胆顾清伦，我奉监军太监高公公之命，带这位姑娘去‘居胥’问话，你算什么东西，竟敢出手阻拦？”说完扬起手，狠狠扇了顾清伦一个耳光。

黎曦只听见“啪”的一声，忙上前去，只见顾清伦右脸上一个鲜红的手印。红手印如朱砂入水，逐渐涣散，最后半边脸都变得红彤彤的。高洋知道自己这下打得着实不轻，右手也隐隐作痛，却见顾清伦缓缓转过半边脸，双目如刀，直直盯着高洋。高洋被他看得发怯，扬起手想再打顾清伦一个巴掌，却被人抓住了手腕，他本能回头，一只大手挥了过来，结结实实打在他的脸上。

竟是戚凡！

高洋捂着脸，又惊又怒，似是不敢相信这样一个寻常小兵，竟会对自己动手。戚凡这一巴掌出去，自己也愣住了，见高洋惊怒交集地看着自己，不禁回头望了望身后不远处的李飞扬。后者站在那里，双手攥成拳头，身体紧张得微微发抖。顾清伦见此情景，心里瞬间走了几个念头，立时明白过来，一定是李飞扬见自己被打，于是让戚凡替自己出头……戚凡生性驽钝，又极听李飞扬的话……

四周人越来越多，高洋素来跋扈，怎能忍得了这种事情，当下拔出佩刀，刀光闪处，就向戚凡颈间砍去。戚凡一个翻身险险躲过，若是再慢半分，怕是要被砍断半个脖子。顾清伦自己被打，倒是忍得下来，但是没想到高洋竟会因为挨了一巴掌而对戚凡痛下杀手，心里惊怒，向前迈了一步，右手一把擒住高洋的手腕。

高洋只感到手腕处袭来一阵剧痛，像是被铁钳夹住一般，手上吃痛，佩刀旋即掉落，顾清伦空出的左手向前一探，稳稳接住掉落的佩刀，同时右手放开高洋。这手空手夺人兵刃的功夫，登时博得满堂喝彩，再加上众军士对高洋本就不满，此刻更是全站在顾清伦一边。在众人灼灼的目光注视之下，高洋脸上红一阵白一阵，起初被戚凡打了一巴掌，尚还能拔刀相向，如今兵刃都被人夺去，若是性情刚烈之人，当场自尽也有可能，进退维谷之间，突听一人厉声喝道：“都给我住手！”

大家循声望去，将军负手而立，双目如炬。

第六章

将军姓麻名叶，官至参将，部署们都称其为麻大将军。永乐十四年，三保太监奉永乐帝的命令，以王景洪为副使，率海舶两万余条，四下西洋。麻叶统领的宝船名为“封狼”，随行的补给船只名为“居胥”。合起来便是“封狼居胥”，取的是西汉大将军霍去病逐匈奴至漠北，在狼居胥山祭天封礼的典故。

郑和（1371—1433）

“封狼居胥”为麻叶统领，太监高化贤监军，为了验证三保太监和王景洪对航海图的猜想，两条船只离开船队，横跨大洋，并期望与沿着海岸的主船队在陆地汇合。

船队航行两月，如零丁过洋。长久的航海让每个人都觉得厌弃。麻叶初见顾清伦时，只见是个英俊的青年，凭栏观海，手上攥着一把小刀，拿着一块木头，正兀自雕琢着什么。只是他手下虽然不停，眼睛却一直望着海面，这般“盲雕”的本事，显是技艺已经极为精熟，而他眉目之间，望着大海时候那股虚无萧索的气息，又完全不似他这个岁数的人所该拥有。将军看了一会儿，但见顾清伦手中的木雕渐渐成形，是一个女人像，轮廓衣着都层次分明，但是当小刀触及面部时却收起了刀锋，用手指轻轻抚摸着木像的脸，像是盲人摸象一般。

随后顾清伦将木雕扔进了海里，麻叶只当那必是顾清伦曾深爱的女子，是以虽然雕刻她的身段，却不愿雕刻她的面容。想来那女子要么嫁做人妇，要么阴阳两隔，所以才导致这俊秀的青年孤悬海外。麻叶虽是刀口出身的武将，心里却总有些奇思妙想，想做些木匠营造的活计。但无奈自己砍人还行，要论到精雕细琢这等细致功夫，却万万不是他这个“粗人”所能及的。

麻叶行伍出身，在靖难里立了战功，才被擢升为参将。虽然后来逐渐有了将军的肚子，但却一直没有将军的架子。麻叶想做一个木牌游戏，便找了顾清伦帮忙雕刻木头牌子。两人逐渐熟络，兄弟相称。前日里攻打海寇，在自己与监军太监争执时递上木牌，寥寥数字便细陈利弊，帮自己了了后顾之忧。开战时又一马当先，武勇过人。他之前说自己父母早亡，被一个木匠师父收养，自幼跟着师父学艺，是以他刀凿斧刻，鬼斧神工的技艺算是有了出处。但他识字知礼，武艺惊人，难道这一身本事全部都是一个木匠教给他的？关于皇帝让三保太监统领船队，数下西洋，除了传播大明恩泽，促成这万国来朝的盛世之外，还有一个不足为外人道的秘密。

那就是寻找建文皇帝。

据说建文皇帝失踪之时，还带走了传国玉玺。燕王是靖难得来的天下，大儒方孝孺宁被灭十族，也不愿替他草拟诏书。如今建文帝生死未明，传国玉玺下落无踪，一直是压在皇帝心上的石头。普天之下，莫非王土，他怀疑建文皇帝知道他得了天下，只要在大明疆域，就没有他能藏身的地方，所以干脆孤悬海外。这事说来和普通军士倒也无甚关联，只是万一顾清伦不是普通军士……

顾清伦平素为人低调，若非海寇船一役，旁人绝不会知道他武艺精纯，胆识过人。本来等到郑公及此，自己极力举荐，必是大功一件。但若顾清伦与靖难有关，到时暴露在众人目光之下，他若是永乐帝的密使之类，那一切好说，可若他与那建文帝有些关联，到时必是身首异处的结局。如今顾清伦又和那高洋结下了梁子，监军太监本就与自己不合，攻打海寇一事又多生嫌隙，免不了最后奈何不了自己，却盯着顾清伦找茬……

麻叶越想越乱，只觉得头脑里无数个线头纠缠在一起。这时令兵通报，说顾清伦到了。麻叶摆手让顾清伦进来，两人照面，顾清伦拱手行礼，麻叶点点头，伸手让他入座。

他给顾清伦递过一个酒杯，然后拿出酒壶，给顾清伦和自己都斟了一杯酒，两人碰杯，一饮而尽。

“清伦，”麻叶放下杯子，用手抹了抹溅在胡子上的酒，“我记得我曾对你说过，以后这条船就是你的家，我就是你大哥。”

顾清伦点点头。

“那我对你如何？”麻叶又问。

“如兄待弟，感激不尽。”

“那好，你就跟我这个大哥交交底，你为什么上这艘船？”麻叶问，同时向前靠了靠，直视着顾清伦的眼睛。

顾清伦愣了一下，似是没想到他会问这个问题，眼神随即飘忽了一下，道："大哥何出此言？"

麻叶向后靠了靠身子，一边给自己和顾清伦斟酒，一边说："你说你父母害病死了，是被一个木匠师傅养大的。"

"是。"

"那你这一身上乘武功，也是你的木匠师傅教的吗？"

顾清伦看着自己面前的酒，沉默了下，然后点了点头。

"是。我这一身功夫，也是师父教的。"

"那字呢？你识字不少，一个木匠，怕是不会认这么多字罢。否则他早就考功名去了，又怎么会安心当一个木匠。"

"我师父识字的，而且只会比我多，不会比我少。并不是所有识字的人都想考功名，功名利禄，对我师父这样的人，只是过眼云烟罢了。"顾清伦道，"至于我为什么出海。其实我自己也不甚明了，但大哥的意思我已经明白了。像我这样的人，本不该在船上当一个小卒的。大哥必定是这个想法，平常倒也无事，只是攻打海寇船一役，我已经暴露了自己。眼下又打了高洋，已经身处风口，被很多双眼睛盯着，若有些大人物也像大哥这样想，我的秘密，恐怕是藏不住了。"顾清伦笑了笑："可惜，我的秘密，却偏偏还是见不得人的秘密。看来清伦之生死，今日全在大哥手上了。"

麻叶听见顾清伦说生死全在自己手上，不禁觉得一阵感伤，但想这个小兄弟能对自己如此坦荡，心里又泛起一丝欣慰，当下叹息道："我一直希望是自己多虑，却没料到你一下就招了自己有见不得人的秘密。我问你一事，你是否爱上了黎曦姑娘？"

顾清伦万没料到麻叶会问这个问题，当下默然了一会儿，思绪却是回到了几年前。那时他奉师命游历四方，寻找一件珍贵物事的线索，几经辗转，终于在湖南荆山一带的一个险僻山洞内，探访到那件物事的线索。当时他深入山洞，便觉得气息不顺，而火把光微，显是洞内空气稀薄。他在洞内的岩壁之上发现了一幅幅石刻的壁画，便一路看去，悉心记忆，发现壁画讲的应是上古时期，一个渔家女孩的一生，只是越往后看，必须深入山洞，火光便愈微弱，呼吸也愈凝滞。待看到最后一幅时，他已头晕眼花，而火光终于熄灭，只是在光灭的瞬间，他留意到岩壁上刻着一行不知哪国的文字。但他随即仰头栽倒，一头掉进一旁的溪涧中去，待得醒来，发现自己身体浸泡在浅水之中，想来是一路随溪水被冲出山洞。他后来又返身想再进入山洞，却发现无论如何也找不到山洞的入口。虽然那一幅幅壁画已被他牢牢记入脑海，但唯有壁画中那个渔家女孩的样子却是无论如何也想不起来。每每竭力回忆，总有一种异常熟悉的感觉，仿佛置身一个曾去过的地方，但却说不出什么时候去过一样。直到前日与海寇船相遇，他在船上看到抬头的黎曦，刹那间那种熟悉的感觉涌上心头，待得救出黎曦，看到她本来面目，觉得她美得惊人，却不是荆山秘境之中岩壁上的渔家女孩的样子，只是感觉相近。荆山离此西海，相距何止万里，岩壁之中所刻景绘时日也差千年，他这感觉的来历，自己也是苦思不透。他年纪虽轻，但十年来跟着师父走南闯北，洞明世事，只是唯有男女之爱，却是一点都没经历。此刻听得麻叶提起黎曦，心里一软，便觉得一阵微微的甜意漫上心头。

烛光摇曳，光影之中顾清伦神色微有变化。麻叶知道他这个小兄弟平素低调，为人内敛，也算应了他那清河流淌，不湍不急的名字。当下也不再出口多问，道："我想你送黎曦姑娘回家。我们两日内必到陆地，郑公何日到来还不可知，这些获救的异国百姓都需要放还归家，听他们说沿岸一直向北，到海的尽头登陆，再往北行数日，便会再见大海，而'阿力山佐'就坐落在那里。我让李飞扬和戚凡跟着你和黎曦姑娘，就你们四个。至于你今后是去是留，全凭自己心愿。'封狼'会在岸边等候数日，等到了'阿力山佐'，你让李飞扬和戚凡原路返回就行。"

顾清伦起初听麻叶说起黎曦，还只当是他随口问问，却没料到原来他意指即此，愣了下道：“大哥……”

“你既已说生死全在我手，但我既然做了你的大哥，你的生死，还是交在你自己手上好了。这地方远离中土，自此一别，今生算是断了回去的路了。无论你有什么见不得人的秘密，从此都成尘土。我相信你不是什么奸恶之人，但对你的隐情也无想知道的欲望。无论那是什么，我都帮不了你。你智计卓绝，武艺高强，心性坚韧。能落到出海为军的地步，怕是和靖难脱不了干系。言已至此，盼望珍重。”

顾清伧听到靖难二字，脸色一变，显然没有料到麻叶竟会说出这两个大忌之字。麻叶却微微低头，心里又泛起靖难时自己几次出生入死，无数兄弟生离死别的情景。想不到天下已定，兵戈早息，然而离别依旧。面前的桌上还摆着顾清伧雕作的那些木头牌子，还记得当时两人商议探讨时的样子，因为久居海上，无事可做，麻叶便想做一种供大家消遣的游戏。船上的干粮多是大饼，荤腥只有海鱼，又因为要赏赐诸国，所以金银元宝也备了不少，海上航行离不开海风，而风向又分东南西北。最终这些物事，便全成了木牌上的图案。

顾清伧看麻叶低头看着木牌，一脸怅然之色，知道是为两人的分别感伤，心里也不禁涌起伤感，他低头看着木牌，突然灵光一现，对麻叶道：

“大哥，这套木牌，就叫麻大将军牌吧。”

“麻大将军牌？”

“对，简称麻将。”

第七章

顾清伦、黎曦、李飞扬、戚凡四人离开“封狼”之后，一路向北，数日后便来到海港城市“阿力山佐”。

在港口找好船只后，顾清伦便告诉李飞扬和戚凡，自己要护送黎曦到家，而他们不必同行，即刻返回“封狼”。

此举自然遭到两人的极力反对，这里离中土万里之遥，“封狼”仅仅停留数日，若是顾清伦踏上去维尼亚镇的船，今生怕是要在异乡终老了。

李飞扬多番劝说，但顾清伦心意已决。李飞扬知道顾清伦钟情于黎曦，情急之下质问顾清伦道：“你没有父母吗？皇命呢？你为了一个异国的女人，放弃了自己的国家，父母。这样不忠不孝的事情，你怎么能做得出来？”

顾清伦与靖难有所关联，李飞扬自然不知。顾清伦父母早亡，他十岁时跟着一个木匠师傅走南闯北，这经历却是和李飞扬提过的。当下淡淡道：“你忘了我没有父母。我也不受逆贼的皇命。”这话若是放在平常，“逆贼”一词已是杀头的大罪，然而在这“阿力山佐”，倒还真是应了那句天高皇帝远。只是顾清伦为人一向低调谦和，又怎会突然说出当今圣上是逆贼这种话。李飞扬年纪尚小，靖难一事又是终永乐一朝的禁忌，所以这其中的关系还不得为知。而顾清伦去意已决，对戚凡说李飞扬性格毛躁，行事冲动，让他务必看好李飞扬，护他周全。

顾清伦说完后扭头走向不远处静候的黎曦，将李飞扬和戚凡撇在身后。他心里诸多复杂伤感、离别情绪，却无法像常人一样一一细表。

如今他和黎曦·瑞德克斯已经身处“幸运的阿达西号”船舱，后者戴着兜帽，低着头，和他一起坐在船舱的角落里。这是一艘商船，满载着橄榄油、麻布、棉花等商品，也兼乘一些旅客。船的终点是“水上的城市”威尼斯，而沿路将在多个国家的港口停留，其中一个便是黎曦的故乡维尼亚镇。维尼亚镇盛产雕塑，珠宝工艺品，行销诸国，尤其受各地领主、贵族的青睐，维尼亚镇也成为了各地商船争相踊跃前往的贸易港口。

周遭的气味并不好闻，各色人等都挤在一起。三五成群的人用贝壳赌博，银币洒在桌上叮铃作响。劣质果酒的味道在船舱里蔓延着，闻起来像发霉腐败的橘子。这种环境若是放在往昔，黎曦恐怕会晕过去。但从海盗船劫后余生之后，她觉得自己无论是嗅觉还是触觉，都退化了不少。

一想到离家只有一步之遥，下一次踏上的陆地就是故土，黎曦的嘴角便不可抑制地上扬。然而越是临近终点，她越担心这是上天跟她开的玩笑，给她希望，却在最后一刻打碎一切。她本来不是一个悲观的姑娘，但这数月来的悲惨遭遇已经改变了她。她随着心思变化，身体也微微发抖，引起了站在一旁的顾清伦的注意。

顾清伦轻声问道：“你怎么了？”

黎曦本能地摇了摇头，像是要把心里的恐惧甩出去一般。

“你陪我到甲板上去转转吧。”

顾清伦点头应允，带黎曦走上甲板。此刻海风怡人，云层笼罩天际，却未能聚拢在月亮的周围，像开了一扇圆形的窗，皓亮的圆月悬在头顶，似一颗缝在天际的明珠。风帆的声音烈烈，海浪击打着船体，发出“哗哗”的水声。黎曦摘下兜帽，大口喘息，月光照映，容颜倾城。顾清伦站在黎曦的身后，海风袭来，黎曦的长发飞舞，拂在他的脸上像是温柔的抚摸，不禁抬起双手，轻轻搭在黎曦的肩上。不远处的桅杆下，月光顾及不到的阴影里，一双眼睛正静静注视着这里，目光里饱含隐忍。这时月光突然消失，一切都变得暗了下来，原来头顶的云层已经闭合，像是关上了窗户，将月光阻在了窗帘之外。海水也从深蓝变得漆黑，骤然之间连海风也似变得不再温柔，船体开始摇晃，远处腾起了巨浪，水声传来，轰鸣彻耳。

“我们下去吧，暴风雨要来了。”顾清伦对黎曦说道，语气里不乏担忧。

黎曦心里一沉，顾清伦是经验丰富的水手，他说有暴风雨，自然不是无端猜测。心里那股悲观的情绪再次涌了上来，她重新戴上兜帽，目光里充满担忧。跟着顾清伦回到船舱里。

天空中突然闪过一道闪电，将一切照亮得如同白昼。

李飞扬的脸出现在夜色中，一闪即逝。

伴随着轰隆隆的雷声，暴雨噼里啪啦倾洒下来。

海浪如山，海风如刀。

船体开始剧烈地摇晃。

船舱里的人都被晃得东倒西歪，每个人都费力抓住手边的东西，黎曦抱着顾清伦，顾清伦一手死死搂住黎曦，一手紧紧抱着一根船柱。

有人开始祈祷，声音随着颠簸被打断。

断断续续，又像是恐惧的呻吟。

黎曦惊恐地望向顾清伦，他的脸还在兜帽里，但紧闭的嘴唇惨白无血。

“我们会死吗？”黎曦绝望地对顾清伦说，又是一阵剧烈的晃动袭来，顾清伦的兜帽落到脑后。

甲板上，李飞扬和戚凡死死抱着桅杆，他们紧闭双眼，在狂风暴雨之中苦苦支撑。

又撑过了一轮海浪，船体稍显平稳，两人睁开眼睛，却看见了此生从未见过的情景。

五丈有余的巨浪，像一只黑色的巨手，在电闪雷鸣间向他们袭来。

“我们会死吗？”船舱里，黎曦又重复了一句。

顾清伦低头看着黎曦，他张开口，却没来得及说一个字。

下一刻，天翻地覆。所有的声音都消失了。

“幸运的阿达西号”这次没能幸运下去，它在暴风雨中沉没了……

顾清伦睁开眼睛，发现自己正仰面躺在沙滩上，周遭是一些破碎的木板。腰间的佩刀已经不见，衣襟湿透，他挣扎着坐起来，用手捂着额头，只觉头晕眼花，胃里翻江倒海，喉咙咸涩不已。他休息了片刻，便努力站起来，去寻找黎曦的所在。一些记忆的片段在他的脑海里浮现，在那场浩劫般的狂风骤雨中，他一手抱着黎曦，一手抱着一个大木桶，在惊涛骇浪中翻转沉浮，他记得自己实已用了毕生力气，不敢松开分毫。不过记忆就像海滩上这个最终被冲散的木桶，片段无法拼凑成完整的画面，他努力起身寻找黎曦，发现后者趴在不远处的沙滩上，一动不动，不知生死。

顾清伦提起一口气，挣扎着站起，向黎曦摇摇晃晃地走去，只觉每走

一步四肢百骸都在吱嘎作响，也不知自己身上断了几根骨头。他跪在黎曦面前，用力翻过对方，但见黎曦双目紧闭，打湿的乌发纠结黏缠在额头，浸湿的衣服紧紧贴在身上，少女玲珑的身段在日光下显露无余，他用手指放在黎曦鼻前，只能感觉到微弱的气息，眼下不是脸红的时候，生死面前也顾不得男女授受不亲，顾清伦用手按住黎曦的胸膛，开始用力地捶打挤压，几个来回后黎曦突然呛出一口海水，翻身开始呕吐，顾清伦向后坐倒在地，如释重负。

两人互相搀扶着走到一棵树下，避开了炽热的阳光，黎曦大口喘着气，而顾清伦则如断线的木偶一样颓唐地靠着树干，不久两人双双睡去，待得再睁开眼睛已经是日落黄昏。顾清伦扶着树站起，发现身上虽然多处酸痛，但好赖可以确定没有断了骨头。

顾清伦带着黎曦走进树林，前行不久便发现了一条溪流，所幸都是淡水，两人饱饮之后，沿着溪流一路向高处走，登上一座小山，发现溪流的源头乃是山上的一个内湖，但见湖面里隐约有水泡浮起，估计湖底通着地下水脉。两人寻得一个山洞，又采摘一些野果充饥。顾清伦随身的火石已经失却，好在这岛屿上似乎也无毒蛇猛兽，入夜之后，繁星浩天，月光皎洁如灯，在洞口望去，但觉美景怡人，岩地坚硬，顾清伦和黎曦蜷缩起来，沉沉睡去。

火苗妖娆如蛇，吐着致命的信子。周遭的景色因为烈焰而模糊，木头在火焰中燃烧爆裂，发出“噼里啪啦”的声响。一个十岁的男童呆立原地，看着火海中那道孤高的影子，影子的主人站在烈焰中望着男童，他向着男童走了一步，半个面庞被火光映亮，另一半依然隐没于黑暗，他伸出手掌，对着男童道：“跑！快跑！跑到天涯海角也别让他们抓住！”

一段燃烧的木梁掉了下来，火焰像藤蔓一样缠绕着，在木梁落地时发出“噼里啪啦”与“轰隆”混合的巨响。

随着这声巨响，那个人的身形在烈焰中变成了一个黑影。

顾清伦猛地惊醒。

只是一个梦。

他浑身已被汗水浸透。

脚步声响起，他循声望去，一个黑影正在靠近！

他立刻推了推睡在一旁的黎曦，后者却只是含混地咕哝了一声，随即翻了下身，像是本能地对搅乱睡眠的抵抗。黑影越来越近，顾清伦挣扎着站起，看着那张脸慢慢变亮。

长发披散，杏眼桃腮，竟是一个美丽的女子。

那女子看见顾清伦，眼睛突然发出异样的光彩来。她向前疾走两步，唤了声：“顾大哥。”

顾清伦初听这声音，只觉得甚是耳熟，再仔细看面前的女子，只觉头脑里“轰”的一声。

“你是……”顾清伦睁大了眼睛。

又一个脚步声响起，戚凡从那女子后面追了上来，也叫了声：“顾大哥。”

那女子不是别人，正是李飞扬。

“你……你是女儿身？”顾清伦错愕道。

李飞扬看着顾清伦惊愕的样子，不禁莞尔一笑，月色之下，她双颊微红，妩媚非常。

原来她原名李淑锦，是苏州昆山县一户员外家的千金。

但她从小就生性好动，不似大家闺秀，更像是纨绔少爷。

戚凡的爹爹是李员外家的佃户，戚凡平日里除了帮着爹爹给员外家做事之外，便一直跟着李飞扬，供她驱使。

两人年纪相当，虽说一主一奴，但也算是从小一起长大。等到李淑锦到了婚配年纪，李员外便开始着手给李淑锦安排婚事，盼她有个归宿，日后相夫教子，改了这顽劣的性子。

此事自然遭到李淑锦极力反对，但父母之命，媒妁之言，却又是违逆不得。因不愿接受这桩被安排的亲事，李淑锦逃婚出走，戚凡因为担心她的安危，只得相随。恰逢三保太监率领船队从苏州刘家港出航，征召水手，李淑锦便女扮男装，混入了船队，并化名李飞扬，意寄自由飞扬之身。

次日清晨，四人坐在洞口，听李飞扬讲完自己的身世始末，顾清伦不禁叹道："雄兔脚扑朔，雌兔眼迷离；双兔傍地走，安能辨我是雌雄？"

李飞扬问道："顾大哥你说什么呢？"

顾清伦叹道："我说你像代父从军的花木兰，女扮男装混入军中，朝夕相处日夜为伴，却无人知你竟是女子。"说罢摇头苦笑，又道："可我不是叫你们原路返回'封狼'，怎得你们又上了那货船。"

李飞扬听了顾清伦的问话，脸上不禁又泛起朝霞，心里咕哝道，还不是为了你，害得本姑娘差点葬身鱼腹。可目光扫到一旁专注聆听的黎曦，心里又泛起一丝苦涩，你为了这异国的美人，却也是家也不回，命也不要。

"幸运的阿达西"号是在其航线沉没，四人虽被困孤岛，但想来应会有商船从附近经过，眼下要紧的是先活下来，再等待机会。戚凡为人驽钝，行事却也严谨，贴身带的火石，匕首都在。顾清伦虽然丢失了佩刀，但那把随身用于雕刻的小刀却还绑在腿上。四人砍了一些树木，摘了一些宽大的树叶，在海滩边搭了小屋。戚凡和顾清伦去捕鱼，黎曦和李飞扬收集柴火，采摘野果，便在这海滩上先住了下来。

四人每日捕鱼摘果，静候航船。闲来无事之时，黎曦跟着顾清伦他们学汉话，而顾清伦则要李飞扬和戚凡一起学黎曦家乡的语言。李飞扬起初不愿，但一想到黎曦和顾清伦单独一起，互授语言的情景，只得咬牙同意。黎曦已有一定汉话的基础，双语通用，倒也教得过来。顾清伦学得尽心尽力，他头脑本就机敏，很快便能用黎曦家乡的语言与之交流，李飞扬见状心里更不是滋味，看来顾清伦是真的准备以后入乡随俗，客死异乡了。

孤岛海景优美，日落时天边灿霞如火，入夜后繁星皓月当空。黎曦除了传授语言，也讲了不少自己家乡的风土人情。在维尼亚镇，她家算是一等一的望族。在他们那里，大家族的领主都有自己的纹章。黎曦拿了一根树枝，在沙滩上画了一幅图案，是一只凤凰在一只海马背后张开翅膀，像是在庇护着这匹海马一样。

黎曦用树枝指着沙滩上的图案说道："这就是我家的纹章，在维尼亚镇，但凡服饰上绣有这种图示的，即是我的族人部属。"

三人看着那在沙地上的图案，虽是用树枝画的，却不是随手勾勒之物，凤凰威仪，海马傲气，羽翼长须，层次尽显。显然黎曦画功非凡，且对本族纹章熟稔之至。

"你家竟然敢用凤凰作家徽?"李飞扬惊愕道。

黎曦一时没明白李飞扬的意思，顾清伦接过她手中的树枝，在沙滩上又画了几只凤凰，角度不同，姿态各异，画完后问黎曦道："你家族纹章上的这只鸟，和我画的这些可否一致?"

黎曦细细看了顾清伦所画的凤凰，点了点头。

顾清伦沉吟道："你说小时候跟家里人学过汉话，教你的是什么人?"

黎曦回道："一个老妈妈，是我们家的仆人。后来就不在我们家做了。"

顾清伦又问："她长什么样子，和我们一样吗？"

黎曦摇了摇头："不是，在见到你们之前，我从来没见过中土人。"

"你们家族，在维尼亚镇多久了？你家人有告诉你，为什么会用这个作纹章吗？"

"父亲说我们家族世代居于维尼亚镇，至于家族的纹章也是自祖上流传下来。这纹章是有什么问题吗？"

顾清伦点了点头，心里思量，凤凰乃是神鸟，虽是祥瑞之至，但皇帝为龙，皇后为凤，寻常百姓人家也是沾染不得。此地远离中土，风俗法理自是不同，可能凤凰也只是寻常的鸟儿，人人得以用之，当下回道："没什么大事，凤凰在我们那边是皇后的象征，一般人是用不得的。不过天下之大，各地风土人情俱不相同，你们又不是中土人，用了也就用了，我们也不必太在意。"

李飞扬听顾清伦这样解释，觉得有理，又想到自己和黎曦都讲了自己的身世，却唯独没听顾清伦讲过自己的过去，之前在船上偶尔问起，他也只是笼统地说父母在自己年幼时害病死了，是一个木匠师傅将他抚养长大。于是便开口问道："顾大哥，以前在船上都没听你怎么讲过自己的事情，眼下大家被困孤岛，平日里也没什么谈资，你就给我们讲讲你的故事呗。"

李飞扬说完期盼地望着顾清伦，却只见后者脸上闪过一丝阴霾的神色，心里起疑，但又不好再多加追问。黎曦也注意到了顾清伦神色有异，心里暗暗记下。

这样又过了两个月，四人对海岛上的生活已经应付自如。每日捕鱼采果，互相学习语言。这两月来他们每日登山眺望，却无一船一影的踪迹。有日戚凡着急地跑来，说是在岛上发现了一处地窖，便领着众人去看。那是一片草地，却唯独中间秃了一块，是有人挖了地窖，设了木门，又铺了

一层浅土上去。打开木门，发现里面贮藏着数十个木桶，隐隐发出酒香，顾清伦猜测这应该是过往的酒贩子将酒藏在这里，作为中转。这岛既有人来过，应该还会再来，那时众人便可乘他们的船离开。念及至此，黎曦欢喜异常，李飞扬却是闷闷不乐。她出身富贵，从小众星捧月一般活着，往日行事全凭自己心愿，就算闯了祸，最后爹爹也是护着自己。她为了逃婚，一时兴起上了宝船，爱上顾清伦后，更是不顾戚凡的劝阻，又上了“幸运的阿达西号”。结果“幸运的阿达西号”一点都不幸运，竟然遇见暴风雨沉没了。她和戚凡侥幸不死，和顾清伦黎曦一起被冲上孤岛，自己也恢复了女儿身，却不料顾清伦对自己依旧不冷不热的样子，相反对黎曦依旧殷勤有加。她心思烦闷，便叫了戚凡去了那地窖，取了一些酒，一股脑全喝了下去，只觉得胃部一阵火辣辣的烧灼，旋即面容潮红，心里却舒坦了不少。

戚凡劝她少喝些，她看着戚凡碍眼，在里面拿了个杯子，让戚凡先喝三大杯。戚凡摇头推辞，她便板起脸来，说道：“你怎么敢不听我的话？”从小到大戚凡都是对她言听计从，就算有很多为难之事，只需她板起脸来，使点小性子，戚凡也只能从命。戚凡先喝了三杯，她喝了一杯，又让戚凡再喝三杯。如此以一碰三，她共喝四杯，戚凡却是整整一十二杯，两人离开酒窖，晃晃悠悠走了两步，一阵海风吹来，戚凡打了个嗝，直接仰面倒地，醉得不省人事。

“哈哈，哈哈，终于倒了，不用再跟着我了。”李飞扬醉笑两声，步履微摇，向海滩走去。

黎曦和顾清伦正在海滩叙话，见李飞扬摇摇晃晃地过来，两人当即放下话头，顾清伦看李飞扬步履摇晃，面色潮红，问道：“你莫是把酒窖的酒喝了？”

李飞扬微笑道：“喝了一点。”顾清伦怀疑地看着她道：“戚凡呢？怎么没跟你在一起？”李飞扬摆摆手：“他喝多了，在那边睡着了。”顾清伦叹了口气：“戚凡怎么会想要喝酒？一定是你让他喝的！”

李飞扬听顾清伦语气略有责怪之意，刚想说点什么，顾清伦已经开口：“那酒窖里的酒是别人商家的，我们现在唯一的指望，便是那商家来取酒时让我们也搭船离开。我们现在身上并无钱财，却又喝了别人的酒，到时多生枝节……”李飞扬本已有酒劲在头，又听到顾清伦这样说话，突然想到以前在家里过掌上明珠，众星捧月的日子，如今自己为了眼前这个男人，放弃一切，踏上了一条沉船。心里先是委屈，但转念一想，发现全是自作自受，这腔委屈不能怨在顾清伦头上，只得怨在自己身上，鼻子一酸，眼泪不可自抑地涌了出来。

见李飞扬哭了，黎曦忙上前安慰，也不顾平日里李飞扬对她的冷淡，她一边不住轻拍李飞扬的后背，一边向顾清伦投去责备的目光。顾清伦叹了口气，对李飞扬轻声道：“飞扬，我话可能说重了，给你道歉，别哭了好吗？”李飞扬想说点什么，但喉咙呜咽无法发声，只能不住抽泣，她背过身去，不想让顾清伦看见她因为哭泣而扭曲的脸。一刻钟后，李飞扬才转过身来，红着眼睛，缓缓地说：“顾大哥，以前在船上，你可否当我是兄弟过？”

顾清伦愣了一下，道：“当然。我当麻叶是我兄长，你和戚凡都是我的弟弟。”

李飞扬又道：“现在我们身处孤岛，以后怕是也没机会回去了。为什么每次我问起你的事，你都一副懒得搭理的样子？”

顾清伦叹道：“我的身世原是不能说的，不过这里远在天涯，你若一定想知道，告诉你也无妨。”

李飞扬听顾清伦如此说道，登时精神一振，刚刚的酒劲也仿佛随着眼泪流了出去，立时凝神静听。

顾清伦道：“你还记得那日在港口，我说我不受逆贼的皇命，当时你和戚凡听了，应是吓了一跳吧。”李飞扬点点头。顾清伦接着道：“有些事你和戚凡年纪还小，又非生于官宦人家，怕是不知道。当今的天子年号永乐，名为朱棣，是太祖皇帝的第四子，曾经受封为燕王，镇守北平。太祖皇帝本意将皇位传给懿文太子朱标，但太子因病早逝，太祖便将皇位传给太子的二子朱允炆，定年号为建文，世称建文皇帝。”

李飞扬道：“那是建文皇帝也因病早逝，所以才将皇位传给了永乐皇帝？”顾清伦道：“建文皇帝年纪轻轻，身体硬朗，怎么会早逝？昔年太祖将他的皇子们分封到各地，是为藩王，并对建文帝说，若是有外敌入侵，便让你这些叔叔帮你打发了去。可建文帝却闷闷不乐，说那若是叔叔们作乱，谁又能打发了他们去。建文帝年纪虽小，但见识非凡，登基之后，便着手削藩，他的四叔燕王朱棣不愿束手待毙，以‘朝无正臣，内有奸恶，则亲王训兵待命，天子密诏诸王，统领镇兵讨平之’。名为靖难，实为谋逆。此战打了数年，最后朱棣攻破南京，建文帝和传国玉玺下落无踪。这便是我们当今的圣上永乐皇帝的由来。”

说到这里，顾清伦叹了口气，甚是感伤：“太祖生性多疑，手段残酷。

懿文太子为人温和，心里甚是慈悲。可惜好人多不长命，懿文太子育有六儿四女，二子朱允炆便是我之前所说的建文皇帝，而他的三女朱氏，就是我的母亲。”

先前李飞扬听顾清伦讲这家国大事，还不知这些事情和他有何相干，待得听到这里，当真是惊愕无比。顾清伦不等李飞扬开口，又继续道：“我父亲姓顾，祖父是昔年跟随太祖驱逐暴元的将领，这门婚事还是太祖生前亲自定下，我祖父官位不高，但曾经在战乱时替太祖挡过一箭，救过太祖的命。所以建文帝就是我的舅舅，我少时便是在皇宫中长大的。靖难之时，我爹爹跟随大将军耿炳文出征，战死沙场。燕王攻进南京，皇宫大院起火，舅舅在一片火海中叮嘱我快逃，莫要被他们抓住。这时宫里造办处的一位匠人抱走了我，带我逃出皇宫，一路护我周全。而我妈妈，也死于那场大火之中。那年我十岁，这个匠人后来就成了我的师父，我这一身刀凿斧刻、舞刀弄枪的本领，便全是跟他学的。”

李飞扬小心翼翼地道：“那你舅舅，也就是建文皇帝，也在那场火海中……”

顾清伦摇了摇头：“火势扑灭之后，是找到不少烧焦的骸骨，但多已不能辨认。朱棣一天见不到建文帝的尸首，心里便一天都不得安宁。他知道自己的皇位来路不正，便拼命想做些雄图伟业来证明自己。他让三保太监率领船队数下西洋，促成这万国来朝的盛事，一则彰显自己的天子地位；二则因为他怀疑建文帝流亡海外，想找到他的所在，斩草除根。麻大哥大致知道我的事情，为了救我性命，才提出让我送黎曦回家……”说到这里，顾清伦不自觉看了看一旁的黎曦，想到那日麻叶问自己是否爱上了黎曦。只是这话，眼下是无论如何也说不出口的。

李飞扬道：“那你随船出海，也是为了找你的舅舅吗？”

顾清伦摇了摇头：“我爹爹母亲都死了，还找舅舅作甚？靖难之后，朱棣对忠于建文帝的部属遗臣，杀的杀，流放的流放。师父带着我浪迹天涯，最终还是让锦衣卫寻到了踪迹，惨死在锦衣卫的刀下。我起初见到师父的尸首，也是怒火中烧，恨不得将所有的锦衣卫都手刃干净。但师父临死之时，以自己的手指蘸血，在地上写了‘兼爱非攻，完璧归赵’八个字。我便知道师父不许我去报仇，而是让我继续贯彻师门的使命。”

李飞扬道：“完璧归赵的故事我倒是听过，兼爱非攻是什么意思？”

顾清伦拿过树枝，在沙滩上画下一个符号。

李飞扬问道：“这是什么？”

顾清伦道：“你们可听过‘兼爱非攻’这四个字？”

李飞扬和黎曦摇了摇头。

顾清伦道：“先秦时期，中原混乱，国与国之间征战不休。那时车不同轨，书不同文，还有诸子百家，各执一词。其中有一个门派被称为墨家，他们的首领叫做墨翟，被后世尊称为墨子。墨家主张的思想，便是天下兼相爱则治，交相恶则乱。所谓臣与子之不孝，君与父之不慈，以及‘大夫之相乱家，诸侯之相攻国’，都是世人互不相爱的结果。假使天下人能‘兼相爱’，爱人若爱其身，那天下早就太平，也就不用生灵涂炭了。而非攻，就是不要相互攻击，因为那时天下分为多国，彼此征伐不休。后来世事变迁，七国归秦，再到汉初武皇帝罢黜百家，独尊儒术。墨家与其他诸多学派皆速凋零，但有一支却繁衍生息下来，这世事千年，沧海桑田，中间又有多少可歌可泣的故事，多已埋入历史的烟尘。我师父便是那门流传下来的墨家最后的弟子。墨家子弟，心里要怀有兼爱非攻的理想，这是道。而在术上，则要强武艺，精匠艺，战国时的墨家子弟，武功上都是一等一的高手，机关上都是一等一的大师。所以我不仅精于雕凿，武艺不弱，便因为我也是墨家的弟子。”

顾清伦说到这里，脸上不免现出神伤的表情，“师父死时写下‘兼爱非攻’，是叫我不要报仇；‘完璧归赵’，则是我这一支师门的重要使命。但这使命历时千年，已与神话传说无异，而这其中牵涉之广，我三言两语也说不清楚。以后若有时机，我再细细告诉你们。我画下的这个符号，便是我们这一支墨家的标志。总之师父死后，我只觉得天下这么大，却不知何去何从，干脆随船出海，去外面看看也好。”

李飞扬叹道：“我早觉得你和旁人不一样，却没料到，你竟然是王孙贵族。”

顾清伦舒了口气，他这身世秘密，十余年来从未跟任何人讲过，虽然往昔种种依然隐隐作痛，但如今终于也算是一吐为快。他想起师父临终前倒在他的怀里，安慰他说不要担心，一切自有安排。如今他们四人被困孤岛，这安排看来也不怎么好。

这时脚步声起，三人回头，见戚凡一手捂着头，摇晃地走来，似是宿醉未醒的样子。他看见顾清伦三人，便伸出手打招呼，摇晃的手却突然指着前方，脸上满是惊喜的神色，顾清伦等三人顺着他手指的方向回头，只见在海波之上，一条船正向海岛驶来……

第八章

夜色正浓，维尼亚镇静谧非常。

空中流云急速飘过，月光若隐若现。

依瑞斯·雷耿独自在路上行走着，他身材高大，有一头金色的长发搭在肩头，高鼻深目，瞳仁是淡褐色的，下巴上有未净的胡渣，看起来略微有些疲惫，又似乎有什么恼人的事情，让这英俊的青年闷闷不乐，他披着一件斗篷，腰间斜斜挂着一把长剑，固定斗篷的胸针是黄金制成，形象是一条龙围绕着一匹海马。

“依瑞斯。”有人叫着他的名字，挡住他的去路。那是一个十六七岁的少年，黑色短发，眼眸是蓝色的，青涩的脸上写满了稚嫩，但眼神坚定而倔强，他腰间也悬挂着长剑，外套的右肩上用金线绣织着海马与凤的图案。

依瑞斯·雷耿停下脚步，看着面前来者不善的少年，道：“泰卢，让开，你年纪还小，不用这么着急就送了自己的性命。”

泰卢·瑞德克斯拔出腰间的佩剑，指着面前高大的敌人，他个头几乎只到依瑞斯的肩膀，就像是一只麻雀向雄鹰发出挑战。

“你害我失去了姐姐，还打伤了我诸多兄弟，今天就在这里做个了断吧。赌上瑞德克斯之名，我要与你决斗。”年轻的少年拔剑指向远远比他强大的敌人，语气虽然坚定，但举起的长剑却不住抖动。

依瑞斯冷笑道：“若你真想找我决斗，也需先征得你父母同意，签好决斗的免责契约，在见证人的注视下一对一和我打过。现在月黑风高，你拦在半路，是袭击，不是决斗。”

他说完这些话，环视了一下四周，但见有不少黑影悄然而现，他们都戴着头巾，用白布蒙着面容，手握弧形弯刀。

依瑞斯心里默默数算，敌人加上泰卢·瑞德克斯共有十三人，显然这些白布蒙面，手握弯刀的人是泰卢雇来的佣兵，看来这个少年已经下决心置自己于死地。最近瑞德克斯、雷耿两家械斗不断，明着的决斗，暗地里的闷棍，每天都有不少人因此受伤，昔日繁盛的维尼亚镇如今笼罩在一片黑色的恐惧中。

泰卢狠狠地说：“到地狱里去跟我姐姐赔罪吧。”他说完用力甩了下长剑，周遭的佣兵们一拥而上……

“维尼亚，我终于回来了。”站在甲板上，望着越来越近的维尼亚港，黎曦·瑞德克斯心潮澎湃。顾清伦、李飞扬、戚凡三人伴她左右。贩酒的商船终于还是到了那个孤岛，解救他们于囚困。

踏上维尼亚港的那一刻，黎曦轻松地转了一个圈，双手自然伸展，一切就像是美梦，而现在美梦终于成真。

黎曦领着顾清伦三人向自己家里的宅邸走去，然而没走几步，便听见“叮铃当啷”的刀剑相交之声。

循声而去，一个高大的男子，用一把长剑与几个白布蒙面的刀客决斗，地上已经倒下了不少人，那高大的男子一头金发，越战越勇，顷刻间又将剩下的数人全部打倒，只剩下不远处站着的一个少年，此刻虽然还举着剑，但身体却不住发抖。

而黎曦站在原地，整个人仿佛雕像般定住了一样。

那高大的男子料理了众人，便拿着长剑，一步步向那少年走去。那少年似是吓坏了，身体向后缩着，男子每迈一大步，那少年却只退后一小步。

终于男子来到少年面前，俯视着他，夜色中男子的脸一团漆黑，像一个没有脸的雕像，只有他的剑泛着寒光。男子并不动手，少年也不逃窜，他们就这样对峙着，终于少年似是忍受不了这无边的恐惧，大叫一声，挥剑刺去，那男子身子微微一晃，这剑旋即刺空，他顺势抓住少年持剑的手，用力一甩，便将少年连人带剑甩了出去。

黎曦目睹此景，不禁叫出声来。那少年被摔出去两丈，“咚”的一声，刚好落在黎曦脚前。长剑滑手，旋转着飞向顾清伦，被后者从空中接住。黎曦弯下腰来，扶起摔在地上的少年。

“你是……姐姐，姐姐！”少年强忍着疼痛，兴奋地看着低头扶自己的黎曦，顾清伦注意到少年的肩头有用金线缝制的海马与凤图案，黎曦曾说过在维尼亚镇，身着海马与凤纹章的都是黎曦家的族人部属，这少年似乎是黎曦的弟弟，难怪她刚才看到少年被那男子摔出时会发出惊呼。

李飞扬和戚凡过去帮忙扶起少年，空中流云急转，月光从云层的缝隙中投下，周遭瞬时亮了不少，黎曦的容颜在月光中变得清晰，那男子看着黎曦，神色惊愕无比，黎曦只顾低头查看弟弟的伤势，并没有注意到男子正望向自己。

男子向前迈了一步，顾清伦手持少年脱手的长剑，挡在男子和黎曦之间。

“闪开。”男子举起手中的长剑，指着顾清伦，后者一言不发，举剑便刺，剑光如虹，去势非常。男子反应迅速，举剑挡开，顾清伦目若鹰隼，长剑横在身前，守势森严，只因他知道面前的男子实是自己生平未遇的一等一的强敌，此人身上并无一处伤痕，而周遭倒地呻吟的却有十二个刀客。对方高大威猛，顾清伦纤瘦敏捷，两人正当对峙，却见黎曦从顾清伦身旁走过，顾清伦叫了声黎曦，后者向他摆摆手，示意没事。

黎曦来到男子身旁，柔声说："我以为我这辈子再也见不到你了……"语毕的同时眼泪已夺眶而出。那男子绷紧的脸颊在那一刻如冰雪融化一般，温柔地看着面前哭泣的少女，他松开手中的长剑，任其掉落于地，腾出的双手一把抱住黎曦。

这番变故倒是出乎所有人意料，顾清伦本以为此人打败黎曦的弟弟，本该是他们家族的仇敌，是以自己才出剑与其相抗，万料不到会出现眼前的情景。顾清伦的剑依然横在身前，而对方的剑已经掉落在地。顾清伦注视着想要守护的背影，却眼睁睁看着黎曦在别人怀里哭泣。那一刻他感觉神思四散，举剑的手缓缓垂下，一张落寞的脸融入了月光里。

这时突然响起大片的脚步声，火把的光亮将周遭的夜色驱逐干净。两拨人从相反的方向汇聚在一起，他们都一手高举火把，另一只手按着佩剑的剑柄。两拨人数目相当，各有二十人左右，一拨的首领是一个年约五旬的长者，花白的头发，胡须似铁，他所带领的人尽皆配有海马与凤的纹章；另一拨人则是由一个红袍的僧侣率领，他们所佩带的纹章是海马与龙。那红袍僧带着兜帽，旁人看不见他的面容，像是夜色中一团暗红色的火焰。老者和红袍僧尽皆向前，老者拉着黎曦，红袍僧拉着与黎曦相拥的男子，将他们分开。

"爸爸。"黎曦看着老者，满脸喜悦，金发的男子被红袍僧拉走，他投向黎曦的眼神充满着复杂的神色，但当转到老者的身上时，则尽皆变成怨恨和仇视。

李飞扬凑过来，问顾清伦眼下什么情况。顾清伦茫然摇了摇头，先是看了看黎曦，又看了看远处的金发男子，脑海里泛起方才两人相拥而泣的景象，心里闪过几个念头，如黑夜里的闪电，可如深究细想，立刻便连成画面，顾清伦叹了口气，只觉心境越来越冷，如临冰窖。

阳光照射进窗户，天亮了，但破晓的曙光却没能刺破顾清伦心里的阴霾，他躺在柔软的天鹅绒床上，一夜未眠。

有人敲门，顾清伦说请进，黎曦·瑞德克斯推门而入，她身着淡蓝色长裙，头发梳扎整齐，脖子上戴着一条蓝宝石项链，与她晴空一样的蓝眼睛交相辉映。她已经不再是落难的少女，而是大户人家的千金小姐。顾清伦坐起身来，黎曦端着一个木盘，上面是牛奶和烤得焦黄的面包，她身后跟着的侍女抱着一套衣服，黎曦对他微笑道："我给你带了套衣服，按照你们的话来说，入乡随俗，你且先换上，我再进来跟你说话。"

顾清伦点点头，黎曦放下衣服，和侍女一起退出门外。顾清伦换上新衣，招呼了一声，这次只有黎曦一个人进来，深蓝色丝质长衫，深褐色高筒靴，黑缎长披风，上衣的前胸有用金线绣织的海马与凤图案，此时的顾清伦看起来倜傥非凡，若是去参加维尼亚的月下舞会，想必会迷倒不少女人。

"中午的时候我父亲会设宴招待，以答谢你们对我的救命之恩。"黎曦说道，"我已经将如何被你们搭救、护送一事跟父亲一一讲明，瑞德克斯是崇尚勇敢和信誉的家族，你们将是瑞德克斯家族永远的上宾，如果你们愿意，可以留下来替家族工作，在这里安居乐业。"

顾清伦听了黎曦的许诺，想要说些什么，却不知如何启齿，他救黎曦并非为了这样的报答，但黎曦的话当然也没有任何错误，他知道自己内心里希望听到的是什么，在目睹了昨天金发男子和黎曦相拥而泣，又被剑拔弩张的两拨人强行分开后，他的心绪其实早已经成为一团乱麻。

黎曦陪着顾清伦吃完早餐，然后提出陪顾清伦在庄园里转转，一来有助消化，二来也顺便参观自己的家。李飞扬和戚凡还在彼此的客房休憩，顾清伦知道黎曦此举是希望和自己独处，怕是黎曦已经料到自己必定有诸多疑问，而她也做好回答的准备。

在庄园的后花园里，他们信步走着，劳作的园丁见到黎曦都会停下手上的工作向她行礼，而她则报以点头和微笑。她就像一个公主，顾清伦这样想，不，她不像，公主们才不会对下人微笑，她们都高高在上，就像十岁前的顾清伦，还拥有着王孙的身份。

黎曦对顾清伦说：“顾大哥，你是我的救命恩人，若不是你，我的人生势必已经毁灭。你不仅救我于水火，还亲自护送我归家，中途遭遇海难，差点害得你葬身鱼腹。孤岛之上，多亏你们每日捕鱼生火，烹饪饮食。我知道你的故事，你离开那条船并非完全为我，但如果不是为了我，你也不用和那个叫高洋的军官产生冲突，也不用将自己暴露在众人的目光下。你对我的大恩大德，我永远记在心上。我知道你一定有很多疑问，只要你问，我一定知无不言。”

顾清伦问道：“昨晚的金发男子是谁？”

黎曦愣了一下，似乎是没有料到顾清伦第一个问题问的是他，顾清伦注意到黎曦神色有躲闪之意，言语凝滞，便知道自己所料八九不离十。他们又走了几步，却听黎曦用汉话说道：“他是依瑞斯·雷耿。”

黎曦用汉话，自然是不想别人听见她在谈论此人，顾清伦点了点头，黎曦又道：“我们维尼亚镇盛产雕塑及珠宝，是著名的商港。而这些东西，全部出自岛上的两大家族。一个是我们瑞德克斯家族，纹章为‘海马与凤’。另一个是雷耿家族，纹章就是你昨天见到依瑞斯斗篷上的胸针‘海马与龙’。你们中土是不是有句话，叫一山难容二虎。在我们这里也是如此，瑞德克斯和雷耿家族在生意上是竞争对手，同时也彼此瞧不顺眼。一百多年来摩擦不断，彼此嫌弃，累世交恶。”顾清伦点点头，道：“恐怕也正是这样，才让你们为了比过对方，不断在工艺上精益求精，才能制作出上乘的物件。”

“嗯。瑞德克斯和雷耿确实是在相互的攀比中强大旺盛的，平日里一旦雷耿家族有了新的动作，瑞德克斯便一定会针锋相对。他们出一款戒指，我们也出一款；他们有了新的雕塑，我们也立刻跟上，反之亦然。而外面的订单通常是双双来至，往往瑞德克斯接到一份订单，雷耿势必也有一份。后来我才知道，我们两家的作品常常被那些购买的贵族们摆放在一起，做成一对。这事在我们自己看来，真是天大的讽刺。”黎曦说到这里，兀自摇了摇头，苦笑了一下。

顾清伦心道：“这不是讽刺，这才对了。龙凤呈祥，本就该在一起。”他刚欲开口，但心里一个自私的念头闪过，便忍住了想说的话。

黎曦没有觉察到顾清伦的欲言又止，继续道：“维尼亚镇每年都要举办一次工艺品大赛，虽然人人都可以参加，但实际上就是瑞德克斯和雷耿两家的对决。优胜的一方不仅可以获得领主的嘉奖，还将获得大量的订单。大赛距今已经举办了二十年，我们瑞德克斯家族赢了其中的十二次。事实上，我们已经连续六年赢得了比赛，直到去年，雷耿家未来的族长从君士坦丁堡归来，他所主持的第一次设计，便结束了我们长达六年的统治。”

听到这里，顾清伦当然知道，这个雷耿家族未来的族长，便是那金发的男子依瑞斯·雷耿。

“依瑞斯和其他的雷耿不同。他自幼便被送到君士坦丁堡的教会学校，修习哲学。也可能是因为自幼不在维尼亚长大，所以没有受到太多对瑞德克斯仇视的熏陶。去年比赛颁奖时，我们两家列席，往年接受领主嘉奖的都是我们瑞德克斯，但今年却换成了雷耿。绣有海马与龙的旗帜在风中飘扬，在雷耿家族的欢呼声中，我们瑞德克斯自然觉得面上无光，往年我们优胜的时候，在发表感言时都将以各种形式对雷耿家冷嘲热讽，曾经雷耿获胜时也是相同。那次出席时，家族甚至发了棉花给我们，让我们在雷耿家发言的时候堵住耳朵，免得听那些冷嘲热讽的话。”黎曦说到这里，自己也不好意思地笑了笑，“但结果是，依瑞斯代表雷耿家上台发言，他金色的长发随风晃了晃，我们瑞德克斯家所有的女孩都醉了”。

“我至今仍记得依瑞斯的发言，他首先讲了一个故事，说在很久之前，有一个叫帕里斯的人，是特洛伊王国的王子。他生前因被预言会给特洛伊带来毁灭，便被他的父王遗弃在山区，帕里斯后来成长为一名坚毅的男子，力大无穷，保护当地的畜群免遭猛兽的侵害，被当地人所信赖。宙斯的妻子赫拉，智慧女神雅典娜，爱与美之神阿芙萝狄忒来到他面前，都说要给他奖品，让他做出裁决，赫拉答应给他至高无上的权力，雅典娜答应给他世上最聪明的头脑，而阿芙萝狄忒则许诺给他世上最漂亮的女人和最美的爱情。帕里斯最终选择了阿芙萝狄忒的奖品，也就是世上最漂亮的女人和最美的爱情。”

黎曦说到这里，叹了口气，顾清伦道：“怎么？是这女人不美吗？”黎曦摆了摆手：“既然是爱与美之神阿芙萝狄忒口中世上最漂亮的女人，又怎么会有假？那女人名为海伦，的确是当世第一美女，但她同时也是斯巴达国王墨涅拉奥斯的王后。帕里斯作为客人参加了墨涅拉奥斯的宴会，却在席间和海伦一见钟情。过了几天，墨涅拉奥斯说要去克里特岛，临行前嘱咐海伦好好招待客人，却不料他刚一离去，帕里斯便唆使海伦离开丈夫，与他私奔。陷入爱情中的海伦抛弃了一切，跟着帕里斯乘船离开了斯巴达，前往特洛伊。此事败露之后，愤怒的墨涅拉奥斯找到自己的哥哥阿伽门农，共召集了十万勇士，一千一百多艘船只，前往攻打特洛伊。他们将特洛伊城团团围住，这一围城，就是十年。为了终结这场战争，墨涅拉奥斯和帕里斯决定在双方的士兵面前一对一决斗。这两个为了海伦而刀剑相向的人打得难分难解，但墨涅拉奥斯更占上风，但就在战斗的关键时刻，有人用冷箭射伤了墨涅拉奥斯，特洛伊人趁机反攻，墨涅拉奥斯的军队被打得尸横遍野。围城十年，特洛伊人终于看见了曙光。”

顾清伦听到这里，哼了一声道：“作为客人，在主人的宴席上拐走了主人的妻子。又在一对一的决斗中胜之不武，这样的男人，到底是怎么会被当世第一美女看上的呢？”

黎曦道：“当时我们听到这里，也觉得这帕里斯卑鄙之极，毫无荣誉。墨涅拉奥斯的军队经此大败，残军虽然在数量上还占据优势，但都已无心再战，海滩上希腊人的战船都随风撤离，只留下了一个巨大的木马。特洛伊人不知这木马有何用处，恰好抓住了一个希腊的士兵。这个士兵说木马是用来祭祀海神波塞冬的神物，如果破坏木马，便会引来海神的神罚。特洛伊人不敢违抗神意，便将木马带回特洛伊城。却不料这是希腊人的计策，在那巨大木马的体内，满满地藏着希腊人的勇士。是夜，希腊人从木马的肚子里出来，从特洛伊城的内部开始攻打，终于将这座被困十年而不得攻下的城市从内部瓦解。最终特洛伊城被一炬烧为灰烬，帕里斯和海伦也在那场大火中双双身亡。”

听到这里，顾清伦叹了口气，“这帕里斯虽然是个不义之徒，倒也不失为一个敢爱敢为的汉子”。

黎曦道：“依瑞斯讲完了这个故事后，说阿芙萝狄忒可能骗了帕里斯，这未必是最美的爱情，却应该是最凄美的爱情。因为他们的爱情，导致特洛伊城化为灰烬，无数勇士战死沙场。但对他们来说，爱就爱了，哪怕万事凋零。从旁人来看，他们可能是自私的，但从爱情的角度来看，他们又是最无私的。雷耿家去年的作品，就是一对情侣骑在一匹木马上，女的从后面抱住男的，他们神色幸福，身上刻着海马与龙的纹章。依瑞斯说一件作品的好坏未必是它的雕刻多么细腻，材质多么珍贵，而是在于，这个作品诞生时的源头。他说，就像人类一样，重要的并非外表，而是内在的灵魂。他说完之后，便走下场去，没有只字是对瑞德克斯家的不敬。几乎是第一次，有一个雷耿家的人，让我们觉得不是那么讨厌，甚至有点可爱。”

“那你和依瑞斯是怎么……”顾清伦想了想，决定换掉自己差点要脱口而出的“认识的”。

黎曦感觉到了顾清伦的意思，脸颊不自觉变得潮红：“维尼亚镇的中心是远山，远山脚下是阴雨森林，阴雨森林外便是我们的市镇，市镇一直延伸到海港。有一次我和泰卢在阴雨森林边的小溪玩耍，有一头黑熊从阴雨森林里冲了出来，袭击了我和泰卢。千钧一发之际，在小溪边钓鱼的依瑞斯救了我们。他仗剑击伤了黑熊的右眼，逼迫黑熊退回了森林。本来放在寻常人家，救命的恩德应该好好报答，可惜他毕竟是一个雷耿，而且他是雷耿家族的族长特瑞典·雷耿的长子，也就是雷耿家未来的首领。依瑞斯和我们是不同的，他从小在君士坦丁堡长大，他知道时下最流行的风向，他擅长给作品赋予神话人文的色彩，而那些久远的故事传说只有在君士坦丁堡的图书馆里才能看到。可以预见的是，如果依瑞斯接替执掌雷耿家族，将是雷耿家族兴盛的开始，而雷耿的兴盛，势必伴随着瑞德克斯的衰败。此消彼长，这是必然的道理。父亲虽然疼爱我们，但更愿意当做这件事情没有发生过，只是以后禁止我和泰卢再去阴雨森林附近玩耍。这件事情让我对家族十分不满，当然更对依瑞斯好感陡增……”

说到这里，后面的自然不用多表，顾清伦直接问道：“那你后来离开维尼亚，误入歹徒之手，又是为何？”

黎曦回道：“我和依瑞斯两情相悦，自然遭到双方家族的强烈反对。依瑞斯对瑞德克斯本无一丝一毫的成见，但我们两家实在交恶太深，平日里也多有摩擦。何况不少人觉得依瑞斯在珠宝大赛上击败了我们，更是不吝以最大的恶意来揣测他。再到后来，我的一举一动都在家人的监视之下，我被禁足以断绝和依瑞斯的联系。最终依瑞斯买通了我们家的一个花匠，给我捎了封信，约我去港口和他私奔。大门在深夜紧锁，围墙又远非我一介女流可以翻越，但在自家花园走动的自由还是有的。而他则在这段时间里，秘密挖了一条地道，直接通向我家的花园。那夜他通过地道带我去往港口，那里已经有一条前往君士坦丁堡的船，却不料我家人寻我不到，又在花园发现地道，便一路赶来港口。依瑞斯让我先上船，自己挡住他们，却不料我父亲带着族人拔剑就刺，这时雷耿家为了寻找依瑞斯也来到港口，两家便打到了一起，船开了，依瑞斯却被阻拦在了港口。结果在前往君士坦丁堡的途中遭遇了海盗，一船的人都被掳到了阿力山佐……”

黎曦说到这里，吸了口气，又想起那夜的景象，夜色伴着慌乱，火光混杂刀剑，港口越来越远，人越来越小，离爱人越来越远，却离劫难越来越近。

“后来你在海寇船上，而海寇船被我们攻破，我便救了你。”顾清伦说，黎曦点了点头。顾清伦问：“怎么你以前从来没有说过？”黎曦迟疑了一下，答道：“你也从未问过。”顾清伦叹了口气，原来一切朝思暮想，不过一场镜花水月。

黎曦叹道：“那夜我乘船离去，他们却在港口恶斗。我家人以为是雷耿家掳走了我，父亲才对依瑞斯刀剑相向。而雷耿家赶到时正看见父亲带人围攻依瑞斯，立刻拔剑相助。结果战斗中依瑞斯的父亲被我父亲刺中胸口，打成重伤，据说现在还卧床不起。我父亲失去了我，而依瑞斯则差点失去了自己的父亲。从此两家不再在珠宝工艺上较劲，而是直接以决斗的方式展开了对抗。每天都有人受伤，大家都生活在愤怒和恐惧之中……”

顾清伦看黎曦面露惭愧的神色，知道她将这一切的罪责都归咎于自己身上。顾清伦轻轻拍了拍她的肩膀，柔声说道：“这又不是你的本意，有的人之间是相逢恨晚，有的人之间则是造化弄人。”

第九章

中午时分在瑞德克斯宅邸的大厅里举办了丰盛的午宴，一来庆贺黎曦的归家，二来感谢黎曦的救命恩人，来自东方的顾清伦等人。长长的桌上摆满了珍馐美味，黎曦的父亲特瑞典·瑞德克斯坐在主座，长桌右侧坐着黎曦和她的三位兄长，伯恩·瑞德克斯，维兰·瑞德克斯，德罗·瑞德克斯。黎曦的小弟泰卢·瑞德克斯，因为昨晚雇佣杀手袭击依瑞斯·雷耿的行为而受到了惩罚，被禁足在自己的房间里，不能来参加宴席。

酒足饭饱之后，特瑞典·瑞德克斯邀请顾清伦去别厅议事，把其余人留在饭桌上继续谈笑。换了本地女服的李飞扬美艳动人，黎曦的三个哥哥都争相讨好她，而李飞扬也不改自己豪气的本色，对他们的敬酒来者不拒，很快脸上便爬满潮红。

别厅里，特瑞典·瑞德克斯请顾清伦坐下，说道："你们的事情黎曦都跟我说过了，请让我对你表达感激和敬意。你不仅心地善良，而且勇敢过人。"

顾清伦道："您过誉了。"特瑞典·瑞德克斯道："你们先在这里住下，这几天让我们好好招待你们。我知道为了送黎曦回家，让你们错过了回家的船只。你救了我珍贵的女儿，恩德无以为报，金银钱财的谢礼我们已经备好，足够你们生活良久。听黎曦说你是东方的匠人，若是愿意也可以试着和我们一起工作，制作工艺品。你的朋友自当和你一起，瑞德克斯永远欢迎你们。”顾清伦拱手称谢。

瑞德克斯家大宴三天，喜庆非常。泰卢·瑞德克斯在第三天的时候被允许参加宴席。顾清伦注意到泰卢显然和姐姐黎曦关系极好，眼下时刻不离黎曦左右。李飞扬依旧豪爽，丝毫没有东方女子拘谨约束的模样，她随着竖琴的音乐长袖善舞，直博得满堂喝彩。此刻的李飞扬哪里还像是船上男扮女装的水手，根本就是绝色的东方舞姬。而戚凡一直坐在椅子上，显得十分拘谨，他本是大户人家佃户的儿子，是粗鄙的下人，又生性驽钝，当地的语言也尚未掌握精通。如今突然华服加身，面前珍馐美味，周遭美人云集，自是极不适应。黎曦的表姐们有的和他搭话，但一来他言语不精，二来口齿不利，有时只能咿咿呀呀，像个哑巴。有时干脆涨红了脸，不知所措。一来二去，大家便都留他坐在那里。他的目光一直在李飞扬身上，而李飞扬总是被周遭这些英俊的异国男士围着敬酒。但这样的景象他早已习惯，在他和李飞扬一起长大的日子里，眼前的一切真是司空见惯，如今只是换了一批人而已。

李飞扬是男人的焦点，顾清伦自然是女人的焦点。瑞德克斯家的姑娘们从没见过来自东方的美男子。她们都围在顾清伦身边，裙摆飞舞，问他是如何与黎曦相识，又是怎么会送她回维尼亚镇。顾清伦知道此事黎曦仅仅告诉了她的父亲特瑞典·瑞德克斯，便没多嘴答话，只是闷闷充傻，姑娘们便觉得顾清伦不懂她们的言语，虽然她们旋即又开始好奇，既然不会她们的话，他又是如何与黎曦交谈？

在瑞德克斯家欢庆黎曦归来的时候，雷耿家却是一片愁云惨雾。昨夜在港口的袭击事件，将整个雷耿家族的愤怒推向了顶点。收买佣兵袭击雷耿家族未来的族长，这是足以展开全面战争的借口。然而，依瑞斯却出奇地平静，仿佛被伏击的并非自己一样。在依瑞斯的父亲蓝札·雷耿卧病在床的时候，依瑞斯已然是雷耿家实际上的首领，但他拒绝顺应族人的意思，与瑞德克斯一决生死。

依瑞斯在父亲的病榻前，看着他躺在床上，双目紧闭，嘴微微张着，像是沉浸在一场可怕的噩梦里。父亲被刺伤的那晚又在脑海里回荡，那本是他带着黎曦私奔出逃的夜晚，却不料两家的家长都带人赶到，那一夜成为他的梦魇，他失去了黎曦，也差点失去了自己的父亲。当特瑞典·瑞德克斯的长剑刺中父亲胸口的时候，那场景就像是一声惊雷在他的脑海里响起，愤怒的他不再手下留情，顷刻间便刺伤了黎曦的三个哥哥，并差点将特瑞典·瑞德克斯力毙当场。长剑架在特瑞典脖子上的时候，依瑞斯磅礴的怒意最终还是被压制了下来，因为这毕竟是黎曦的父亲，他不能这样做。如果他杀了黎曦的父亲，黎曦又怎么会再原谅他呢？如今黎曦回来了，她的父亲也还健在。只是自己的父亲却卧病在床，陷入昏迷。眼下家族群情耸动，复仇的声音此起彼伏。是啊，瑞德克斯失去了长女，而雷耿险些失去了族长。眼下瑞德克斯的长女已经归家，而雷耿的族长却未能复起。更何况，如今他们竟然罔顾决斗的公证，于夜色之中收买杀手。

依瑞斯知道这是泰卢·瑞德克斯个人所为。那个该死的孩子，最亲他的姐姐。他曾经于阴雨森林的黑熊手里救过姐弟俩的性命。他知道雇佣杀手只是泰卢幼稚的行为，不能一并算作整个瑞德克斯家阴险的决定。瑞德克斯家已经在第二天派来了使者，亲自递交了解释的信函——当然，这一切无助于平息雷耿家的怒火。

这两天他实已心急如焚，想要见到黎曦，和她互诉衷肠。他还记得当黎曦所乘船只被海盗袭击的消息传回维尼亚镇时，如晴天霹雳，让他无所适从。他曾经是个旁观者，对家族和瑞德克斯的世代争斗漠不关心。他也曾经是个反叛者，厌倦族人不断对他灌输瑞德克斯是多么卑贱，而雷耿又是多么高贵。所以当他和黎曦坠入爱河，遭到重重反对之时，便决定带黎曦去君士坦丁堡，他懒得在这里和家族那些老古董们纠缠。他知道在君士坦丁堡没有雷耿和瑞德克斯的阻拦，维尼亚镇这些陈旧的观念在那里将毫无立足之地。只是他没有想到的是，一次私奔却酿成了大祸……

之后所产生的多起决斗事件，也让他始料未及。主家、分家、堂亲、表亲……这是雷耿和瑞德克斯的战争，也是龙与凤的战争。大家争先恐后地在决斗书上签下免责的契约，然后你削掉了我的鼻子，我切下了他的耳朵。伤员累累，但大家似乎乐此不疲。鲜血像酒，人人斗志昂扬。眼看着身边的族人一个个地受伤，而父亲还瘫痪在床，他陷入了深深的自责和困惑之中，仇恨就像是账目，一旦记上，就只有痛苦能还。

“就像是一场该死的噩梦！”他用手捂着头，心里咒骂道，想到父亲若是就此故去，特瑞典·瑞德克斯便是自己的杀父仇人。若是如此，他必须选择复仇，哪怕这个人是黎曦的父亲。

敲门声传来，将依瑞斯从苦痛的情绪中惊醒。

“进来。”他说，旋即看见红袍僧推门而入。

“库恩叔叔。”依瑞斯叫道，红袍僧点了点头，他的脸依然藏在暗红色的兜帽后。

库恩·雷耿是父亲的弟弟，自幼在波斯长大，他信奉摩尼教，是一名摩尼教的祭司。从依瑞斯记事起，库恩便裹在那身红色的僧袍中，无人见过他的面容。

“瑞德克斯们正在狂欢，庆祝他们的长女平安归来。”库恩开口，他的声音低沉嘶哑，仿佛是嗓子里塞满了棉花一般。

依瑞斯淡淡道：“我听说了。”

库恩又道：“袭击你的泰卢·瑞德克斯也出现在了宴席上，似乎瑞德克斯觉得收买佣兵袭击雷耿的族长并不是什么罪责，甚至值得在宴席上一并庆祝。”

依瑞斯听出库恩话里的不满，叹了口气：“泰卢·瑞德克斯只是一个小孩子，他个人的行为不应该和瑞德克斯家划上等号。”

库恩道：“我已经查清楚，那些佣兵是活跃在阿力山佐的白骆团。泰卢·瑞德克斯虽然是个孩子，但雇佣白骆团却未必是他一个人的主意。他身后很可能有支持他的族人，这样无论事情成败与否，他们都可以将罪责一并推卸给泰卢·瑞德克斯，毕竟，他只是一个孩子。”

依瑞斯摇了摇头，“如果他真的是受人指使，或者这是瑞德克斯家族精心谋划的伏击。那泰卢根本就不应该出现，没有凶手会傻乎乎地留下自己在场的证明。由此可以推断，这确实是泰卢的个人行为。”

库恩道：“依瑞斯，你太仁慈了。可是对敌人的仁慈就是对自己的残忍，族人会将你的仁慈解读成你的软弱，这会让他们寒心的。”

依瑞斯叹了口气：“让他们寒心，总比让他们流血强。”

库恩道：“可他们已经流了很多血。解决这件事情的方式，不是克制，也不是逃避，而是彻底击败瑞德克斯，将他们赶出维尼亚镇，将整个贸易路线全部纳入雷耿家的掌握中，这才是这件事情的解决方式。看看你的父亲，瑞德克斯家的长女已经平安归来，而雷耿的族长，却是这副田地。”

红袍僧的话刺中了依瑞斯的痛处，他又望了病榻上的父亲一眼，不知他现在能否听见声音，他是否也觉得自己并不是仁慈，而是软弱？

库恩道：“我知道你我信仰不同，你信仰上帝，而我信仰智慧之主。但你要知道，无论是哪个神的安排，雷耿和瑞德克斯之间的争斗都是宿命，就像水和火，光和暗，生存和死亡。龙与凤是无法共存的，雷耿和瑞德克斯同样。”

依瑞斯道：“可我们的纹章里不都有共同的海马吗？我们是海马与龙，他们是海马与凤。如果雷耿真的和瑞德克斯是宿命的仇敌，就像龙与凤一样，那为什么我们的纹章不是龙，他们的纹章不是凤，而偏偏都要有海马呢？这点难道不让人奇怪吗？”

听到依瑞斯的质问，库恩开口道：“自我们出生起，雷耿家和瑞德克斯家就在争斗。在我们出生之前，他们同样在争斗。”

依瑞斯道：“你想说这是传统，而我们不应该质疑传统。因为我们不仅要对神充满敬畏，也要对自己的先祖充满敬畏。正因为人人都这样想，所以争斗才会一直继续下去。难道在我和黎曦之前，就没有一个雷耿人或者瑞德克斯人怀疑过两家所谓的宿命吗？”

库恩似乎没有料到依瑞斯会说出这样的话，他迟疑了一下，开口道：“不，曾经也有人怀疑过，他们也试图改变。”

依瑞斯没有料到库恩这样说，立刻追问道：“什么时候，他们是谁？”

库恩微微抬头，像是在回忆一样：“很久以前，他们失败了，而他们的名字，也随着他们的失败而消失了。没人会记得破坏宿命的人，因为宿命不会让破坏它的人留下名字。”

红袍僧说完这句话，转身离去，在走到门口时他停了下来，说道：“黎曦·瑞德克斯似乎交了几个来自东方的朋友。”

说完这句话，库恩·雷耿推门而出，留下依瑞斯独自陪伴着昏迷的父亲。

顾清伦等人在瑞德克斯家的导游下游览维尼亚镇。尽管处于和雷耿家的对峙之中，黎曦的哥哥们还是觉得将客人关在庄园是一种渎礼的行为。他们骑着马离开城区，一路沿着溪流的边缘行走。这条小溪被当地人称作“远山的水”，溪水的源头是来自于远山峰顶的溶洞，据说那里有着连通地底的地下水脉。

沿着溪流向远山的方向前行，很快就会看见茂密的树林。而在树林的边缘却有连绵的木质篱笆，看来并非是具有实质性的隔离措施。黎曦的大哥，伯恩·瑞德克斯对木篱笆进行了解释，传说三十年前，在一个雷雨交加的夜晚，有人曾目睹一个恶魔从森林中走出，恶魔有着人类的形态，他在闪电的瞬间被照亮，目击者说他衣不蔽体，裸露的皮肤布满结成黑色的血痂，其中还渗流着岩浆一般暗红的血浆。目击者吓得当场瘫软，于电闪雷鸣中亲眼看着恶魔一步步向自己走近，蹒跚的步伐似是僵尸，恶魔终于走到近前，向他缓缓伸出双手，他怕得要死，身体却偏偏不听使唤，半点起身逃跑的力气都没有。恶魔的手指缓缓接近，他一手撑着地，另一只手艰难地抬起，横着胳膊挡在眼前，下一刻恶魔的手指触碰到了自己的肌肤，起初有些冰凉，但紧接着便有一股焦臭的味道出现，同时伴随着烤肉一般的“滋滋”声，疼痛终于战胜了恐惧，他挣扎着起身，连滚带爬地拉开和恶魔的距离，头也不回地向前奔跑，直到城区建筑的轮廓出现在眼前。

第二天恶魔出现的消息便在维尼亚镇疯传，目击者的右臂上有一个焦黑的手印，上面满满的都是细密的血丝。炼金术士在他的胳膊上提取到了硫磺的成分，而焦黑的部分则是木炭的粉粒。牧师们还在古书中寻找有关这种恶魔的记载，有认识巫师的岛民表示可以帮忙探寻消息。瑞德克斯和雷耿两家都抽调精壮组成了纠察队，沿着阴雨森林寻找恶魔的踪迹，但大雨似乎冲刷掉了一切脚印和痕迹，只剩下目击者手臂上焦黑的手印，以及他用自己余生的健康赌咒发誓——他真的曾与恶魔零距离接触。

那之后再没人看见过恶魔，大家在惴惴不安中逐渐平静，数月后雷耿家的小儿子，云游在外的摩尼教祭司库恩·雷耿来到维尼亚镇，号称代表智慧之主的祭司听取了目击者的讲述，以智慧之主的名义，借用雷耿家的财力在阴雨森林边缘修建了刻有摩尼教经文的木篱笆，并宣称这些经文里蕴含着智慧之主无上的神力，将一切邪恶都阻挡在篱笆后的森林里。

“就是那天晚上在港口，那个浑身都裹在红色僧袍里的人？”李飞扬问，伯恩·瑞德克斯点了点头。

顾清伦下马走近篱笆，低头看着上面刻着的摩尼教经文。他小声地念着，一时感慨无边。要知道他的外公，明朝的开国皇帝朱元璋早先曾加入明教，而这个以火为德的教派起源于波斯，中土的明教教士都称之为波斯总教。

波斯总教，就是摩尼教。

“所以，篱笆不仅挡住了恶魔，人们也不进入森林了？”李飞扬又问，黎曦的三哥，德罗·瑞德克斯抢先答道：“都是三十年前的事了，是否有恶魔，现在想来也只能说是传说一件。只是我们维尼亚镇的人确实不会进入森林，倒不是因为什么恶魔，而是因为有熊。”德罗·瑞德克斯说到这里，策马靠近李飞扬，在她耳边低声说道：“黎曦和泰卢当时就是在森林边缘的溪边玩耍，才会被熊袭击，恰好依瑞斯·雷耿就在附近，打伤了熊的右眼，才救了黎曦和泰卢。”与别的瑞德克斯人不同，德罗对黎曦和依瑞斯一直颇具同情，毕竟依瑞斯舍身从巨熊的口中救下了自己的弟弟和妹妹。

李飞扬若有所思地点了点头，抬头望向木篱笆后的阴雨森林。此时阳光正好，头顶有朵朵白云，像洁白的棉花缝织在浅蓝的幕布上，而森林深处则渐次漆黑，仿佛真有什么邪恶的力量伺机而动，又或者是嗜血的巨熊正透过木篱笆观察着人类。天生喜好冒险的因子在李飞扬的身上觉醒沸腾，让她的心里燃起一丝渴望，怂恿着她踏过刻满摩尼教经文的木篱笆，走入阴雨森林。

顾清伦翻身上马，一行人调转马头，踩着浅草向别处行进。期间顾清伦神色悱恻，黎曦靠近询问，顾清伦觉得三言两语说不清楚，只是摇了摇头，黎曦见他不愿多说，也便不再追问。

傍晚时分，一行人才回到瑞德克斯庄园，下人们早已按照吩咐备好美食，各人先回房间梳洗一番，晚上围坐着长桌吃饭。瑞德克斯长女已归，与雷耿家争执的态势一时得到遏制，但旧仇虽了，新恨未平，只是无人愿意在这喜庆的时刻提那些烦心的事情。特瑞典见女儿这几日心情愉快，似乎并未想那雷耿家的长子，心里也甚是欢慰。

大家酒足饭饱，游乐一天，俱已疲惫，便没按例举办舞会。彼此各道晚安，回房休息，伯恩·瑞德克斯和维兰·瑞德克斯先后向李飞扬发出夜下游园的邀请，但都被李飞扬以疲惫望寝为由而委婉拒绝。

灯火在庄园主楼的窗户上一一熄灭，户外月光皎洁，将一切照得清晰又朦胧。李飞扬坐在窗台上，身体依着窗栏，赤脚踩在玫瑰木铺成的窗台上。她住在二楼，透过窗户刚好可以俯视瑞德克斯庄园的夜下花园，月光如轻纱，柔美又静谧。最近数月发生的变故如走马灯一般在脑海里一一闪过，巨大的宝船“封狼”，沿岸的异土人情，无聊的漫海漂流，鬼雾中的海盗征伐，再到九死一生的沉船孤岛。数月时日，离家万里，心里不禁有些惆怅。她虽然平素女扮男装，举止豪放，但内心终归是女孩子家，否则也不会为了心上人不顾一切。近日黎曦的两个哥哥都围伴自己左右，她大户出身，应对得当，心思却一直在顾清伦身上。举手投足间虽风情万种，眼角余光却一直聚焦一处。她原本希望在顾清伦那里得到一些反应，无论是明显的失落还是刻意的冷落，但结果都大失所望，顾清伦全无反应，让她觉得自己在对方心中似乎真的无足轻重。

李飞扬轻轻叹出一口气，那是少女的惆怅，目光中哀念百转千回，一反她平日积极的样子。这时她看见有个人影出现在花园，步履匆匆，黑色的连帽斗篷盖住了身体，人影顺着花园的小径迅速移动，像是鬼祟的小贼。李飞扬犹豫了一下，吃不准是否该打开窗户大喊一声，而人影已走到花园尽头，没入围墙的阴影里，消失了。

第十章

黎曦·瑞德克斯步履匆匆，裹在黑色连帽斗篷里的她神色复杂，看起来既担忧又激动。从花园地道爬出的她身上沾了不少泥土，脸颊上也渗出丝丝汗水。她一路穿过街道和小巷，专挑一些僻静的道路，避免在主干道上行走，以防被人看见。

上次因为私奔而差点丢了人生，这次却又于深夜中偷偷外出。黎曦的心跳越来越快，脚步声仿佛已与心跳声合为一处，她又走过几个街道，来到一处僻静的空地，这里已是城镇的边缘，一棵巨大的橡树挡住了月光，制造的阴影像是一个囚牢，又像是通向未知世界的入口。

黎曦来到橡树阴影的边缘，她脱掉了兜帽，月光映照着她清秀的脸，上面有丝丝的汗水，胸口因喘息而一起一伏。

下一刻，依瑞斯·雷耿从橡树的阴影中走出，月光照亮了他俊俏的脸庞，他的鼻梁依旧如黎曦记忆中那样高挺，双眼依然深邃，只是其中难掩淡淡的忧伤。重逢的喜悦像新生的葡萄藤爬上支架，生机勃勃，但又缓慢克制。昔日不顾一切也要私奔的情人如今四目相对，一时竟然有点不知所措。

黎曦·瑞德克斯率先缓过神来，她向前迈了一步，用力地抱紧了依瑞斯。她将自己的头靠在对方宽阔的胸膛之上，倾听对方胸口有力的心跳，依瑞斯愣了一下，双手缓缓扶上黎曦的肩膀，少女的呼吸吐在自己的胸口，像是唤醒一个长久沉睡的孩子，又像是春风吹绿一棵枯萎的植株。依瑞斯的心跳越来越快，就如一路夜奔而来的黎曦的吐息。

“我以为我再也不见到你了。”黎曦用力地说，喜悦中伴随着呜咽，她松开了依瑞斯，但双手还抓着对方的肩膀，依瑞斯低头看着她，双眼晶莹，月亮倒映在她的眼中，好像井中的明月。

两人携手走进橡树的阴影，并肩靠着大树坐下。他们都有无数的问题要问彼此，也都迫不及待渴望着回答。黎曦告诉依瑞斯自己如何在阿力山佐被骗上贼船，被一个好心的老妇以一把神奇的污泥掩盖了容颜，收敛她的光芒，让她看起来平凡无奇，好逃过那些奴隶贩子的双眼。她讲了自己在海盗船上做着苦役，每天和别的奴隶们挤在狭小的船舱。她看不见希望，因为未来是一条注定被出卖的道路。如果她接受现实，唯一能期盼的只是被卖去一个好人家，度过余生漫长的光阴。但是，她坚持了下来，她说唯一支撑她没有崩溃的，就是依瑞斯那双深邃的眼睛。每当黑夜降临时，她总会寻找天际中最亮的星，并相信那是依瑞斯的双眼，正透过繁星注视着她。

她同样对依瑞斯父亲的遭遇表达了歉意——那是一场可怕的意外，由两个孩子造成，却要让长者承担后果。她恳求依瑞斯可以原谅自己的父亲一时无心的失手。然而，当她说到这里时，依瑞斯的嘴角不自已地划过一丝嘲讽的笑容，尽管细微，但还是被细致入微的黎曦感觉到了。

“对不起，我知道言语苍白，于现实无补。”黎曦侧了侧身，与依瑞斯拉开了一点距离，这个举动加深了依瑞斯双眼里的痛苦。年轻的雷耿家族长此刻正经历着痛苦的煎熬，爱与恨一股脑地涌入他的脑子，像是两种相生相克的食材在一个锅里烹煮。他爱着黎曦，可能否将对黎曦父亲的恨也一笔勾销？他恨黎曦的父亲，可这恨是否该影响到他对黎曦的爱意？他有些困惑，因为理智能解决的部分情感却无法接受，他终于明白人世间的复杂，并非一句句简单的哲理可以概括。

“说对不起的应该是我。看我将你置入了多么可怕的境地……我……我险些就毁了你的一生。”依瑞斯叹了口气，用手轻轻抚摸着黎曦的头发，在过去的几个月里，他曾日日向上帝祷告，希望可以在某一天的清晨，打开房门看见黎曦站在自己的面前。“感谢上帝，他最终还是将你带给了我。”

“不是上帝。”黎曦突然开口，“他的名字，叫顾清伦。”

依瑞斯听到这个名字，愣了一下，记忆回到他遭伏击的那个夜晚，那个挡在自己面前的东方男人。

“嗯……也谢谢他。”依瑞斯的声音渐弱，像是底气被一点点抽掉一般。黎曦听出了他语气中的不安定，她坐得离他近了一些，重新回到他的怀抱。

“你放心，我还是我。”黎曦在他耳边轻语道，“我是你的我。”

依瑞斯感到一阵暖流从心底淌过，然而卧床的父亲的影子却又不合时宜地出现。他不知道接下来两人该何去何从，上一次私奔的惨痛犹在眼前，使得任何对未来的期许都显得海市蜃楼。但怀里的黎曦是真实的，她身体的温度让依瑞斯心跳加速，像是雨水浇灌饱经干旱的大地。他们又互诉情话，直到天边隐隐泛出鱼肚一般的白色，长夜将尽，黎明欲起。

他们意犹未尽，相约下次再见。一男一女踏着最后的夜色匆匆走向城市的不同方向，他们的道路相悖而行，可是情愫却联结成线。

当他们双双远去，李飞扬才从远处的阴影中走出，踏着黎明的曙光，她缓步来到橡树底下，看着黎曦和依瑞斯坐过的地面，那一处的草丛已被压扁，她低头用手触摸着草丛，感觉到一阵柔和的暖意。她出神地望着远方那一线泛白的天际，脑海里还回响着黎曦和依瑞斯之间断断续续的情话。她自己都不知道，为何会在暗处静等一整个长夜的流逝。然而，在这一瞬间她只觉得巨大的悲哀充斥着胸腔，呛得她眼泪都挤到了眼角。苦命的鸳鸯还有相会的时刻，在世人眼里他们偷偷摸摸，面对彼此时却光明正大。像是夹缝中生长的小草——艰难，却有着旺盛的生命之力。

而这种生命之力，却似乎从来没有在她的身上出现过。

她突然难过地哭出声来。

依瑞斯·雷耿小心翼翼地推开大门，尽管一夜未眠，眼角的黑眼圈也暴露了身体的疲惫，但与黎曦的夜会让他心绪兴奋。他并没有急于回到自己的房间休息，而是来到父亲的卧房。值夜的女佣趴在床头还在迷睡，依瑞斯的出现惊醒了她。前者比出一个安静的手势，并挥手示意她离开。女佣忙点了点头，将族长父子留下独处。

蓝札·雷耿躺在床上，气色比之从前好了不少，皮肤已有红润的地方，胸膛随呼吸缓慢而有规律地起伏。据说他曾短暂地醒过几次，但依然虚弱得无力说话，可惜这几次依瑞斯恰好不在身旁。等依瑞斯得到消息赶来时，蓝札又陷入沉睡。

依瑞斯坐在父亲身旁，看着父亲渐有血色的脸庞，心里不禁升起希望，他轻声呼唤着父亲，蓝札·雷耿并未睁开双眼，但也许他已经听到了儿子的呼唤，只是疲于回应。数月来依瑞斯压抑无比，父亲受伤后他在叔叔库恩·雷耿的坚持下接过代理族长的位置，一面要巩固家族的生意和贸易网络，一面还要处理族人每天和瑞德克斯人的争斗。他在心里担忧着父亲的健康，却也挂怀着黎曦的安危。他一面希望约束族人和瑞德克斯家的争斗，但面对群情的激昂自己也时常受到鼓动。但眼下一切终于向着好的方向发展，瑞德克斯家迎回了他们的长女，而雷耿家的族长也有了康复的迹象。也许这将是一个绝好的契机，可以化解两家的矛盾，毕竟世上最令人欣喜的事情，莫过于失而复得，虚惊一场。

他坐在床前，起初只是沉思，然后逐渐开始说话，讲他和黎曦认识的始末，讲他如何喜欢这个姑娘，而这个姑娘又是如何让人喜爱。他讲到对两家争斗的疲惫，今天我伤了你，明天你又害了我。他说得断断续续，声音时重时轻，似是在向父亲倾诉，又仿佛只是在自说自话。

旭日东升，黎明已至。依瑞斯打开窗户，让阳光倾洒进来，一夜未眠的神经终于开始松弛，兴奋的劲儿头仿佛落潮般退去。依瑞斯打了一个哈欠，疲惫写满面庞，他转身又看了一眼父亲，确认他胸膛起伏，呼吸无误，便准备回房休息。

蓝札·雷耿突然咳嗽了一声。

依瑞斯瞪大了眼睛，神经仿佛被针刺了一般，他连忙走到父亲身边，蓝札·雷耿睁开了眼睛，虚弱地看着自己的儿子，嘴角翕动，依瑞斯连忙将耳朵凑在父亲嘴旁。

“水……水……”

依瑞斯立刻行动，却不慎打翻了桌上的水壶，他为自己的毛躁而懊恼，推门去别的地方找水，却不料迎面碰上了自己的叔叔，摩尼教的红袍僧侣库恩·雷耿。

“父亲醒了，他说要喝水。”依瑞斯兴奋地说，双眼流露出喜悦的光芒。

库恩·雷耿的脸依旧隐藏在兜帽下，看不出表情的喜乐，他点了点头，拍了下依瑞斯的肩膀，算是鼓励。依瑞斯立刻行动起来，而库恩·雷耿走进房间，照看自己的哥哥。

依瑞斯的步伐轻快了起来，连日的压抑就像头顶连绵的乌云，而现在云层终于有了一个缺口，阳光射了下来。

第十一章

瑞德克斯家，长桌上摆满了菜肴。

众人围坐吃饭，黎曦看起来面色疲惫，双眼密布着黑色的阴影，不时打着哈欠。对面的李飞扬缓慢地操作着手里的刀叉，眼睛却一直盯着对面的黎曦。周围人已经感觉到了这种诡异的就餐气氛，只有黎曦和李飞扬对此毫无所觉。前者似乎是因为精神太松散，而后者又恰恰是因为精神太专注。

维兰·瑞德克斯突然站起来，绕过长桌走到李飞扬的身前，帮她切割牛排。他动作熟练，很快便将牛排切成一个个小块，完毕后还向李飞扬露出绅士般的笑容。德罗·瑞德克斯看到二哥的献媚露出会意的微笑，而长兄伯恩却露出不满的神色。

李飞扬有些慌乱地对维兰笑笑，算是对他好意的回应。维兰回到自己的位置，坐下后盯着自己的盘子，静等周围人的目光从自己身上离开。

戚凡低头看了看李飞扬盘子里被切得整整齐齐的肉块，想到刚才维兰对李飞扬的献媚，心里一时苦闷。

“若你拿刻刀的手也能如替李小姐切肉般稳定，也许我们早就将雷耿家的雕塑赶出维尼亚镇了。”特瑞典说，这句调侃的话语缓解了桌面尴尬的气氛，瑞德克斯家的人都笑了起来，李飞扬双颊绯红，一阵热辣辣的感觉袭来。这时候一个男人脚步匆匆地进来，快步走到特瑞典旁轻声耳语。来人说完话后，特瑞典摆摆手，他便低头恭谨地离去。大家目送来人离开，接着又将目光集中在特瑞典身上。

“父亲，什么事？又有人和雷耿家决斗了吗？”伯恩·瑞德克斯问道，“黎曦归来以后，我们已经尽力避免与雷耿家再起冲突，这次一定是雷耿家欺人太甚。”

特瑞典摇了摇头，他举起酒杯，脸上露出喜忧参半的表情，他缓缓呷了一口酒，说：“是蓝札·雷耿醒了。”

黎曦回到自己的房间，立刻关上卧室的门，她用右手捂住嘴，却难掩此时的兴奋和喜悦。若蓝札·雷耿一病不起，这笔血账势必会被算在父亲头上，而这将成为横亘在她和依瑞斯之间永远无法逾越的鸿沟。

但现在鸿沟有望被填平，她和依瑞斯之间还有希望。

时间又过去了几天，依瑞斯全部的精力都在照顾自己父亲身上，再没抽出时间来联系黎曦。蓝札·雷耿的气色渐渐好转，面容也趋红润，这两天已经可以用平缓的声音说话。

两家的人都得到了来自高层严厉的告诫，被要求避免和对方发生冲突。雷耿家的精力都在族长的健康上，而瑞德克斯也不愿意在这个关键的时刻再起争端，无论是雷耿还是瑞德克斯，都是工匠世家，他们的战场应该是在各自的工坊，而非街头巷尾的决斗。

顾清伦一行在瑞德克斯家也住了一段时日，起初日日舞会，过得热闹，也还说得过去。但随着一切步入平常生活，三人也渐感无聊。戚凡已经主动要求在花园做一些园丁的工作，以减轻这种无所事事、白吃白喝的负罪感。毕竟他从小就随着父亲做着类似的活计。起初戚凡的行为遭受到了阻止，主人毕竟不会让客人来做这种粗重的劳动。黎曦知道了戚凡的苦恼，找到父亲告知了这件事情，特瑞典这才注意到这个问题。他召开家庭会议，探讨如何安置顾清伦等人的方式。老二维兰·瑞德克斯争先表示李飞扬可以去他的财务部门工作，他的提议引来了众人的笑声，结合他在餐桌上的表现，维兰对李飞扬的喜欢就如写在脸上一样明显。黎曦则表示自己亲眼见过顾清伦的雕刻功力，她觉得如果顾清伦愿意，可以参与家族工艺品的设计，说不定会对家族的作品大有裨益。

黎曦要求自己去和顾清伦商议此事，以免由别人提出，让顾清伦误会有逐客的意思。她深知自己的这位救命恩人表面上看来心如沉水，但其实内心非常敏感。这个来自东方帝国的皇族后裔，因为上一辈的王位争夺，而导致本该是天潢贵胄的自己隐姓埋名，流落海外，他所受的痛苦非常人所能承受。黎曦并非不知道顾清伦对自己的感情，但无奈她心有所属，好在顾清伦俊朗星驰，瑞德克斯家的女眷们私下里有不少时间都在谈论他，若是能帮顾清伦促成姻缘，让他成为瑞德克斯家的一分子，也不失为一件皆大欢喜的事情。

又或者，他愿意接受李飞扬，那是再好不过。李飞扬对顾清伦的痴情，她身为女人看在眼里，感同身受。

这几天也一直没有依瑞斯的消息，黎曦知道依瑞斯此刻一定在陪伴他的父亲。他衷心希望蓝札·雷耿可以逃离死神的怀抱，依瑞斯绝对是雷耿家的一个异类，可能跟他自幼在君士坦丁堡求学有关，并未在这种龙凤敌对的环境中浸淫长大。但蓝札则不同，按照大家的话说，他是一个真正的雷耿人。真正的雷耿人一定是厌恶瑞德克斯的，这是他们家族的祖训，而奇怪的是，对手瑞德克斯家却无一条明文规定，说是要厌恶雷耿。

不知道大难不死的蓝札，会因为与死亡擦肩而过而做出改变，还是会选择复仇呢？

想到这里，黎曦又有些不安起来。

但她很快重整精神，来到顾清伦门前，她敲了敲门，房间里却无回应。这让黎曦有些奇怪，顾清伦并不常外出，多数时间都呆在客房内。她尝试着推了下门，不料门一推就开了，接下来映入眼帘的一幕让她吓了一跳，顾清伦赤裸着上身趴在地上，左手握成拳头负在背上，仅用右手一根食指便支撑住了整个身体的重量。清瘦的顾清伦身上并无太多突出的肌肉，但也没有一丝多余的脂肪，他的体态有一种流畅的美，如溪流的清水。他闭着眼睛，仿佛睡着了一般，带着一股阴柔的倔强。

顾清伦睁开了眼睛，与注视着自己的黎曦四目相对，后者这才反应过来，连忙关上门退了出去。

“请进。”房间里传来顾清伦的声音。

黎曦调整了一下自己的心绪，她推开门，发现顾清伦已经穿好了上衣。

“我刚在练功。”顾清伦解释。

“我以为你睡着了。”黎曦说，“我看你眼睛是闭着的……你是……怎么用一根手指……”

顾清伦笑笑：“是我们墨家祖传下来的练功方法，也融入了一些道教的思想。我……平日里也没什么事情做，练功可以帮我平复心神。”

“哈……那个，戚凡来找过我，说想工作，不然闲得慌。我已经和父亲说过啦，你是雕刻高手，愿意来看看我们的工坊吗？如果你不介意帮我们工作的话。”

“嗯。”顾清伦点了点头，“什么时候，现在吗？”

黎曦愣了一下，旋即明白顾清伦是说去工坊的事情。于是她领着顾清伦离开庄园，向港口走去。为了方便商品装船出口，瑞德克斯和雷耿家的工坊都建立在港口附近。近一百年来，维尼亚镇以出口珠宝工艺品在这片海域崛起。主要售卖产品包括雕塑、戒指、项链等，行销各地。由于其特殊的地理位置，北至拜占庭帝国的君士坦丁堡，南至奥斯曼土耳其帝国的伊斯坦布尔，维尼亚镇的珠宝工艺品都是市场上的翘楚。

瑞德克斯家的工坊门口，巨大的海马与凤雕像立在门前，仿佛与对面雷耿家的海马与龙雕像对峙着。不知是不是刻意而为，雷耿家的海马与龙神色轻佻，眼神中有着一股鄙夷的不屑，而瑞德克斯家的海马与凤则眼神机警戒备，似乎时刻准备提防着对面的阴谋诡计。

顾清伦看着对面雷耿家的海马与龙，注视着石刻神龙眼睛的那种轻视的神色。对他这样的中土人士，真是很难想象可以在除皇宫之外的地方看到龙的雕像，但在这个岛屿上，每一个雷耿家的人都可以堂而皇之地将龙绣纹在衣衫之上。

“对面是雷耿家的工坊。”黎曦看顾清伦一直注意着对面，开口解释。

“我知道，”顾清伦说，“我是在看他们雕刻的那条龙。”

“哦，能把轻视的神色雕刻在石头上，虽然是对我们的敌意，但说实话也让我对他们的手艺有些敬意。”

顾清伦摇了摇头，“龙不会在脸上露出轻视的神色”。

黎曦笑了笑，“为什么？在你们的国度，龙不是象征着至高无上的权利吗？”

“是的。所以龙不屑于在脸上表露对万物的轻视。”顾清伦顿了顿，又说，“它们都在心里。”

第十二章

蓝札·雷耿向依瑞斯招了招手，示意他坐到自己的床前。

“父亲，我觉得你的气色好多了。”依瑞斯坐下说。

蓝札咳嗽了一声，依瑞斯忙端过水杯，喂蓝札喝了口水。

“你那天说的话，我都听见了。”蓝札说。

依瑞斯的脸上闪过一丝不自在的神情，蓝札拍了拍他的肩膀，示意没关系。

“我送你去君士坦丁堡长大，是希望可以开阔你的眼界，人只有看过足够的风景，在作品的设计上才会有足够的思路。但这也让你脱离了家族的很多影响，比如说对瑞德克斯的厌恶。”蓝札说，“其实如果你问我为什么要厌恶瑞德克斯……仔细想想，是因为在我儿童时代，我的父母便一直对我耳提面命。他们说瑞德克斯是贪婪的家族，他们无礼傲慢，时刻想着要将我们雷耿家族驱逐出维尼亚镇，好霸占整个维尼亚镇的贸易市场。小时候，我就跟特瑞典·瑞德克斯互相扔过石块，有一次我打破了他的鼻子，有一次他抓破了我的嘴唇……”蓝札眯起眼睛，似乎陷入了对儿时的回忆当中，他又伸手要水，依瑞斯忙将水杯递给他，他喝了一口，咳嗽了几下，重新平复呼吸。

“在我还是儿童的时候，我被教导要跟瑞德克斯对立。当我第一次遇见瑞德克斯人的时候，他们看我的眼神便如大人教导的那样，带着傲慢与敌视。他们那样看我，我自然也要更加用力地瞪回去。一来二去，眼神就变成了石块，又变成了呼啸的木棒，甚至有时会是锋利的刀刃。我很快便有了仇恨瑞德克斯的理由，那是切身的痛处，可能是手臂上的一道疤痕，也可能是坟墓里长眠的一位亲朋，到后来，我便觉得仇恨瑞德克斯是一件正常的事情，他们实在是太坏了。”

蓝札看着儿子，说：“我现在大致也能想象，瑞德克斯是怎样看待我们雷耿的了。所以在我第一次见到瑞德克斯家的人时，他们就会用那种冰冷的眼神看着我。而在这冰冷的眼神背后，是两家大人们对孩子的耳提面命、言传身教。无论怎样，就变成了现在这个样子。大家都说，这是两家的宿命，是神灵决定之事，凡人必行之践。近一百年来，雷耿和瑞德克斯就像命运纠缠的双子一样，生活在一起，又彼此仇恨。”

蓝札说到这里，突然剧烈地咳嗽了几声。依瑞斯立刻端起水杯，蓝札摆了摆手，“你对瑞德克斯家长女的心意我理解了。我有些累了，让我休息下，你去吧，这几天告诫族人，不要再和瑞德克斯起新的冲突，就说我身体很虚弱，不要多生事端，让我烦心”。

依瑞斯放下水杯，蓝札已经闭目休息。

他转身离开，步伐轻快了很多。

仇恨可以报复，也可以化解。

明显，蓝札·雷耿选择的将是后者。

那道射穿连日压抑在心口的乌云的曙光似乎更亮了。

依瑞斯的脸上不自觉露出了笑容。

他已经迫不及待想见到黎曦，将这个消息告诉她，最好就在今晚。

顾清伦已经在瑞德克斯家的工坊里呆了一天。

他也大致了解了瑞德克斯家产品的制作流程。由设计师出具图纸，做出样品，工坊里的工匠根据样品复制量产。

工匠们都是世代为瑞德克斯家族工作，他们手艺精熟，忠诚可靠。

工坊里的很多作品设计都是出自黎曦之手。特瑞典·瑞德克斯有五个孩子，四男一女。其中唯一的女儿就是黎曦·瑞德克斯，她在五个孩子中年龄排第四，却被称为瑞德克斯家族的长女。除了她是唯一的女儿外，更重要的原因是，她是家族里最优秀的设计师。

黎曦对线条仿佛有着一种天生的敏感，她具有一种将生硬变柔和的本领，有时只是图纸上一个弧度的改变，成品就会有天差地别的变化。特瑞典称赞女儿的这种本领为“赋予生动的能力”。而按黎曦的话来说，所有的作品在设计之初都会有一个开关，这个开关可以让作品“动”起来，而她只是擅长找到那个开关而已。

“动”起来，然后看着像“活”了一样，也就是所谓的“生动”。难怪在之前的六年，每次珠宝大赛都是瑞德克斯夺魁，有黎曦这样“赋予生动的能力”的人，胜出是理所当然的事情。但顾清伦没有忘记黎曦曾对他说的话，今年的珠宝大赛，获胜的却是雷耿家族。而主设计师则是雷耿家的长子依瑞斯·雷耿，按照黎曦的评价，他擅长给作品赋予“人文的内涵”。

“生动只能进入人们的眼里，而内涵却可以进入人们的心里。”黎曦曾这样评价自己和依瑞斯的区别，听着似乎是对自己在比赛中输给依瑞斯进行总结，但从两人的关系来考虑，也很可能是出于对心上人由衷的赞美。

想到这里，顾清伦的心里泛起一丝苦涩。知道黎曦与依瑞斯的故事后，自尊心曾一度催使顾清伦离开，但稍微一想便发现自己其实无处可去，在大时代的变故下小人物的命运只能随波逐流，可遗憾的是，他却偏偏属于大时代变故下的那种大人物——连随波逐流的资格都没有。

“我在想，你是东方杰出的工匠，你们的雕塑、珠宝，无论是造型还是材质，都与我们的有很大区别。我见识过你们楼阁一样高大的帆船，也看过你们船上装载的那些奇珍异宝。如果你愿意将你的能力贡献给我们瑞德克斯，我想一定是瑞德克斯作品的一次飞升，我们可以找一个办法将东方的元素与当地人的喜好融合起来，创造出让人耳目一新的作品。”黎曦的话打断了顾清伦苦涩的联想，这个带有构建蓝图性质的提议让顾清伦感到一阵鼓舞。

“所以，”顾清伦仰着头，装作思忖道，“我以后就替你工作了？”

看着顾清伦装模作样的样子，黎曦没忍住笑了出来，她终于在这一脸淡漠的青年身上看到了一丝幽默感，某种程度上这是他放松一贯紧绷神经的体现。是啊，她理解他的过去，没人能背负那些沉重还妄想能活得轻松。

但好在这里是我的家，这次就轮到我来保护你吧。

面对自己的救命恩人，黎曦在心里默默地说。

傍晚时分，黎曦和顾清伦离开工坊，回到瑞德克斯庄园。一路上两人都在激烈地探讨，顾清伦将对黎曦作品的感受讲给她听，黎曦也将自己当时创作的缘由告诉顾清伦。顾清伦将他觉得不足的地方指出来，黎曦有的点头称赞，并提出缺陷出现的原因；有的则拒不接受，甚至坚持称之为残缺的美。两人陷入了自由而又热烈的学术交流，以至于回到瑞德克斯庄园时还喋喋不休。不明就里的人还以为他们陷入了争吵，更让人觉得诡异的是，他们两人的交流时而用当地语，时而用东方语，这种双语夹杂的谈话方式让人觉得前所未见。

黎曦和顾清伦似乎并不想以回到瑞德克斯庄园来作为争论的终点，他们边走边说，很快达成了共识——来到瑞德克斯的花园长亭，坐下来继续争论。由于不懂东方语，黎曦的哥哥们并不能十足地确定两人在争吵什么，只有去拜托李飞扬。后者听说情况后起初并不相信，原因是顾清伦一向惜字如金，很难想象他会与人连篇累牍地争吵，扭头就走才是他的风格。但维兰·瑞德克斯拍着胸脯表示自己绝没说谎，并表示只要李飞扬可以移步楼下，去花园便可眼见为实。

当混合着本地语和东方语的声音飘入李飞扬耳朵时，她才信了维兰的话。争论中的两人似乎到了忘我的境界，不知是没有注意到不远处藏着一帮偷窥的人，还是看到了却压根不想在意。李飞扬用力地辨认两人争吵的内容，听了一会儿之后，她的脸上露出了古怪的表情，一旁的维兰·瑞德克斯忙问那些东方语的内容。

“他们没有争吵，他们是在争论。”李飞扬脸上露出一丝苦笑，“他们产生了一些分歧，关于怎么样让你们家的那些雕塑更好看。”

“和黎曦？那些雕塑都是黎曦设计的啊。”维兰有些惊讶地说，与其说因为黎曦是家族百年一遇的天才，倒不如说他没想到顾清伦会和黎曦产生这种势均力敌的争论。

“是的。”李飞扬点了点头，旋即转身离开，心里升腾起了一股无可抑制的醋意。

深夜，黎曦又一次披上连帽斗篷，悄悄来到花园的尽头，她仰头看着两人高的围墙，从一旁的花丛中搬出一把木头椅子。若是以前的黎曦，就算踩在椅子上，她也不可能完成翻越围墙的举动。但近几个月的变故不仅磨砺了她的心神，也增强了她的体质，她踩在凳子上，轻轻一跳，双手便抓住了围墙的边沿，仅仅依靠上肢的力量她便撑起了自己，随后再用手肘作支撑，爬到了围墙上面。

动作多少有些狼狈，但反正深夜无人观看。落地后黎曦吐了吐舌头，脚步匆匆地赶往城镇郊区的那棵巨大橡树，她知道依瑞斯正在那里等待着自己。与她不同的是，身为雷耿族长的依瑞斯行动自如，不受任何约束。

上次橡树一别，两人便再也没有见过面。

然而，黎曦不知道的是，和上次相同，她并非一人独行。李飞扬远远地跟着，由于已经知道黎曦的目的地，她反而走得很慢，这样也更不易暴露。

与黎曦跃跃欲试的心情不同，李飞扬边走边想，甚至开始怀疑自己偷听的目的。如果说第一次是因为将黎曦误认为小偷，那这次呢？应该是出于好奇，想要知道黎曦和依瑞斯的最新进展。因为她清楚自己陷入了一段复杂的关系中，她喜欢顾清伦，顾清伦喜欢黎曦，黎曦和依瑞斯两情相悦，但偏偏两人所在的家族坚决反对这段关系，为此两人之前还闹出了一幕私奔的闹剧，而闹剧最后酿成了惨剧，依瑞斯的父亲差点死在黎曦的父亲手上，而黎曦则差点被当作奴隶卖到不知道什么地方去。

如果最终黎曦可以和依瑞斯在一起，那顾清伦就不得不放弃对黎曦的喜欢，自己的机会就来了。想到这里，李飞扬苦涩地咬了咬嘴唇，自己的爱情竟然要建立在情敌的幸福上，想想都是一件伤自尊的事情。但一想到顾清伦，又觉得这点自尊似乎不要也罢。这么说来，自己倒是要尽力保护这对苦命的鸳鸯，似乎也是出于这点考虑，李飞扬并没有将上次自己的所见所闻告诉任何人，无论是顾清伦，还是瑞德克斯家族。

想到这里，李飞扬突然觉得再跟着黎曦已无意义，就容这对小相好去夜下私会吧，漫漫长夜偷听别人情话，自己何必要做这件对自己这么残忍的事情？李飞扬越走越慢，越慢想得越多，想得越多越觉得再跟下去毫无意义。终于下定决心，原地转了个圈，却不料看见一个黑影一闪即逝。

自己竟然被人跟踪了。

李飞扬心里一惊，真是有点螳螂捕蝉、黄雀在后的意思。深夜里并没有急促的脚步声响起，想必跟着她的人并未拔腿就跑。李飞扬咽了口口水，从地上捡起一个石块，嘴上却用当地语厉声说道："鬼鬼祟祟的家伙，给我出来。"

声音在静谧的街道上扩散开去，李飞扬凝神以待，只要对方现身就将手上的石块扔出去，自己一个小女子，这种时候管他是谁，先下手为强。

李飞扬举着石头等了一会儿，发现毫无动静，不过想想也是，鬼鬼祟祟的家伙怎么会听自己的话乖乖出来呢。李飞扬警惕地挪着步子，一步步向前走去，这时街角的地面突然出现一个影子，一个人走了出来，李飞扬二话不说，一甩手就将石块扔了出去。

正中脑门！

来人被打翻在地，发出“哎呦”一声。李飞扬心里窃喜，但听见这叫声又觉得有些耳熟，走近一看。

李飞扬双手抱着胳膊，觉得又来气又好笑，但是仔细想想，又觉得这个人跟着自己，合情合理。

是戚凡。

城市的近郊，巨大的橡树下，黎曦终于见到了等候多时的依瑞斯。

“你父亲怎么样了？”瑞德克斯家的长女关切地慰问雷耿家的族长，这种事情若是让两家那些已经入土的长辈知道，恐怕会气得从棺材里跑出来吧。

“情况很好，父亲正在康复。”依瑞斯的语气里透露着一股喜悦的劲头，“而且，父亲说他知道我对你的心意，让我在他康复这段时间约束好族人，避免和你们再起新的争斗。”

接着依瑞斯将那天与蓝札的对话告诉了黎曦。显然，这是一个利好消息，若雷耿家族的族长开始反思自己为什么会仇恨瑞德克斯，那么自上而下的改变就可能发生。

“嗯，刺伤你父亲的事情，我爸爸也感到内疚。后来泰卢雇佣佣兵团伏击你则更是胡闹。”黎曦低下头，虽然两件事情都非她的意愿，但终究一切因她而起。

“好啦。”依瑞斯温柔地揉了揉黎曦的头，“泰卢是你最亲的弟弟，我差点毁了你的一生，还好你平安归来，倘若你有什么三长两短，泰卢就算亲自用剑刺穿我的心脏，恐怕我也没有什么资格怨他。我父亲的伤倒是一直困扰着我，但好在他吉人自有天相，总算现在一切正在向好的方向发展，也许不仅仅是我们，雷耿家和瑞德克斯家一百多年的恩怨，说不定就在我们这一代结束了。”

黎曦将头轻轻靠在依瑞斯的胸口，想象着在不久的将来雷耿和瑞德克斯握手言和的场景。这是一百年来想都不敢想的事情，不过一旦变为现实，那将不仅仅是黎曦和依瑞斯个人的幸福，还将是整个维尼亚镇迈向更加繁荣的开始。如果两家可以精诚合作，雷耿和瑞德克斯可以进行技术的交流，甚至共享海马与龙、海马与凤的经典形象，要知道在那些维尼亚镇之外的地方，很多商家都是将海马与龙、海马与凤的工艺品成对出售。想想两家若不是强强对抗，而是强强联合，将会给维尼亚镇带来多大的繁荣。就算刚开始两家的人还是多有怨言，但相信随着时间的推移，当合作的益处越来越多时，两家彼此理解，真心接纳对方的时代，一定会到来。想到这里，黎曦突然觉得心里充满了希望，没错，人只有对未来报以美好的愿望，才会有继续努力的热情。

“让我们一起努力吧。”少女伸出双臂环抱自己的爱人，声音里溢出的甜蜜像温泉一样流过青年的心扉。

第十三章

蓝札·雷耿死了。

第一个发现的人不是别人，正是他的儿子依瑞斯·雷耿。彻夜未归的年轻族长，与上次一样，归家后顺势去了父亲的卧房，只是上次看见的是父亲的醒转，而这次，却看见了他的长眠。

蓝札·雷耿的身体还残留有淡淡的温度，这似乎是那床厚厚的天鹅绒棉被的功劳。他闭着双眼，表情平静，在离去时似乎并未经历过什么痛苦的挣扎。

红袍僧和维尼亚的医生得出了相同的诊断结论。蓝札·雷耿的醒转并非开始痊愈的势头，而是回光返照的表现。是人在将死时神智的突然清醒和短暂兴奋，是生命之力在最后的绽放，而在绽放之后，枯萎尾随而至。

从充满希望的心境跌入绝望的深渊，并非是沿着一条下坡的道路狂奔，而是直接垂直从万丈悬崖摔了下来。父亲的突然逝去让依瑞斯感觉到的是一种荒诞的不真实。明明已经有了好转的迹象，明明暗示了要成全儿子和心上人的爱情，明明一切都将向着好的方向发展，可是转瞬之间便烟消云散得没有丝毫痕迹。自己的父亲就这样走了，离开了这个世界，从此那些音容笑貌和谆谆教诲只会存在于回忆之中。

母亲的眼泪掉落在父亲的衣裳之上，整个家族都沉浸在痛苦的气氛里。消息很快传遍了维尼亚镇，黎曦是在晚餐桌上听到了消息，手上的刀叉都因惊愕而掉到了地上，发出了“叮当”的响声。特瑞典·瑞德克斯愁眉紧锁，因为刺伤蓝札的并非别人，恰恰是自己。如今数月过后，蓝札最终伤重不治，这笔血债，自己是无论如何也躲不过去了。若是私人恩怨，倒也无妨，可偏偏自己和蓝札都是各自家族的族长，两家为这件事情已经起了不少冲突，决斗的免责契约都签了厚厚一沓。最后一根稻草压死了骆驼，但旋即骆驼倒地所扬起的灰尘，却可能是一场沙暴的开端。

自从黎曦归来后，在依瑞斯和特瑞典的约束下，两家的摩擦都克制在一个安全的范围内。然而就在蓝札故去的当夜，小酒馆里便有身着海马与龙纹章的男人与身着海马与凤纹章的男人厮打在一起，但其实两人并非雷耿和瑞德克斯的血脉，仅仅只是工坊里替两家干活的工人。但这不妙的苗头无疑已经显露出来。雷耿家的族人此刻都聚集在雷耿庄园，红袍僧库恩·雷耿已经开始和雷耿家族的长老们准备蓝札的葬礼，而依瑞斯并未陪在父亲的尸首旁，相反他把自己关进房间，一整个白天都没有出来。

瑞德克斯这边，特瑞典严令要求族人不得做出任何刺激雷耿家的行为，但似乎为时已晚，起码瑞德克斯家的小孩已经编了各种有关蓝札之死的歌谣，隔着马路冲着雷耿家的小孩们大声欢唱，这自然遭遇了雷耿家小孩们的石块回击，在彼此都给对方留下了一头包后，两家的小孩们回去向大人们哭诉了事情的经过，怨恨的种子无疑再一次埋下。

和自上至下的灌输教育不同，这回似乎变成了自下而上的战争。

黎曦来找特瑞典，后者正坐在书房的办公桌前凝神思索。

“父亲。”黎曦敲了敲门，特瑞典看到是女儿，挥手让她进来。

黎曦搬了一把椅子，并未选择隔着桌子坐在父亲对面，而是陪伴般坐在父亲旁边。

“一百年来，我们和雷耿家冲突不断，但从来没有一次像这么严重。”特瑞典用手捂着额头，“死去的是雷耿家的族长，这种事情从未发生过。但现在发生了，因为我。”

“不……父亲，”黎曦的眼睛里闪过泪光，“不是因为你，是因为我啊，如果我没有去和依瑞斯……”

“不。不怪你。”特瑞典突然恢复了严厉的口吻，“我说过很多次了，是他绑架了你，和你无关，你是被迫的。他害得你差点就……”

黎曦突然用力抓住了父亲的胳膊。“你知道那不是真的，”她勇敢地迎向特瑞典的眼睛，“你知道我爱他，我是自愿跟他走的。”

面对女儿异乎寻常的坚持，特瑞典陷入了沉思之中。他当然知道事情的真相，但作为瑞德克斯家的族长，他却不能接受这样的真相。雷耿家的长子诱拐了瑞德克斯家的长女，和瑞德克斯家的长女爱上了雷耿家的长子，并抛弃家族自愿与之私奔，这将完全是两个不同的故事。

黎曦的做法无疑是让家族蒙羞，但当她乘船离开维尼亚镇，音讯全无的时候，特瑞典才发现，比起家族名誉上的耻辱，失去自己的长女是更不能接受的事情。后来黎曦平安归来，这件事便被大家默契地抛到了脑后，从此无人再提。

“我可以忘掉你刚才说的话。你以后也不许再对任何一个人说第二遍。”特瑞典对女儿说，眼神里闪过一丝忧郁。

“父亲，你是怕……”

“对。”特瑞典无奈地点了点头，“蓝札的死会改变很多事情，先前依瑞斯作为族长是尽力维持和平，但底下族人签订免责书的决斗却受法律保护。如今别说是那些好斗的雷耿族人，就连依瑞斯自己都失去了父亲。我很难想象这个青年的理智会战胜他的情感，更别说他身边还有一堆热血激昂想要煽动他的人。如果雷耿和瑞德克斯展开全面争斗，无疑会影响到维尼亚的正常贸易，到时领主就不得不出面调停。调停的第一步将是调查，我们必须确保没有一句对瑞德克斯不利的证词流出。”

“可是……我和依瑞斯是共同……”黎曦说，但很快被特瑞典打断。

“在你离开的这段时间，我们坚持说你是被拐走，而雷耿则坚持说是你勾引了依瑞斯，并想要在港口谋杀雷耿家年轻的族长。但因为我和依瑞斯的约束，让两种说法都止于形势，既保全了两家的面子，又不至于让这些话成为足以呈堂的证词。你和依瑞斯的事情，不仅对我们瑞德克斯家来说羞于启齿，对雷耿家同样触犯禁忌。当时蓝札重伤，你下落不明，两家都遭受了惨重的损失。如今你平安归来，而蓝札一命呜呼，从结果来看，同情的天平势必会偏向受害者一方。就算依瑞斯的确有情有义，与你口径一致，但结果依然对我们不利，更何况若你单方面改变说辞，而依瑞斯却没有响应，到时候只会把我们陷入无法挽回的境地。”

听了特瑞典对利弊的权衡与分析，黎曦也开始有些动摇，说实话她也不能确定，蓝札的死会给依瑞斯带来怎样的改变。依瑞斯自己也曾说过，若蓝札因伤逝去，他自己也不知该如何是好，尽管她依旧愿意在心里相信依瑞斯不会改变自己的初衷，但杀父之仇……

想到这里，黎曦不自觉地倒吸了一口凉气，一条深不见底的沟壑已经横亘在两人之间，无论他们曾经多么担忧害怕，多么用力祈祷事情不要发生，但最终，一切已成现实。

黎曦眼神的动摇并没有逃过特瑞典的眼睛，他拍了拍黎曦的肩膀，安慰道：“放心吧，我失去过你一次，不会再有第二次。”

但显然，特瑞典并不知道女儿真正在担忧的是什么。

雷耿家群情激奋。

年轻一辈磨刀霍霍，声称一定要瑞德克斯血债血偿。而本该年老持重的长老们，却默认了这种叫嚣，并没有出言制止，只是表示当下的精力应该先放在蓝札的葬礼上。

几乎每个人都知道，蓝札的葬礼将是大乱之前最后的平静。黎曦有建议过父亲特瑞典向雷耿家发去慰问，她甚至希望父亲可以亲自参加蓝札的葬礼，以表达对蓝札的哀悼。但特瑞典思前想后，拒绝了黎曦的提议。他心里对蓝札的逝去确实感到可惜，也不乏一丝内疚，但若他去参加葬礼，效果只会适得其反，雷耿要么将他的行为理解成惺惺作态的伪善，要么会被当成是对死者以及雷耿家族的挑衅——毕竟，蓝札是死于他手，那场港口的乱斗并没有签订决斗免责书。

葬礼之后，雷耿家召开家族议会，蓝札·雷耿并未留下只言片语的遗嘱，依瑞斯顺理成章地继承了族长的身份，肩负起引领整个雷耿家族的使命和责任。议会过程中依瑞斯一言不发，看样子疲惫不已，自蓝札亡故之后，他便一直躲在自己的房间里，一日三餐也是由管家送进房中。虽然他是雷耿家法定的族长，但显然族人对依瑞斯并不满意。在蓝札受伤之后，他便一直采取约束忍让的态度，起初在家族的长老们看来，依瑞斯的理智显露出了与他年龄所不相符的老成。但当瑞德克斯长女归来，蓝札伤逝之后，整个事件受伤的似乎只剩下了雷耿家族。无论是长老还是年轻的族人，此刻已经因仇恨而团结在了一起。

对依瑞斯来说，那道射穿乌云的曙光已经消失了，缺口被更厚密的云层覆盖，且云层中电闪雷鸣，似乎预示着马上将有一场狂风骤雨到来。依瑞斯感觉此刻的自己已经和这些乌云融为了一体，而那些狂躁奔涌着的雷电力量，正在自己的身体里暴走。他压抑克制着这些雷电，同时也酝酿包裹着这些雷电，这种左右为难、里外受敌的煎熬，已经快将这个年轻人逼疯了。

议会结束之后，依瑞斯率先离开，年轻的族长给群情激奋的众人留下了一个匆匆离去的背影，再次引发了一片窃窃私语。

红袍僧目送着年轻族长离开房间，他环视了一下周围指指点点的族人，迈开腿追了出去。

在依瑞斯的房间，红袍僧关上房门，房间里如今只有叔侄两人。

“库恩叔叔……”依瑞斯看着尾随而至的红袍僧，虚弱地开口。

“依然在悲痛中无法自拔是吧。”红袍僧的语调迟缓而稳定。

“当然。他是我爸爸啊。”依瑞斯用手捂了捂额头。

“我想你烦心的不仅仅是他的离去。”红袍僧直截了当地说，“单纯的悲痛只要去哭泣就好，单纯的愤怒只要去报复就好。我知道你和瑞德克斯家长女的事情，只是如今父亲的死，在自己和恋人之间横亘了一条无法逾越的沟壑。而且，族人现在希望你做的是带领他们对瑞德克斯进行复仇。”

依瑞斯看着直截了当的叔叔，在这个家族里，红袍僧和自己同样是异类，库恩·雷耿是父亲的弟弟，但私下里大家都说他其实是爷爷的私生子，一直云游在外，只是在三十年前才回到维尼亚镇。作为摩尼教的祭司，他见多识广，精通医学和炼金术，并且可以从他所信奉的智慧之主那里得到力量。

“你恨瑞德克斯吗？”依瑞斯突然开口问。

面对依瑞斯毫无征兆的问题，红袍僧愣了一下，依瑞斯可以想象那张终年隐藏在兜帽里的脸上应该是惊愕的表情，但话说回来，依瑞斯从未见过叔叔摘掉兜帽的样子。

“我是一个祭司。”红袍僧开口，“神灵自有安排，仇恨只是凡人不懂，或不能接受最高力量的指引所爆发出来的情绪。”

“所以，”依瑞斯咂摸着叔叔的话，“你是说父亲的死也是神的安排？作为凡人，我们只要默默接受就好？”

“当然不！”红袍僧的语气里流露出一丝急躁，“愤怒一样是神的安排。如果人们惧怕黑暗，人们就会点亮火把。而火光会驱散黑暗，带来光明。同理，正是因为有人对罪恶的愤怒，公正才会在愤怒的声讨中得到维持。”

听了红袍僧的话，依瑞斯陷入了深思，说实话一直以来他都觉得自己并不清楚这位摩尼教祭司的立场，但比起那些立场鲜明的族人，祭司似乎更值得信赖，何况在父亲重伤昏迷时，也是他率先提出让自己代理族长之位。

“而且……”红袍僧又开口道，“无论神如何安排，凡人也要做自己的选择。现实的情况是，你和黎曦之间所隔的并非只有你父亲的坟墓，还有雷耿和瑞德克斯两家一百年来的怨仇。你父亲的死是两家仇怨的一部分，而也正是因为两家百年来的仇怨，才导致了你父亲的惨剧。所以我跟你说过，雷耿和瑞德克斯的争斗是宿命的争斗。你也看到了现在族人的状况，当你在君士坦丁堡学习时，每天与他们朝夕相处的不是别人，正是你的父亲。”

“你什么意思!”依瑞斯突然站了起来，本就身材高大的他现在因愤怒而变得更加雄伟，“父亲在死前亲口跟我说过，他对雷耿和瑞德克斯之间的仇恨已经有了反思，等他康复之后，本来是要为化解两家的怨仇……”

“但是你父亲死了，他没有康复，死于瑞德克斯的族长特瑞典·瑞德克斯之手。”红袍僧不惧打断愤怒的依瑞斯，一字一句道，“你父亲没有留下只言片语的遗嘱，但大家还是公认你为雷耿的族长。你现在身上肩负的并非只有你那自私的爱情，还有整个雷耿家族，以及那些为雷耿家族工作的人们的兴衰。你不可能以一己之力禁止雷耿向瑞德克斯复仇，若你一意孤行，长老们可能会剥夺你的族长身份，怎么可能会有父亲被杀还无动于衷的人？但我可以告诉你，我们与瑞德克斯的争斗不会发展到你死我亡的地步，因为这样影响的不仅仅是我们两个家族，还将动摇维尼亚镇的贸易基石。领主是不会允许这种事情发生的。我们跟瑞德克斯真正的博弈，将是在领主的裁判桌上。”

领主的裁判桌？红袍僧的话倒是让依瑞斯有些耳目一新的感觉，事实上依瑞斯作为家族最天才的设计师，虽然在珠宝大赛上击败了瑞德克斯，但对家族生意上的事情，他倒真的了解不多。

似乎是觉察到了依瑞斯的思索，红袍僧再次开口："我知道你不想和瑞德克斯家族发起全面的冲突，你一直以来也都是避免事态向无法控制的方向发展。作为家族的顾问，你的叔叔，我给你的建议是这样的：我们努力将事态的发展引到领主的裁判桌上，瑞德克斯的长女已经失而复得，但雷耿却永远失去了自己的族长。领主不可能无视这样的事实，就算是为了维尼亚镇的平衡，他也必须做出对雷耿家有利的判决。而在这期间，我们可以以此来继续约束族人，避免与瑞德克斯新一轮的暴力冲突。"

似乎是很好的计划，如果是由领主来裁决，就不是雷耿与瑞德克斯的私斗，还可以避免两家再添流血事件。这样的提议几乎是依瑞斯所能想到的最好的选择，但他此刻却感受到了一股愤怒从心底油然而生。

"你是说，要我用父亲的死作为筹码，来和领主谈判吗？"依瑞斯尽力压低自己的声音，"他尸骨未寒，你怎么能这样？"

"不然呢？"红袍僧的语调并没有因为依瑞斯的愤怒而有丝毫的畏怯，"你的父亲死于特瑞典之手，你身为他唯一的儿子，雷耿家族现在的族长，只要你一声令下，我相信家族会愿意拿起所有可以战斗的武器，随你与瑞德克斯一决生死。若你选择了这样的道路，我相信我不会在这个时候出现在这个房间里，跟你讲刚才的话。尽管身为摩尼教的祭司，但我的姓氏依然是雷耿，我会与你并肩战斗。"

库恩·雷耿的话像一盆冷水一样浇灭了依瑞斯的怒火，他说得没错，处于两难境地，进退维谷的并非别人，而是自己。

"况且，你以为你选择交由领主来进行裁判，家族的人就会满意吗？他们同样会视你为懦夫，尤其是所有人都知道你剑术高超，在维尼亚镇更是无人能出其右。就算你天性不喜争斗，但为报杀父之仇，你也没理由不拔剑相向。如果你想控制现在的事态，单纯靠逃避是没有用的。如果家族大部分人人心向背，完全可以再推举出一位新的族长，而我相信，新的族长不会像你这么优柔寡断。"

红袍僧的话听起来简直就像是赤裸裸的威胁，但只要稍微动脑子想想，便会发现事实的确如此。族长无非是代表一族利益的存在，与从小在君士坦丁堡长大的依瑞斯在家族内并没有建立起自己的关系网，他与同龄的雷耿族人也不亲近，与长老们更是理念不合，平常时还好，但在这个关键的节骨眼上，如果他不能顺应家族的意愿，那么被家族抛弃似乎也是无可厚非的事情。而新任的族长必须是一个可以满足家族意愿的人，也就是说，无论怎样，与瑞德克斯的争斗都势在必行。依瑞斯也是早早就明白这个道理，所以才陷入了犹豫与逃避之中，但他没有意识到，事态的发展在父亲咽气的那一刻就已经注定了，他可以消极，但他的消极其实并不能改变什么，甚至只会加速事情向更恶劣的方向发展。

“你是一个雷耿人，这是无法改变的事实。”在确定年轻的族长已经产生动摇时，优秀的游说者当然要继续开口，“你不能左右命运的结果，但你可以左右命运的过程。而且我相信，你父亲的死依然困扰着你，而领主是不会宣判特瑞典死刑的，毕竟你父亲是死于港口乱斗的数月之后，而瑞德克斯人一定会在裁判桌上坚持这一点，以淡化你父亲的死与特瑞典的必然性。维尼亚的两大家族已经失去了一个族长，领主不会让另一个也失去，否则就会变成被瑞德克斯闹得下不了台面。先不管领主如何裁判，瑞德克斯如何申辩，单单从你自己出发，你真的觉得你可以允许自己，什么都不做吗？”

红袍僧的话像一把尖刀一样直指依瑞斯的额头，是啊，有些事情是逃避不了的，就算对方是黎曦的父亲，他也没办法装作整件事情从没发生过。

“事情到如今这个地步，起码有一点我与你的立场是相同的。”红袍僧拍了拍依瑞斯的肩膀，“那就是我也不希望事情向着全面冲突的方向发展。毕竟这样做也不能让你的父亲死而复生，对雷耿也只会徒添新的伤亡。如果可以借由领主的权力，得到对雷耿有利的裁判，这对家族来说只会有利无弊。至于你父亲的血仇，你完全可以公开向特瑞典发起决斗。作为瑞德克斯家族的族长，他逃不掉的。这样一来，族人也会对你表示理解，你也将成为雷耿家族一百年以来最有作为的族长，因为你将彻底终结雷耿和瑞德克斯家的对抗，率领雷耿走向最终的胜利。”

“你好好想想吧。”说完这些，红袍僧推门离去，将依瑞斯独自留在房间里。

第十四章

顾清伦来到黎曦的房门前。

自从蓝札·雷耿的死讯传来后，黎曦大部分时间都呆在自己的房间里。用餐时她也吃得很快，然后匆匆离席。事实上，蓝札的死讯给整个瑞德克斯都蒙上了一层阴影，这些天来顾清伦也对两家的历史多有了解。与李飞扬和戚凡不同，顾清伦出身皇室，又经历了大明开国以来最大的变故，虽然他本人对家族斗争无感，但对局势的洞察力根本就是融在血液里的天赋。

但是，黎曦的反应依然是瑞德克斯人里最大的，人在经历极大影响自己的事情时，无非是明确的积极或者反常的消极两种表现。黎曦的反应属于后者，而顾清伦理解黎曦的消极。虽然有些苦涩，但他知道黎曦对依瑞斯的情感。

当然他并不知道黎曦和依瑞斯树下相会的事情，他若是知道两人的计划，以及蓝札的死对计划毁灭性的影响，不知道他心里的某一根神经是否会有点希望现在的情况发生。

黎曦打开门，看见是顾清伦，她闪身让顾清伦进来，顾清伦却摇了摇头。

“我们去花园转转吧，你需要晒晒太阳。”顾清伦的声调一如既往地轻柔，但如果注意到他的眼神，就会发现这句话与其说是邀请，不如说是要求。

面对救命恩人的坚持，黎曦点了点头。

来到花园，两人无言地走着。

“工坊怎么样？”黎曦率先开口打破沉默，“听师傅们说你已经开始和他们一道做雕塑了。”

“嗯，就是按照模板，做一些复制的工作。”顾清伦说，“一直在你家白吃白喝，再不做点事情，脸皮再厚都不够用了。”

“不会啊，你救了我，没有你的话，我就算还活着，也一定是过着暗无天日的日子。这样的恩情，根本无以为报。”说到这里，黎曦犹豫了一下，总觉得按照东方语的逻辑，下一句该是“以身相许”，“白吃白喝又算得了什么。”她尽力用轻快的语调，把气氛引向别的方向。

“作为外人，虽然对你们家族的事情不太了解，”顾清伦斟词酌句，“但如果有我能帮上忙的地方，请尽管吩咐。”

父亲的话开始在黎曦的脑海里浮现，雷耿和瑞德克斯要么在战场上相见，要么在裁判桌上对峙。自从蓝札病逝之后，她就再没能见到依瑞斯一面。要知道在这个节骨眼上，每个在街上行走的瑞德克斯人都一定会处于雷耿的监视之下，反之亦然。大家彼此戒备，似乎一个眼神的冒犯就可能招致一场决斗的发生。顾清伦不知道的是，就在他们脚下的花园，围墙有一处的砖头是松动的，其间的裂缝足以塞进去一张写上时间的纸条。依瑞斯会派一个岛上的小男孩将纸条塞进去，而黎曦则会趁着每天饭后在花园散步时装作不经意地路过。没人知道她在树丛里藏了一把椅子，可以让她趁着夜色翻过围墙，并在归来后再将椅子藏起来。而依瑞斯则在围墙的外围砌了几个隐蔽的踩点，可以让黎曦从外围翻墙进来。

“嗯，家族和雷耿之间的冲突也不是一天两天了。只是这次的确是比较棘手。”黎曦低下头来，“说来也不怕你笑话，貌似搞成今天这一步，全是因我和依瑞斯的任性妄为，如果我们乖乖听家里的话，互相看对方不顺眼，也就不会发生这么多事情。你每天去工坊时要小心一些，虽然你并非我们瑞德克斯族人，但现在你住在我家里，又在我们的工坊里干活，难免不会被雷耿人当成靶子。你救了我的命，我不想你又因为我卷入这种争斗之中，那样对你未免太不公平了。”

顾清伦想说些什么，但话到喉咙口又咽了下去。如果没有黎曦和依瑞斯的私奔，黎曦也不会被奴隶贩子拐走，自己也不会有救她的机会，也就不会站在脚下这个地方。一想到他会爱上黎曦，完全是因为黎曦先爱上了另一个男人，便觉得这世间所有的阴差阳错，全是造化弄人。

夜晚，城郊，橡树下。

和顾清伦分开后，黎曦在围墙那块松动的砖头处发现了字条。

这是蓝札过世之后，她和依瑞斯的第一次见面。

但这次见面的情况却和以往任何一次都不同，黎曦甚至不知道自己该以怎样的心态来面对他。

黎曦见到依瑞斯的时候，他正靠着橡树巨大的树干坐着，金色的长发一直垂散到胸前，双眼出神地望着天边的月亮。

“依瑞斯。”黎曦轻声呼唤对方的名字。

依瑞斯转过头，橡树的阴影让他们彼此都只有一个黑色的轮廓，但黎曦却觉得依瑞斯的眼睛里仿佛正流淌着光。

那是一道疲惫至极的忧伤。

黎曦无言地在依瑞斯旁边坐下，后者重新将目光对准月亮。

片刻后，依瑞斯叹了口气，打破了沉默。

“真没想到，一切竟然会变成现在这个样子。”

“依瑞斯……”

“永远都是这样，你越是怕一件事，这件事就一定会发生。你越是对一件事情满怀希望，这件事就一定会让你失望。”青年的语气里全是沮丧的懊恼，他的双手不自觉地握成拳头，手背上的青筋因为悲痛而凸起。

黎曦不知道该说些什么，在此刻任何安慰的话语都没有意义。这是上天跟他们开的一个致命的玩笑。上次见面他们还曾庆幸命运并非如此残忍，但看来他们真是对命运这种东西太乐观了。

“我们接下去该怎么办？”黎曦选择直接避过了无解的现在，也省了那些无用的安慰。

她的问题并没有得到依瑞斯的立刻答复，青年依旧望着月亮，像是被烛火吸引的飞蛾。

“我不知道。”依瑞斯声音低沉，“现在每一个雷耿人都愿意拿起武器，恨不得立刻和你们瑞德克斯人决一死战。而唯一不愿这种情况发生的人，竟然是我。可，躺在坟墓里的人，是我父亲啊。”

果然，还是那道深不见底的沟壑，一旦出现了，就再也填不平。

“所以……”少女强忍住喷涌而现的眼泪，“我们就这样了？”

黎曦哽咽的声音像是另一把刀刺入依瑞斯的心扉，失去至亲之后还要失去至爱，依瑞斯的指甲都快要嵌进肉里。

觉察到了依瑞斯的痛苦，黎曦用力抱住依瑞斯，清冷的月光下，橡树的影子漆黑。

第十五章

瑞德克斯的工坊遭遇了袭击。

袭击者来自对面的雷耿工坊，刀凿斧刻的工具此刻直接变成了武器，瑞德克斯工坊门口的雕像，怀着警惕目光的海马与凤完全成为了摆设，并且在第一时间就被袭击者们砸成了碎块，与对面海马与龙雕塑轻蔑的神色相对，倒是特别应景。

只是雷耿们没有想到的是，瑞德克斯的工坊里，有一个叫顾清伦的东方人。

他们更没有想到的是，这个身材清瘦的东方男人，却有着与其外形极其不相符的武力。很快就有五个雷耿家的工人倒在了顾清伦的脚下。袭击者的气势如海浪撞上礁石一样散开，而瑞德克斯们则从最初的惊惧当中得到了喘息。

然后是瑞德克斯的反击，两家的人打成一片，而几个瑞德克斯的工人也趁乱跑到雷耿家的工坊门口，将拥有着轻蔑眼神的海马与龙雕像拉倒在地。这样一来，两家的象征都在这场冲突中损毁。

除了很多人员受伤之外，这次冲突还造成了另一个后果，就是两家工坊里的存货和设备都有一定的损失，直接影响了正常的贸易，很多订单都因此被延期。不过话说回来，到这步田地，似乎也没有几个人还关心生意了。

但起码有一个人还关心，维尼亚的领主。

之前两家的很多冲突，包括发生在小酒馆的斗殴，签订免责契约的决斗，并没有影响到维尼亚的贸易，然而当冲突的对象从人变成了工坊，一切就不一样了。

这甚至可以看成是雷耿向瑞德克斯发动全面冲突的开始。虽然相互不和了近一百年，但是攻击对方工坊的事情却从未有过先例。雷耿和瑞德克斯都是崇尚荣誉的大家族，这种不宣而战的情况几乎从未出现过。

领主迅速地介入，一直以来对瑞德克斯和雷耿的竞争，上面都是睁一只眼闭一只眼。适当的竞争可以提升两家工艺品的质量，对维尼亚的繁荣也有好处，但绝不是像现在这种暴力事件。而且领主也有些困惑，在蓝札·雷耿逝世的时候，领主就派人与雷耿家和瑞德克斯家进行了接触，虽然雷耿家群情激动，但是那位蓝札·雷耿的弟弟，受人尊敬的摩尼教祭司亲口向领主承诺，不会主动将事态扩大，也不会发动一场你死我亡的斗争。但同时，库恩·雷耿提出了非常明确的要求，将瑞德克斯的族长特瑞典·瑞德克斯告上裁判桌，并请求领主根据事实的真相给予公平的判罚。领主答应了红袍僧的要求，特瑞典无法拒绝走上裁判桌，尽管他清楚，蓝札的死虽然是雷耿家的巨大损失，但同时也是他们在裁判桌上获胜的最大砝码。

所以，在这种情况之下，雷耿家发动对瑞德克斯工坊的袭击没有任何好处，只会让已经倾斜向雷耿家的同情天平平衡一些，但因为顾清伦的存在，导致雷耿家这次袭击遭遇了激烈的抵抗，且瑞德克斯也组织了反击，雷耿家的工坊也遭遇了损失。所以从结果来看，倒是有些半斤八两。只是事后特瑞典倒是有些希望顾清伦不在工坊，那样虽然工坊的损失会严重一些，但会显得同情的天平能再平衡一点。

这次工坊袭击事件也促使领主立刻展开了裁判行为。为了稳定维尼亚的局势，领主带人亲自来到维尼亚，并在维尼亚市政的官邸召见了雷耿和瑞德克斯两家族的成员。以依瑞斯为首的雷耿家族和以特瑞典为首的瑞德克斯家族分别坐在两张长桌上，而领主则端坐首座，一旁是他的秘书官。

这次对质的过程可以说是对瑞德克斯相当不利。究其原因大致是以下几点，蓝札・雷耿确实是伤于特瑞典之手，并在数月之后不治身亡。特瑞典对打伤蓝札一事供认不讳。泰卢・瑞德克斯私自雇佣了白骆团袭击了雷耿家族的族长依瑞斯。这件事因为和黎曦归来发生在同一晚，导致大家都有点忘记了这回事。但当红袍僧在裁判桌上陈述这件事时，那种感觉对特瑞典来说就像是被一个遗忘了的仇人在背后捅了一刀一样。而在关于黎曦走失一事上，瑞德克斯坚持是依瑞斯拐走了黎曦，想要绑架她，理由是黎曦是如今瑞德克斯最具天赋的设计师，如果可以除掉黎曦，则会极大地削弱瑞德克斯在工艺品事业上的竞争力。这点遭遇了雷耿家集体的嘘声，瑞德克斯指出在过去六年的珠宝工艺品大赛上，瑞德克斯家都获得了优胜。而黎曦则刚好是在七年前开始正式加入作品的设计团队，并在三年前成为了最具有话语权的设计师——这个说辞本来具有一定的说服力，但不巧的是，最近的一次珠宝大赛，依瑞斯所主持设计的作品击败了黎曦，成为了优胜。胜利者何必要用绑架失败者的方式来削弱失败者？而雷耿方面依旧坚持他们的说辞：黎曦诱惑了依瑞斯，目的是为了除掉依瑞斯。诱惑的目的则和瑞德克斯家提出的几近相同，另外还有一个佐证，瑞德克斯家的人马先于雷耿家赶到了码头。

事实的真相是，瑞德克斯发现长女失踪，赶到码头，看见了依瑞斯，并且认为，是依瑞斯拐走了女儿。雷耿家的人随后赶到，发现依瑞斯被瑞德克斯围困，蓝札认为自己的儿子发生了危险，于是两家便在码头起了冲突。所以无论是黎曦勾引了依瑞斯，还是依瑞斯绑架了黎曦，事情经过都支持两个版本。

雷耿家要求黎曦当场对质，因为他们发现瑞德克斯家的长女并不在对面的长桌上。当红袍僧提出这个要求的时候，依瑞斯有一个想要阻止的动作，但红袍僧已经开口，他便不能再多说什么。他大致能猜到特瑞典的想法，哪个父亲会希望女儿出现在这种场合呢？但只要想到面前这个人害得自己没有了父亲，那份深深被他抑制的愤怒还是不可自抑地涌动起来。

特瑞典以女儿身体不适的缘由希望推掉出庭，但在只有依瑞斯一人到场的情况下，形势会对瑞德克斯很不利。简单来说，黎曦的到场并不能帮助瑞德克斯在这件事情上扳回一城，但最起码可以抵消掉雷耿家的证言，让事情变成各执一词，反正两家都不会说出实话——两个年轻人是真心相爱的，他们那天出现在港口的原因其实是为了私奔。所以起码在这件事情上他们都不会追究到底。

瑞德克斯家经过了短暂的讨论后，便提出同意黎曦出席。时间已到正午，领主宣布暂停，午餐之后继续开始，而黎曦·瑞德克斯将在之后加入这场裁决。

当黎曦出现时，全场数十双眼睛齐刷刷地盯向她。这让她感觉十分不适，仿佛自己是一只马戏团的猴子。她没有焦点的目光茫然地对抗着那些指向明确的目光，再一次有了自己是茫茫大海中的一座孤岛的感觉。

但她最终找到了自己目光的落点，而她目光停下的地方的那个人，并没有看着自己。

依瑞斯低着头，不知是本来就在思考着什么，还是不忍心在这个时候和爱人相见。

秘书官先将瑞德克斯的证言念了一遍，然后问黎曦是否属实。

黎曦感到脸颊一红，面对全场瑞德克斯和雷耿人的目光，她清楚此刻自己必须说一个谎言。她注意到依瑞斯也抬起头看着她，很难说清楚此刻依瑞斯的眼神想表达什么，似是有些担心，又好像毫不在乎。

她紧了紧喉咙。

“是。”

她说出了这个字，雷耿家立刻报以了嘘声。

依瑞斯也低下头，苦涩地笑了笑。

明明知道是这样的结果，好像也没什么值得生气的理由，但他还是在那一刻报有一种奇怪的期望，那就是黎曦可以大声说出事情的真相。

然后呢？如果她不顾一切，自己会不会也放弃一切？大不了不做什么族长，再一次带着黎曦远走高飞？

算了吧，这种事情，还是想都不要想为好。

这场裁判，一共持续了三天。

三天之后，领主的裁决却令所有人意外。

因为蓝札·雷耿的逝去与被特瑞典·瑞德克斯打伤之间相隔数月，所以不能断定蓝札·雷耿直接死于特瑞典之手。

关于港口乱斗的原因，由于两家各执一词，互不让步，很难裁决究竟谁是对的。

泰卢·瑞德克斯雇佣白骆团伏击雷耿家族长依瑞斯一事，虽然泰卢·瑞德克斯年龄太小，且并未对依瑞斯·雷耿造成实质性伤害，但这种买凶杀人的手段实在太过卑劣，泰卢·瑞德克斯被判监禁三年，出狱后驱逐出维尼亚镇，永世不得归家。

雷耿家工坊工人私自组织了对瑞德克斯家族工坊的袭击，组织牵头者是一名叫做马里奥·奥迪托里的工头，此人在冲突中受伤，后因医治无效死亡。虽然并非出自雷耿家族的授意，但雷耿家族负有无可推卸的管理责任。且工坊袭击扰乱了维尼亚镇的正常贸易，雷耿家族需要向领主缴纳一笔罚金，其数额等于雷耿和瑞德克斯所拖延订单的税金。

没有人对这个判决满意。

雷耿家族才不要一个十几岁的小毛孩的流放，流放他还不如流放黎曦，这个小孩既不是瑞德克斯家的族长继承人，也没显现出什么在设计上的天赋。雷耿家族长的性命怎么能以一个小毛孩的流放作为补偿，而对特瑞典却无任何处罚。对瑞德克斯家来说，泰卢·瑞德克斯被永久驱逐当然是一件无法接受的事情。两家都表示了激烈的抗议。

于是，领主提出了一个调解的方案。

三个月后，领主的女儿要嫁给威尼斯公爵的次子。这样一场盛大的婚礼，当然需要最好的珠宝首饰。领主原先是想把婚礼的订单等额分配给雷耿家和瑞德克斯家。但现在，以这次的婚礼为主题，举行一场设计比赛。优胜的一方，可以获得婚礼珠宝首饰的全部订单。失败的一方，要让出自己家族的纹章标志的拥有权和使用权。也就是说，若雷耿家输了，海马与龙的图案，将归瑞德克斯家所有。若瑞德克斯家输了，海马与凤的图案，将归雷耿家所有。

实际上，输家将彻底丧失在维尼亚镇贸易中所占有的比例。谁赢了，谁就将垄断整个维尼亚的珠宝工艺品出口，并且海马与龙、海马与凤这对水火不容的经典设计，将成为一家的财产。

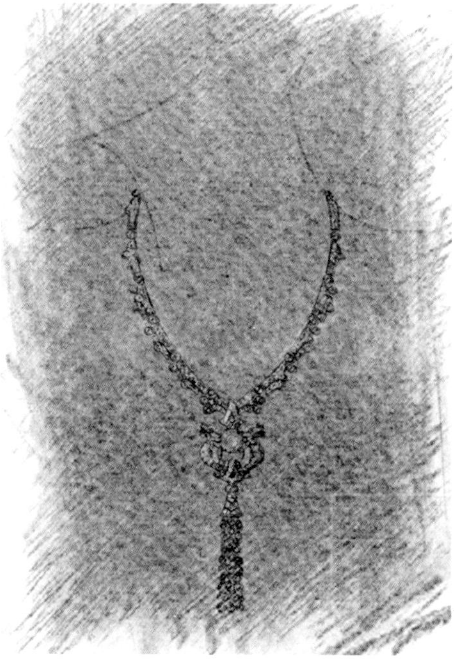

所以，与其说是一场设计比赛，不如说是生死存亡的搏斗。

雷耿家在经过内部的讨论后，同意了调解方案。虽然这并非雷耿家族的本意，他们本来是希望以蓝札·雷耿的死作为砝码，逼迫瑞德克斯以海马与凤的形象使用权作为补偿。但考虑到己方拥有上次珠宝大赛的优胜设计师依瑞斯，雷耿家并不惧怕这样的对决。

而瑞德克斯家，似乎没得选。本来在裁判桌上占有劣势的己方最终得到了一个公平对决的机会，如果拒绝设计上的对决，则无疑是自认在珠宝设计上不如雷耿。这同样是无法接受的。鉴于此，瑞德克斯家也同意了这个调解方案。

领主同时还要求，在比赛期间，像工坊袭击这样的冲突绝对不能再发生，如果哪家再出现类似的情况，将会被直接取消资格。

领主、依瑞斯、特瑞典三方在最终的判决书上签下了字。

两家的悲剧冲突，最终将会以一场喜庆的婚礼来结束。

第十六章

月亮很圆，黎曦坐在花园的石桌旁，双手托着下巴，出神地望着月亮。

她想起在孤岛上时，顾清伦给她讲过的那个东方的神话。说是在很久很久以前，天上有十个太阳，十个太阳一起炙烤着大地，民不聊生，最后一个叫后羿的勇士用弓箭射下了九个太阳，所以现在天上只有一个太阳。

后来后羿从天神那里得到了一剂不老药，吃了之后就能长生不老，飞天成仙。后羿不忍离开自己的妻子嫦娥，便将不老药交给嫦娥保管。

可结果嫦娥向往成仙的生活，便偷吃了不老药，飞到月亮上去了。

所以，现在那个月亮里，就住着一个叫嫦娥的女人吗?

真蠢啊，离开自己的爱人，一个人长生不老，孤单单生活在月亮上，这样的生活有什么意思。

黎曦抿了抿嘴，转头看了看黑暗中不远处的围墙，不知道那块松动的砖头里，以后还会不会再有小纸条。

月光下响起了脚步声，黎曦回头，看见有人向她走来。

是顾清伦。

“裁决的结果我听说了。”顾清伦坐下说，“还算不错吧，起码是一场公平的比赛。”

“嗯。公平，但是结果残酷，不亚于你死我活。”黎曦说，“不过也没办法，总不能让泰卢被永远驱逐出去吧。”

“有信心吗？”顾清伦问。

“我？”

“嗯，你是你们家族最优秀的设计师啊。”顾清伦说。

“不知道。”黎曦摇了摇头，“设计这种东西又不是打架，一腔孤勇就冲上去了，有时候没灵感，再劝自己努力也没用。”

“感觉你斗志不强。”顾清伦说，“你不是说结果残酷，不亚于你死我活吗？”

“我有点累。”黎曦说，“你知道我对依瑞斯的感情，但命运非要我们生在这样两个家族。”

是啊，我知道，顾清伦这样想，心里一紧，但他还是竭力维持表情上的正常：“但你们要是生在同一个家族，不是更让人伤心。”

“哈哈，”黎曦被逗乐了，“也是，那样更残酷。”

“我帮你吧。”顾清伦突然开口，“这次比赛。”

黎曦看着自告奋勇的顾清伦，“你不是木匠吗？”

“不止是木匠。”顾清伦笑了，“好的作品不仅要有绝妙的设计，还要有足以支撑这种设计的工艺。我去过你们的工坊，不自谦地说，你们所有的师傅手艺都不如我。”

“他们的武艺是不如你。”黎曦笑笑，“听说雷耿家的工人去砸东西的时候，有几个被你打得好惨，好像他们领头的那个还不治身亡了。”

顾清伦皱了皱眉头，“我听你们工坊的师傅说了，那个人确实是我打晕的。但我没有下重手，最多躺一个时辰就醒了。可能是在乱斗当中，又受了其他的伤吧。”

“很晚了，我们回去吧。”黎曦岔开了话题，“这两天家里就会组织会议讨论比赛的，到时我叫你。”

两人离开花园，黎曦最后朝那块松动的砖块看了一眼。

雷耿和瑞德克斯最后的争斗，最终却落在了依瑞斯和黎曦两个人身上。

因两人而起，也要因两人结束。

也许雷耿和瑞德克斯真的是宿命的敌人，以至于连上天都要开一个这样的玩笑。

比赛的作品要以婚礼为主题，包括雕塑，以及婚戒、项链、耳环等首饰。

雕塑的选择倒不难决定，鉴于工坊袭击事件中，海马与龙，海马与凤雕塑都被毁掉，两家将重新雕刻各自的纹章。当然这次不会是“轻蔑”的海马与龙和“警惕”的海马与凤，无论是造型，尺寸都将重新决定。

顾清伦画了数十张凤凰，作为黎曦的参考。他用自制的毛笔画的东方画让瑞德克斯家族的众人耳目一新，尤其是东方画在笔墨的浓淡之中有一种若隐若现的意境。可惜雕塑这种形式太过写实，无法将顾清伦画中的神韵表现出来，如果只交画作的话，特瑞典觉得瑞德克斯已经赢得了比赛。

除了贡献凤凰的形象之外，顾清伦还向瑞德克斯家族讲了“百鸟朝凤”的故事。鉴于雷耿的依瑞斯有赋予雕塑“人文故事”的能力，顾清伦所带来的凤凰起源无疑会在这方面给予弥补。

综合瑞德克斯近百年来所有工艺品的原图，加上顾清伦所贡献的东方资料，黎曦和瑞德克斯的设计师们开始了细致入微的工作。顾清伦的加入仿佛给他们打开了一扇新世界的大门，大门的背后是满藏黄金的矿山，每一镢头下去都有惊喜，给他们带来了丰富的可能性，而且顾清伦还提出了一条至关重要的意见。

“雕塑所对应的部分其实是两家纹章的比拼，但是两家的纹章中都有海马，区别是龙和凤。所以共同拥有的海马，是最容易做出比较的部分。常规的做法当然是突出特色，但这是一场比赛，为了赢，就要有一定的针对性。”

顾清伦的意见给了黎曦新的思路。

然后就是一轮又一轮的试验。黎曦画出初稿，然后一次次地调整，经过二稿、三稿、四稿……然后再根据图稿进行实物的雕刻，从实物的效果再返回到图稿进行微调……

仅仅在图稿的阶段，就花了一个月的时间。

新版的凤凰部分，羽毛的层次进行了大幅度的加强，为此瑞德克斯家收集了岛上所有种类的鸟的羽毛，还在花鸟市场采购了大量鸟类，并根据实际的效果，将不同鸟类的羽毛拼合在一起，再将之临摹在图纸上，重现凤凰的由来——百鸟朝凤的故事。

这段陷入比赛的日子，让黎曦每天都筋疲力尽，但也正因为忙碌，所以无暇他顾。只是每天晚上躺在床上的时候，她还是会在心里想起依瑞斯。疲倦感会让她很快入睡，但夜夜入梦，梦里也在画图，只是旁边的人从顾清伦换成了依瑞斯。带着嘴角甜蜜的上扬，在清晨的第一缕阳光中黎曦醒来，才发现一切又不过是梦一场。

她依然每天都抽出一点时间在花园散步，路过那块松动的砖头，看看里面是否会再有一张呼唤她的字条。

时间又过去了一个月。

在凤凰造型上取得的突破成功移植到了戒指和项链的制作上，镌刻的凤凰羽毛花纹层次丰富，不同的鸟类羽毛带来的多样感，远观像一圈圈的波浪，近视的话堪称眼花缭乱。

不得不说，顾清伦的意见将瑞德克斯的工艺整整提高了一个层次。如果说之前瑞德克斯仅仅只是将顾清伦看做黎曦的救命恩人，现在的他简直就是救世主。

无论是在海盗船上浴血奋战的英武，还是在画纸上妙笔生花的才华，黎曦有时候会有错觉，这个东方人仿佛是为了拯救她而被上天派下人间的一般。

当顾清伦将手中的笔变成刻刀展现了自己的雕刻技艺之后，整个瑞德克斯家族都对顾清伦心悦诚服，最后大家一致决定请顾清伦作为此次雕刻的主刀。

在经过前期一个多月的筹备阶段后，雕像终于开始进入正式雕刻的阶段。

雷耿家的雕像海马与龙，所定的高度为一丈。

瑞德克斯立刻做出了针锋相对的举措，将海马与凤的高度同样定为一丈。

顾清伦对此持有一定的疑虑，因为新版的凤凰羽毛繁复远超之前，所以相比海马与龙，所花费的时间和工序都要远超前者。

黎曦经过测算，可以在大赛截止前十五天完成。剩下的十五天再精雕细琢一些细节，应该可以完成。

如果在细节上赢了，却在气势上输了，多少有些得不偿失。

反正是最后一战，没有什么好保留的。

有这种背水一战的觉悟，顾清伦也不再坚持什么。

实物的雕塑正式开始，顾清伦主刀，瑞德克斯家其余的工匠辅助。

同瑞德克斯相同，雷耿家也时刻注意着对手的动向，神秘的东方客加入瑞德克斯的工坊，对战局可能会产生意想不到的影响。当然大部分的雷耿族人踌躇满志，根本不把这个东方客放在眼里，他们甚至讥讽瑞德克斯借助外援的力量，有几个人还提出应该向领主抗议，认为瑞德克斯违反了规定。当有人向依瑞斯提出他们的想法时，依瑞斯没有回话，只是挥了挥手让他们散去。

依瑞斯淡定的态度反而让底下的人有些不好意思，显然雷耿的族长踌躇满志，根本不把对方放在眼里，联想到依瑞斯在设计上的天赋，事情的结果理应是瑞德克斯家请了外援，却还是一败涂地，而雷耿高风亮节，根本不屑于在这种枝节上与对方纠缠。想明白了这点，他们兴高采烈地交谈离去，留下依瑞斯独自坐在高座上，眯眼沉思。

依瑞斯的脑海里不可自抑地回想起这个东方男人，那是黎曦归来的夜晚，在码头他被泰卢·瑞德克斯所雇用的白骆团袭击。白骆团是横行周边的佣兵团，收钱办事，凶狠异常。然而，数量众多的佣兵在依瑞斯的面前却不算什么值得称道的对手，依瑞斯以压倒性的剑技挑翻了他们，却被顾清伦拦住。

他记得那势如闪电的一剑，还有顾清伦鹰隼般盯着自己的目光，那清瘦的身躯里仿佛蕴含着绵延无穷的力量，随时准备喷薄而出与自己做拼死一击。他知道黎曦为顾清伦所救，本应对他也怀有感激之情，可是他离家万里留在黎曦身边……

想到这里，依瑞斯感到一阵醋意升上心头。

脚步声响起，依瑞斯抬起头，看见红袍僧缓步走来，如一团深红色的火焰。

“你知道瑞德克斯的参赛雕像现在是什么样吗？”红袍僧问。

依瑞斯皱了皱眉头，“我怎么会知道？况且，我也不关心”。

红袍僧身形晃动了一下，欲言又止，他知道依瑞斯口中的不关心并非消极的表现，却恰恰是因为充满自信所以才不屑于关心对手的动向。他自然相信侄子的才华与能力，毕竟上次雕塑大赛依瑞斯刚好终结了瑞德克斯对雷耿的六次连胜。然而，红袍僧既然能在此刻出现在这个地方，问出这个问题，绝对有他的道理。

穿堂而过的风袭来，吹动僧衣的下摆和依瑞斯的长发，叔侄两人对视，周遭安静得只剩下了风声。

良久，红袍僧终于率先开口，打破了沉默，他说：“你跟我来。”

瑞德克斯的工坊，人来人往，刀凿斧刻声声不息。

易容改装后的依瑞斯和红袍僧此刻的身份是石料供应商，依瑞斯还从未见过叔叔身着红袍之外的衣服，此刻他们身着沙漠商队的服饰，帽子的面巾盖住了依瑞斯大部分的脸，只露出双眼和鼻梁。而库恩·雷耿的面巾拉得更高，仅仅露出一双海蓝色的眼睛。这也是依瑞斯第一次看见叔叔的眼睛，虽然大家都尊重这位摩尼教祭司的信仰和穿着习惯，但他也和无数人一样好奇过库恩·雷耿的庐山面目。有一个私下流传在雷耿家的故事，说库恩·雷耿在年幼时曾身患恶疾，险些性命不保，后来被一位摩尼教祭司带走，前往摩尼教总坛医治，终于捡回了一条命，却容颜尽毁，从此只得将自己的脸藏于兜帽之后。而此刻叔叔的这双眼睛，虽已经有岁月的痕迹，却依然如静谧的湖泊一样深邃，让依瑞斯不得不好奇叔叔的样子。

库恩·雷耿却不知道侄子此刻在想什么，他推了推依瑞斯，示意依瑞斯将注意力放在正在雕刻的海马与凤雕像上。

依瑞斯和库恩两人凑到雕像前。海马与凤雕像雏形已有，凤凰似乎是栖息在海马的背上，双翅环绕着海马，仿佛给海马披上了一层凤羽的裘衣。凤凰的头部微微前探，凑在海马头颅的旁边，既像是与海马一同望着远方，又好像是在海马耳边悄声低语。但真正让依瑞斯惊讶的，是凤凰身上羽毛的雕刻方法。羽毛层次绵密，各有长短，细细看去，似乎每一刀的力度，深浅都有不同，导致羽毛的形状长短俱异，依瑞斯越看越入神，仿佛那些石头雕刻的羽毛有一种魔力，可以摄人心神。突然有人推了依瑞斯一下，将他从遐想中唤回了现实。

“你怎么了？”库恩·雷耿在依瑞斯旁边轻声问。

“这些羽毛……”依瑞斯沉吟。

“那不是一种羽毛，而是一百种鸟的羽毛。”库恩·雷耿的话险些让依瑞斯惊呼而出。

身后突然传来一阵吵闹，依瑞斯和库恩·雷耿回头，看见顾清伦一行人径直向雕像走来。库恩·雷耿忙拉着依瑞斯闪到一旁，向出口的方向走去。在依瑞斯和顾清伦一行相错而过时，依瑞斯转头看了一眼顾清伦。

生平第一次，依瑞斯感觉到一种被称为压力的东西。

深夜，雷耿家工房空无一人，头顶的巨大煤油灯照亮着海马与龙的雕像，也将依瑞斯的身影在地上拉得幽长。

站在近乎两人高的海马与龙雕像前，仰视着海马饱满的胸膛和石龙威严的注视。依瑞斯手上端着一杯酒，缓缓啜饮着。可能是饮酒的缘故，瑞德克斯家海马与凤的雕像不断在他的眼前浮现，如同一种不可自抑的幻觉一般。那些雕刻的百鸟之羽，彼此组合在一起仿佛有成千上万种的变化，让他不自觉地去品味咂摸，然后将海马与凤雕像与面前的海马与龙雕像作对比。虽然每片龙鳞都经他精雕细琢，但龙鳞终究只有一种形状，远远比不上顾清伦将一百种鸟的羽毛融合为一。在整个维尼亚，大家都公认依瑞斯是百年来不世出的天才，是打破雷耿家和瑞德克斯家平衡的锋刃，而如今，一支来自东方的利箭似乎要扭转乾坤。

脚步声响起，打断了依瑞斯的思绪。红袍僧再次换上了自己标志性的服饰，如一团暗红色的火焰走向依瑞斯，似乎最近每当依瑞斯陷入踌躇之时，红袍僧总能如鬼魅般出现，是指点迷津，还是将自己带入更黑暗的深渊？

“现在知道，我为何要带你去瑞德克斯的工坊了吗？”红袍僧说。

“你的人脉还真是宽广。”依瑞斯答非所问。

“大家都做雷耿和瑞德克斯的生意，瑞德克斯的石材供应商人同时也卖东西给雷耿，这没什么稀奇。商人逐利，也不需要攀亲带故，一袋满满的银币便可以让他们行个方便。”

依瑞斯欲言又止，他知道叔叔到来的目的，并非只是强调现在所遭遇的危机，红袍僧似乎总有解决的办法，他就像一个垂钓的熟手，先抛出鱼饵，然后静待鱼儿上钩。

“你查出顾清伦是什么人了吗？”依瑞斯问。

“近十年来盛传，马可・波罗造访的东方帝国建造如城堡般巨大的船只，从太阳升起的地方一路沿着海岸驶向太阳落下的地方。从传言来看，似乎黎曦・瑞德克斯是在远海遇见了他们的船队，顾清伦是其中的一员。”

红袍僧的回答对依瑞斯来说毫无新鲜之处，他自己知道得更多，因为

Marco Polo 马可・波罗（1254—1324）

黎曦详细告诉了他自己遇见顾清伦的经过。黎曦说顾清伦是一个心灵手巧的木匠，但从没说过他是一个如此厉害的石匠。又或许，黎曦知道，却隐瞒了他？

“我在摩尼教总坛时，见过来自东方帝国的分坛使者。那是一个以龙为尊的帝国，皇帝被称为真龙，而凤凰，则是皇后的象征，被视为拥有最尊贵和宽广的母性。凤凰被称为百鸟之王，传说由一百种东方的鸟儿，自愿献上自己的羽毛为凤凰添彩增色，尊它为最美丽的鸟儿。我们没有见过百鸟之王，但显然来自东方的顾清伦，知道凤凰的形象，而将之利用在了雕刻上。”

听完红袍僧的说辞，依瑞斯皱了皱眉头。他又回头望了望出于自己之手的海马与龙雕像，按照雷耿家龙的设计，显然也与大家所认知的龙有所不同，让依瑞斯心里有了奇妙的预感。

“我们的龙……”依瑞斯沉吟，“头上的角好像鹿角，身体如长蛇，耳朵如象耳……”

“没错，我们的龙，也是源于东方。”红袍僧证实了依瑞斯的想法。

“可是为什么？”依瑞斯疑惑地问，“难道我们的先祖曾经去过遥远东方？”

依瑞斯注视着红袍僧，希望可以从他那里得到答案，他的脑海里不觉回忆出早前在瑞德克斯家工坊看见的那双海蓝色的眼睛。然而红袍僧一动不动，两人就这样无言地对视着。

“我不知道。”红袍僧给出的答案让依瑞斯感到失望，尽管如此，依瑞斯却总有一种奇怪的预感，那就是叔叔其实知道一些什么，却拒绝告知自己。

“你现在要想的是，要如何赢下这场比赛。”红袍僧的语调加重，“这场关乎雷耿家未来，甚至生死的比赛。”

这回轮到依瑞斯不好回答了。海马与凤雕像的样子浮现在眼前，那一百种羽毛融为一体的图案，如风吹过麦浪，层次深浅分明，又如天边的虹桥，多彩渐变。失落的神色逐渐爬上依瑞斯的脸。

红袍僧没有放过依瑞斯神情的变化，只听他开口说道："其实，我们还有一个方法，可以保证雷耿家最终赢得比赛。"

"是什么？"依瑞斯问。

"如果不能在战场上战胜敌人，那就不要给敌人上战场的机会。"红袍僧的声音里蕴含着强烈的提醒意味。

依瑞斯一凛，他似乎知道叔叔在指代着什么……

瑞德克斯家，李飞扬坐在窗台上，她神色萧索，将手头玫瑰花的花瓣一朵一朵撕下，然后扔下窗户，看着花瓣旋转着坠落到夜色中。

这段时间对李飞扬来说，并不好过。

瑞德克斯全家都扑到了比赛上，但李飞扬对雕刻却一窍不通。

就连平日里一直围着她的伯恩和维兰，每天也是脚步匆匆，忙于各种公务。

戚凡倒是安心作他的园丁，每天都从花园里摘一朵花送给她。

有时候想跟顾清伦说两句话，但只要看到他专注的样子，已经到喉咙口的话却怎么也说不出来。

反观黎曦倒是每天都和顾清伦交头接耳，样子像极了耳鬓厮磨。尽管她知道两人的每一个字都是关于雕塑，但心里还是忍不住升起浓浓的醋意，要是将那些话都变成情话，李飞扬恐怕早就吐血了。

她唯一能和顾清伦独处的机会，就是在晚上。

当工坊里别的工人都放工回家后，顾清伦还会留在工坊，一个人对着雕像敲敲打打，凿凿刻刻。

她想陪着顾清伦，但戚凡总是跟着她。

她赶走了戚凡，戚凡就在工坊外面找了点稻草，沿着墙壁堆了一个草床，躺在那里守着。

虽然不懂雕塑，但她想自己总能帮忙递递工具，或者洗条湿布，做点打下手的工作。

以前在船上虽然也会干各种琐碎的活，但那时她是女扮男装，必须要做。

现在，她恢复女儿身，一心只想在顾清伦旁边帮他做些事情。但显然，顾清伦不需要她，他甚至像自己赶走戚凡那样，想要支自己走。

无非是神色和缓点，言语轻柔点。

可他对每个人都是这样，彬彬有礼的。

她甚至希望顾清伦支走她的方式，就像她对戚凡做的那样——“你走不走？不走？那你滚！”

但她知道顾清伦不会这样，顾清伦和她没有她和戚凡那么熟。

后来她不再去工坊了，每晚就坐在窗台上，百无聊赖地看着夜下的花园。她甚至可以隐约听见海边传来的那些“叮叮咚咚”的敲打声，她喜爱的男人正在那里，为了他喜爱的女人挥汗如雨。

而他喜爱的女人呢？

已经很久没见过黎曦戴着兜帽深夜出行的样子。

似乎和那个叫依瑞斯的男人断了联系。

想想也是，情郎的父亲死于自己的父亲之手，缘由却是自己和仇家的长子私奔。

真是一对苦命的鸳鸯。

可是自己呢？

不也是为了逃婚，结果背井离乡来到这个地方。

不知道爹娘怎么样了？不知道哥哥们怎么样了？

过了这么久，恐怕早认为自己死在外面了吧……

想到这里，喉头一堵，鼻子一酸，眼泪就在眼眶里打着转。

然而，下一刻，窗外的景象吸引了她的注意。

一个人影在夜色下匆匆地走向了花园的边缘。

第十七章

海马与凤雕塑的雕刻在顾清伦的主持下即将完成。

比黎曦预计的快了七天，是因为她没想到顾清伦竟然可以这样加班加点，不眠不休地工作。很多时候都是别的工人已经睡了，顾清伦还一个人在工坊直到天明。

他真的是一个不断给人以惊讶的人。

从最初挥舞着长刀，于海盗之手救下了自己。到孤岛求生，他捕鱼采果，生火做饭。如今大赛在即，他献计献策，亲力亲为。

只要是自己需要帮助的时候，顾清伦都能解决一切难题。

就像她曾经想过的那样，顾清伦似乎是上天派来拯救她的。只要她身陷险境，他必挺身而出。

黎曦的心里充满着一种五味杂陈的感觉，一方面她由衷地感谢顾清伦，但另一方面，她又对这样的顾清伦有着一丝害怕。

她害怕欠他太多，最终无以为报。

即将成型的海马与凤雕像，让每个瑞德克斯人都充满了希望。

雷耿家的雕塑据说已经完成多日，但瑞德克斯家的人并没有机会一探究竟。因为上次珠宝大赛刚刚输给了对方，起初大家信心并不是很足，但是在顾清伦的帮助下，如今每个人都是信心满满。之前，黎曦虽然输给了依瑞斯，但差距不过是毫厘之间，甚至有些“仁者见仁，智者见智”的感觉。但现在顾清伦所带来的改变，根本就是质的飞跃。

只是族长特瑞典的气色却越来越不好。

大家都以为是压力所致，此刻是家族兴衰起落的关键时刻，族长自然是压力最大的那个。毕竟对于黎曦来说，只要仅仅考虑设计上的问题就好，但作为族长，他所要考虑的就不仅仅是设计这么单纯了。

虽说领主是以调停雷耿和瑞德克斯两家的争斗为由而出面的，在双方经过激烈的质证之后，最后以为领主的女儿大婚设计珠宝雕塑作为两家的比赛。这样不仅可以避免暴力冲突，稳定维尼亚的贸易网络，还能激发两家的斗志，为领主的女儿大婚贡献更好的嫁妆。但其实特瑞典知道，领主最希望的，是合并雷耿与瑞德克斯两家。

或者确切地说，是合并以海马与龙、海马与凤为主题的一系列商品。近一百年来，两家都是以对抗的姿态出现，然而时过境迁，这种对抗已经在各地的贵族当中形成了审美的疲劳，如今那些金主们希望看见的是一系列配对的海马与龙、海马与凤的作品，然而领主知道这个意愿是不可能得到雷耿和瑞德克斯的首肯的。

但没想到的是，雷耿和瑞德克斯年轻一代的相爱，竟最终演绎成了一幕无法挽回的悲剧，将雷耿和瑞德克斯推上了你死我活的地步。

雷耿家以族长蓝札・雷耿的死为砝码，要求领主裁判将瑞德克斯海马与凤的形象使用权让给雷耿，某种程度上这个要求正中领主想要合并两家的下怀。但领主并不想按照雷耿的方式，因为他知道瑞德克斯绝无可能接受这个判决，所以他才提出以雕塑比赛的方式，让两家的优胜者来继承海马与龙和海马与凤的纹章。

特瑞典将有关设计的事宜全权交付给黎曦，除了信任黎曦的设计才能之外，还有一个不为人道的秘密，那就是他的身体已经每况愈下。秘密诊断的结果，是他得了一种罕见的石化病。他的行动会随着病情的加重而越来越缓慢，最终会变成一具石像。

这听起来不像是疾病，更像是邪灵的诅咒，然而特瑞典确实觉得自己的行动越来越不便，关节处的正常转动也变得吃力，另外他的食量也越来越少，吃下的东西大多都会在饭后吐出来。

但在这个关键的时候，他不能显示出自己的虚弱，这将让黎曦分心，还会削弱整个家族的士气。而也正是因为每个人都忙于准备比赛，加上他刻意强装正常，大家也只是觉得他气色不好，没有人会想到他得了如此严重的疾病。

自己雕刻了一辈子石头，没有想到最后竟然会变成石头。

想想也是觉得可笑，若自己能石化得快一点，比赛时将自己的身体交出去，一方面也算是给蓝札抵命，另一方面不知道能不能直接赢得比赛。

有人敲门，特瑞典犹豫了一下，拿过镜子看了看自己的面色，他拨了拨头发，挤动着眼睛，用手揉了揉脸，以让自己看起来红润一些。

他知道门外是他的女儿黎曦，他能从敲门的声音分辨出他的每一个孩子。

“父亲。”黎曦推门进来，径直走向特瑞典身旁的椅子坐下。

“怎么了？”特瑞典语调轻松地说，“听说雕塑进展很快，大大超乎你的预期啊。”

“是的。”黎曦说，“没想到顾清伦雕刻得那么快，他……”

注意到女儿的犹豫，特瑞典问：“他怎么了？”

黎曦不自觉皱了皱眉毛，“他太拼了，别的工人都休息了，他吃住几乎都在工坊，没日没夜的”。

特瑞典笑了，“那说明他是一个勤奋的年轻人啊，你以为人人都跟你的那些哥哥们一样”。

听了特瑞典的话，黎曦苦笑着摇了摇头。

“怎么了？”

“父亲，你知道顾清伦是什么出身吗？”黎曦问。

特瑞典摇了摇头，“你不是说他是大明国的一名水手吗？”

“他是当了水手，但那也是事出无奈。”黎曦叹了口气，将顾清伦的出身告诉了特瑞典。

听了女儿的话，特瑞典陷入了沉思。

“你去叫下顾清伦，我想跟他聊聊。”

“啊？”黎曦对父亲的话有些惊讶，“你们……要聊什么？”

瑞德克斯工坊里。

工人们相继放工走了，顾清伦还在。

他用手托着下巴，观摩由他亲手打造的雕像。

每一道雕纹都是他的心血，从师父那里学来的技艺终于有了用武之地。

尽管刀凿之道，只是师门小艺，兼爱非攻，才是师门大业。

但世事多变，如果这尊雕塑，能帮助黎曦的家族赢得比赛，避免雷耿和瑞德克斯刀剑相向，也算是对师门使命的另一种告慰吧。

脚步声响起，顾清伦起初没有在意，以为是忘了东西的工人，直到脚步声越来越近，他才意识到来人是向他走来。

“真美。”黎曦站到顾清伦旁边，仰头看着海马与凤的雕像。

“是你设计的啊。”顾清伦在一旁被黎曦的自夸逗笑了。

黎曦看着海马与凤雕塑，眼神里流露出复杂的流光，“我只是画在纸上，但你让纸上的东西变成了现实。而且在很多地方你有自己的修改，毕竟纸上的蓝图是一回事，真正雕刻起来又是另一回事，你确实没有自夸，你比任何一个瑞德克斯的工匠都要优秀”。

顾清伦有些不好意思地侧了侧头，这点倒是出乎黎曦的意料，这个如清河流淌一般淡定的男人，竟然也会羞涩。

“对了，我父亲想见你，和你聊聊。”黎曦说，“我，跟他讲了你身世的事。”注意到顾清伦表情的变化，黎曦立刻将当时的场景还原给顾清伦听。

“虽然不知道他想跟你说什么，但当面表达感谢也是必须的吧。”黎曦说着低下了头，“救了他的女儿，还帮忙雕刻了这么美的雕像。”

黎曦的话里有着一丝愧疚，但顾清伦却觉得自己可以为了这丝愧疚做任何事。

“走吧，我陪你去。”黎曦拽了下顾清伦的袖子，转身离去。

李飞扬抱着双腿，坐在窗台上。

瑞德克斯的花园，让她想起了远在昆山的家。

她家也有一个花园，园子里种满了各种花——有月季、有蔷薇、有山茶、有探春、有海棠……

那时她也喜欢在自家的花园散步，而戚凡总是在园子里修花。她和她的姐妹们，总喜欢欺负这个老实的戚凡。

现在，戚凡还是在花园里修花，只是花园已经不再是她的花园，这里，也不是她的家。

孤独感与日俱增，尤其是自己每天处于无所事事的状态。

唯一的变化，似乎只有黎曦的那次深夜出行。

尽管一直知道黎曦去私会依瑞斯的秘密，但她没有将这个秘密告诉任何人，连戚凡都没有，尽管她知道只要她要求，戚凡就一定会守口如瓶。

她知道自己的心里其实是希望黎曦和依瑞斯可以有情人终成眷属。

这样也许顾清伦就能将目光转向别处，也许就能看见她。

想到这里，只觉得心里酸酸的，她真是恨死这种感觉。曾经她也是家里的明珠，众人宠爱于一身，如今却像追花的蝴蝶，遍振翅膀却找不到落脚的花蕾。

李飞扬叹了口气，摇了摇头，仿佛想要把这种顾影自怜的丧气劲儿甩出去。然而下一刻，她突然精神一振，就如同猫在黑暗中发现了潜行的老鼠。

一个人影从花园快步掠过。

戴着兜帽，步履匆匆。

李飞扬一直目送着那个人影，直到花园围墙的尽头。

第二天，顾清伦早早醒来。

身下的床很柔软，他已经很久没有睡过这么软的床了。

要不是昨天特瑞典找他谈话，他可能还是睡在工坊的小房间里。

打开窗户，窗外是浓墨一般的漆黑。

但他知道黎明将至，最近两个月来，他每天都是这个时候起来，他知道黎明前的黑暗，是一天中最黑暗的时刻。

他洗漱完毕，便离开瑞德克斯庄园，向港口边的工坊走去。

雕塑大体已经完工，但还有一些细节有待打磨和提高。

对完美的苛求，是存于他骨子里的东西。在雕刻的过程中，那种全身心的投入所带来的快感，可以让他忘记曾经历的那些阴影和压抑。

他已经改变不了过去，但至少可以创造一点新的未来。

天边泛起了鱼肚白，黑暗像被稀释的墨，正由浓转淡。太阳从东方露出一个小尖，逐渐变大，第一缕阳光冲破黑暗，白昼正式到来。

顾清伦来到工坊门口，破碎的海马与凤雕像早被清理，如今雕像的位置空空如也。

对面的雷耿工坊同样，两家虽然失去了各自纹章雕像的守护，但最近却是最安全的时候。

顾清伦打开沉重的锁，推开大门，阳光顺着门打开的缝隙照射进去，向前延伸，工坊大堂逐渐亮堂起来。

当阳光照射到处于大堂中央的海马与凤雕像时，空气中产生了一声“刺啦”的声音。

接着是一声沉重的闷响，伴随着石块飞崩落地的声音。

海马与凤雕像上出现了一道触目惊心的裂痕。

门没有继续被打开，阳光刚好照射着海马与凤雕像的那道深深的裂痕上，远远看去，像一条蚀骨的伤疤。

瑞德克斯家耗时两个月，全力雕刻，关系着家族兴衰的海马与凤雕塑，在顾清伦的眼前损毁了。

工坊此时已经挤满了人，瑞德克斯家倾巢出动，大厅里传来此起彼伏的声音。暴怒、抱怨、悲叹交织在一起。

以雕像为圆点，人群都围在半径一丈之外，只有瑞德克斯的本家人和顾清伦允许在雕像旁。

顾清伦盯着雕塑上那道深深的裂痕，两个多月废寝忘食的忙碌，最后竟然会以这样的方式收场。

顾清伦可以确定，当他打开工坊大门时，并无他人。

他又回想起当时的情况，阳光顺着门缝像一条笔直的藤蔓一样随着门的逐渐打开而向前生长，当爬到雕像的时候，有一声“刺啦”的声音响起。

接着就是沉重的闷响。

同时，现场还弥漫着一股刺鼻的气味。

是硫磺的气味。

海马与凤雕塑那条深深的裂痕，是爆炸产生的。

由于雕塑损毁时，现场只有顾清伦一个目击者。换言之，在当时的情况下，他的嫌疑最大，因为除了他自己之外，没有第二个人可以证明他说的话是真是假。

但没有几个人怀疑顾清伦，这尊雕塑是他两个多月日日夜夜，加班加点的心血，如果顾清伦想要破坏雕像，之前完全没必要那么卖力。而且，他也没有任何破坏雕像的动机。

最可能实施破坏的人当然是雷耿族人。但是在雕塑毁坏之前，没有人会想到雷耿族人真的会做这样的事。无论雷耿和瑞德克斯在这一百年来斗得多么水火不容，但两家都相信对方的骄傲不会做出如此下作的事情。

顾清伦还在盯着那道致命的裂痕，他知道那道裂痕不仅仅是毁灭了这尊海马与凤雕像，还将是整个瑞德克斯家族走向衰亡的转折。

人群中散开了一条路，特瑞典·瑞德克斯在女儿黎曦的陪伴下缓步走来。

为了隐瞒自己的病情，瑞德克斯族长已经开始了深居简出的生活。但海马与凤雕塑的损毁却是一等一的大事，无论如何都必须亲临现场。

特瑞典来到海马与凤雕塑前，看着雕像上那道深深的裂痕，他伸出手轻轻地抚摸那道裂痕，像是在抚摸一道沧桑的伤口。

他转头看着一旁的顾清伦，声音有些沙哑地问道："还有补救的可能吗?"

其实，他不该问这个问题，作为瑞德克斯的族长，他本身也是优秀的雕塑家，但在无路可走时，也只能寄希望于这个来自东方的青年，毕竟顾清伦已经给了他们太多惊喜，也许他会什么东方的秘术，可以创造奇迹。

但顾清伦只是淡淡地摇了摇头。

不知道从什么时候起，顾清伦似乎锻炼出了一种能力。

如果是可以挽回的事，他一定全力去做。

如果是无能为力的事，他不会过多地沮丧，或者说，他可以强迫自己接受现实。

接受现实后，只有寻求补救方案。

然而时间只剩下不到一个月了。

整个瑞德克斯都被悲伤的气氛所笼罩着。

事情调查的结果与顾清伦所猜不差，在海马与凤雕塑上发现了炼金术特有的“烟火”成分。

这是一种可以产生燃烧，甚至爆炸的魔法粉末，只掌握在少数高深的炼金术士以及巫师手中。

但对顾清伦来说，这种所谓的“烟火”魔法，却是再熟悉不过。

硫磺、木炭、硝石……

在中土，汉人每逢过年的时候，会放鞭炮。

而能让鞭炮爆炸作响的，便是火药。

顾清伦出身皇族，京城三大营中的神机营，所用的火铳里，填入的便是这种火药。

只是火药源于中土，可能随蒙古帝国西征时传入西域。但顾清伦此时只有一点想不明白，如果是有人用火药毁坏雕塑，这个人又是如何做到的？毕竟雕塑是在自己打开门的一刹那，在自己眼皮子底下爆炸的。

工坊内并无其他人，顾清伦已经仔细检查过。

两个月来，顾清伦几乎天天都在工坊过夜，仅仅只是昨天因特瑞典之邀在庄园睡了一夜，就出现了这种事情。

人群散去了，散去的还有希望。

瑞德克斯家族开展紧急会议，特瑞典邀请顾清伦列席，但他拒绝了。

他说想在工坊里自己待一会儿，特瑞典表示理解。

人散了，房空了，仿佛回到了那些深夜，顾清伦一个人和海马与凤雕塑待在一起的时候。

只是现在是白昼，阳光从每个窗户倾洒进来，周围亮堂堂的。

顾清伦看着海马与凤雕像，凤凰的羽毛遍布层次，这层是杜鹃，那层是夜莺，还有知更、喜鹊、燕子……

两个月的心血在最后一刻白费，但对于几乎失去过人生的顾清伦来说，这样的挫折似乎也没什么不能接受。

他一直在接受自己的人生啊，不然又能有什么办法呢？时势那么强大，而他那么渺小。

可是如今，仅仅只是做一尊雕塑这样的小事，最后也要变成这样的结果吗？

虽然不会过多地沮丧，但沮丧总是有的。小小的沮丧如果放任不管，也会逐渐酝酿出巨大的失落。

他深吸口气，然后用手捂住嘴，竭力让自己平静起来。然而他的目光还停留在那道深深的裂痕上，他不能再看了，否则裂痕会变成深渊，可能会将他吸进去。

他转过头，却发现李飞扬正站在对面。他注意到李飞扬的双手攥成拳头，脸上是那种欲说还休的神情。

“怎么，有话要跟我说吗？”顾清伦率先开口，旋即他注意到李飞扬攥紧的拳头松开了。

李飞扬觉得，损毁雕塑的，可能是黎曦。

黎曦回到维尼亚镇后，一直和依瑞斯有着秘密的联络。

虽然那是情人的私会，但在雷耿和瑞德克斯剑拔弩张的时候，她和依瑞斯依然深爱对方。哪怕是在蓝札·雷耿过世，领主裁判之后，黎曦还是会去见他。

昨夜，顾清伦应特瑞典之邀回庄园谈话，完了以后就住在了庄园。但李飞扬亲眼看见，深夜黎曦又从庄园溜了出去。

她当时以为黎曦是去见依瑞斯，所以并未在意，毕竟同样的事情黎曦已做了不少。

但如果，昨夜黎曦出行，并没有去见依瑞斯，而是去了港口的瑞德克斯工坊呢？

作为家族的长女，她有工坊的钥匙，可以不费吹灰之力进入工坊。

顾清伦这段时间一直住在工坊，只有昨天应特瑞典之遥回到庄园，而去通知顾清伦的，恰恰也是黎曦。

虽然不知道特瑞典找顾清伦说了什么，但综合种种，黎曦才是最有嫌疑的人。

当然，作为瑞德克斯家的长女，海马与凤雕像的设计由黎曦一手主导，亲手毁掉海马与凤雕像，不仅仅是否定自己之前的努力，更是将自己的家族一手送上了失败者的位子。从这点来看，黎曦不可能做这样的事情。

但李飞扬有一种异常强烈的直觉，她知道作为女人，是可能为了爱情牺牲一切的。

否定自己之前的心血，抛弃家庭，只为了能和相爱的男人在一起。

这样的事情，黎曦以前做过，她为什么不能再做一次呢？

现在，李飞扬将她知道的一切，告诉了顾清伦。

因为她为了顾清伦，也可以抛弃一切啊！

第十八章

Henry 打来的电话打断了老人的讲述，也将全神贯注沉浸在故事中的我们拉了出来。

窗外已经漆黑一片，我甚至不记得安娜是什么时候打开的灯。我瞟了眼思薇，她没接 Henry 的电话，顺手就挂断了。

“哎呀，已经这么晚了。”老人低头看了看手表，“时间过得真快啊。”

我和思薇互相看了一眼，我能感觉出她和我一样，还沉浸在这个如传说一般的故事里，虽然我们的肉体在二十一世纪，但思绪早已随着老人的讲述回到了六百多年前的那个叫维尼亚的小岛上。

“那，我们明天再来？”我抢先说道，看到老人点了点头，悬着的心才放下。这故事要是只听了一半，余生非憋死不可。

我和思薇、安娜告别了老人，并约定好第二天拜访的时间。

安娜住在陆家嘴的酒店，我们三人共乘一辆车，和安娜分别的时候，我特意和安娜交换了手机号码。

告别安娜后，我和思薇的肚子才开始“咕咕”叫了起来，看来刚才听得太专注，连饥饿这件事都忘了。我俩走进一家火锅店，大快朵颐起来。

“哎，你说那雕塑会不会是黎曦弄坏的啊？”席间我问思薇。

思薇想了想，“有可能”。

我说，“果然，女人为了爱情，什么事都做得出来”。

思薇愣了一下，察觉到了我话里的意味深长，笑了笑说，“你什么意思啊？”

这时候她放在桌上的手机响了，我瞄了一眼，看见屏幕上来电显示的名字是 Henry。

她顺手挂断，动作自然地像是关掉了一个闹铃。

“怎么不接啊？”我一边夹起一块羊肉，一边装作漫不经心地问道。

“非礼勿问。”思薇蹦出四个字。

“Henry 今天给你打了不少电话吧？”我问，“工作上的事？”

“你忘了本来我们要一起看电影的？”思薇说，“但是接了你的电话，就只有放他鸽子了。”

听了思薇的话，我的心里不能自抑地生出一种喜滋滋的情绪。正想开口说点什么，却听见思薇说，“Henry 对我告白了”。

我感到已经到喉咙口的话被深深噎住了，而更荒诞的是，我竟然不知道我本来想说什么。

“你觉得他怎么样？”似乎没有察觉出我的异样，思薇继续问。

“他……”先前那点小小的洋洋得意如今已经被巨大的失落所取代。但这么多年来，我早已经习惯了隐藏自己对思薇的情感，这种装作与我无关的表演已经驾轻就熟，甚至已经达到了将自己演进去的地步。但不知为何，现在的我却一个字也说不出来。

“算了，”思薇说，“知道你和 Henry 关系不好。”

“不是。”我几乎惯性般地开口否定，哪怕是否定完了之后才开始思索自己否定的到底是什么。

“不是什么？”思薇问我。

巨大的失落感如同潮水一般淹没了我的全身，同时思薇的手机铃声再度响起，屏幕上 Henry 的名字此刻变得格外刺眼，思薇再次顺手挂断，接着长按电源键直接关机。

“怎么不接？”我问，趁势岔开了话题。

“今天不想接。”思薇狡黠地笑笑，“让他着急一会儿。”

标准的情侣间的小游戏，又或者是处于暧昧期的小伎俩。

“你吃好了吗？”我问。思薇愣了一下，下意识摸了摸自己的肚子，然后点了点头。

“服务员，”我打了一个响指，“买单。”

走出火锅店，夜风吹过，思薇问我是不是有点不舒服。

“不是。”几乎再次是惯性般的否定和掩饰。

思薇没再说什么。是啊，她才懒得追问我。

我们无言地走了几步，这种尴尬的气氛令人胸闷，思薇低头打开了手机，数条微信留言的提示音响了起来。不用猜也知道是Henry，思薇拿出手机拨了一个电话。

她讲法语，脚步不自觉慢了下来。我随之变慢，但还是比她快，我们之间拉开了一个不长不短的距离，我知道她在我身后，但我已经听不清她说的话了。

大概过了三分钟吧，思薇追上我，说她有事，让我自己先回去。

“去见Henry吗？”我直截了当。

“嗯。”思薇点了点头。

我扭头就走。

回到房间，洗漱完毕，我仰头躺在床上，心里五味杂陈，脑子里思绪如麻。

觉得累了，装了太久，不想再演下去了。

一直以来，不敢向思薇告白的原因，其实就是害怕失败。我知道思薇对我没有爱情的感觉，所以选择曲线救国的策略，先做好朋友，期望可以日久生情，以感情的累积弥补感觉的不足。

结果是友情越积越深，感觉却貌似越来越远。

听过一句话，说男女之间不能没有距离感，因为人都是把最好的一面给情人。如果一个女孩在你面前可以随心所欲，那并不仅仅因为信任，还因为她不在乎把自己那些不美的一面暴露给你。

顾清伦有没有明确向黎曦表达过爱意呢？

李飞扬有没有明确向顾清伦表达过爱意呢？

戚凡有没有明确向李飞扬表达过爱意呢？

仔细想想，好像都没。但他们也不隐藏自己的感情，只是没有赤裸裸地说穿罢了。

而我呢？压根就是一个奥斯卡级的演员，每一次思薇遭遇桃花，我都帮她精挑细选，严谨分析，出谋划策，甚至她约会时，帮她餐馆订位。仿佛生怕演得不真诚，让她看出我其实口是心非，言行不一。

量变引发质变，不在沉默中爆发，就在沉默中灭亡。

一直在等待那个合适的时机，结果却越等越远。

下定决心吧，告诉她！宁为玉碎，不为瓦全！

一个声音在脑海里响起。

我翻了个身。

还是算了吧，在这个时候去说，肯定会悲剧，因为一定会被拒。

不知不觉就睡着了。

做了一个混乱的梦，梦里顾清伦向黎曦表白了，黎曦背对着他，但是转过身来，却是李飞扬的脸。而顾清伦却变成了戚凡，李飞扬一脸受骗的样子推开了戚凡，快步走开。戚凡落寞地看着李飞扬远去，然后突然转过身来，却变成了我的脸。

所以说这是一个噩梦也不为过。

早上醒来时，我竭力思索了梦中的黎曦、顾清伦、李飞扬、戚凡分别是什么样子。但毫无头绪，梦境就像冰晶，回到现实这个大熔炉里，会很迅速地融化消散。

推开卧室的门，便看见思薇坐在餐桌旁喝粥，她看了我一眼，用手指了指桌上的早餐。

“你……”我有些错愕，“你昨晚几点回来的？”

“一点。”思薇说。

“这么早？”

可能是我的疑问句语调太高，思薇抬头看了我一眼，“你以为我做什么去了？”

“嗯……”我挠了挠头，“你做什么去了？”

“你还是先去洗漱吧，”思薇用手指转了转，“头发都是翘起来的。”

回到餐桌上，我喝了口粥，却发现桌上多了一沓图稿。

“这是？”我拿起图稿。

“Henry 昨晚是叫我去加班的。”思薇指了指图稿，“我们这一组的比赛方案，下周一他就要递给 boss 看了。”

“可今天是周日啊，你说明天？”

“是啊。”

“可我这边还没有……”我放下图稿，“太卑鄙了。”

“卑鄙？”思薇放下勺子，“Henry 为什么要等你呢？是你自己一直在拖啊，他没有义务等你完成方案吧，这是他自己的稿子。”

“那是因为他一直卡着我啊。”我有点急躁，“我递什么他都说不好。”

“你是觉得 Henry 在针对你吗？”思薇问我。

我欲言又止。

“这样吧。就算你不信任 Henry，”思薇慢慢地说，“你总该相信我吧。我不可能故意卡你吧。”

我想我已经知道思薇接下去要说什么了。

“李匠仁，这次你的设计，真的不够好。你的理念核心是融入东方元素，但前提是必须要融入得巧妙。而不是你现在这种……”她停顿了一下，“生堆硬凑。”

我突然感觉脸上火辣辣的，一种无地自容的感觉油然而生。

我终究还是没办法反驳思薇。

因为我知道她说的是事实。

下午一点的时候，我和思薇来到昆山御珑宫廷，按响了老人家的门铃。

“你们先喝会儿茶，安娜说她一会儿过来。”老人指了指桌子，茶已泡

御珑宫廷

好，看起来他心情不错。

“吵架了？”似乎注意到我和思薇之间的气氛不对，老人问了一句。

“没有。”思薇说，“工作上的事情，不算吵架，有点争论。你知道，我们的工作也是设计师。”

老人笑了笑，“创作理念不合吗？”

“也谈不上。”思薇说，“我们不是一个组，我在A组，他在B组，我们两个组是竞争对手。现在在准备一个珠宝比赛。”

听了思薇的话，老人愣了一下，我插嘴道：“是不是有点像瑞德克斯和雷耿？”

老人笑笑，这时门铃响了，我起身去开门，是安娜女士。

四人落座，老人喝了口茶，再次将我们带回了六百年前的维尼亚镇……

第十九章

顾清伦听了李飞扬的话后，久久不语。

日光从窗户斜射入工坊，灰尘在光路里飘荡，像是反光的飞虫。

顾清伦低着头，不知道在想些什么，李飞扬咬着嘴唇看着他，顾清伦的沉默让她不安，她的双手再次因为紧张而攥成了拳头。

顾清伦的身后，海马与凤雕像沐浴在阳光里，如果雕像能说话，它能否证实李飞扬的话呢？

顾清伦终究没说什么，只是缓步向出口走去。

路过李飞扬的时候，顾清伦被李飞扬一手抓住了胳膊。

"我没骗你。"李飞扬一字一句地说，"她去见依瑞斯是我亲眼见到的。"

"她是可能去见过依瑞斯。"顾清伦说，"但那不能证明，海马与凤雕像是她毁坏的。"

"可除了她还有谁？"李飞扬急了。

"就算有那么一丝可能，她为了依瑞斯，背叛了自己的家族，不仅将自己苦心设计的雕塑毁坏，还将自己的父亲、兄弟、族人、瑞德克斯家族上百年来的基业全部抛到脑后。但有一点，雕像是在我眼皮子底下爆炸的，黎曦当时人在瑞德克斯庄园，你告诉我，她是怎么做到的？"

“也许……”李飞扬迟疑道，“她会妖法？或者，她装了捻子，像炮仗一样……”

“没有。”顾清伦冷静地回应，“我仔细检查过了，没有这种东西。”

“可……”李飞扬有些语塞。

“所以，到此为止。今天你跟我讲的话，不要再告诉任何人。”顾清伦用力地说。

李飞扬跟在顾清伦的后面，向瑞德克斯庄园走去。

李飞扬觉得，顾清伦是相信了她的话的。

他只是不愿意承认罢了。

不愿意承认黎曦还对依瑞斯一往情深，不愿意承认黎曦夜里偷偷跑出去私会依瑞斯，不愿意承认黎曦会为了依瑞斯，将海马与凤雕塑毁坏，赔掉一切。

因为承认别人，有时恰恰是否定自己。

李飞扬恨恨地想，他干吗一定要自己骗自己。人家不喜欢你就不喜欢嘛，何必老跟在人家后头？人家明明有心上人，你干吗不成人之美。

如果我不听他的话，把我的怀疑告诉黎曦的哥哥？伯恩或者维兰，哪怕是德罗？

可他们会怎么做呢？顾清伦说得对，我没有确凿的证据可以证明雕像是黎曦毁坏的，我甚至没有证据可以证明黎曦曾经幽会过依瑞斯。

事已至此，就算瑞德克斯相信黎曦背叛了家族，那又能如何？黎曦是家族的长女，集万千宠爱于一身的明珠，如果他们相信黎曦做了背叛家族的事，又会怎么做呢？驱逐黎曦吗？

若黎曦被驱逐，她会去哪里？会去找依瑞斯吗？如果黎曦和依瑞斯在一起，顾清伦就一点机会都没有了。

这貌似是个办法，可是如果顾清伦知道是我将黎曦的事情捅出去，他会原谅我吗？

“所以，到此为止。今天你跟我讲的话，不要再告诉任何人。”

顾清伦的声音言犹在耳，斩钉截铁。

李飞扬使劲摇了摇头，想把这些烦人的念想从脑袋里摇出去。

两人一前一后无言地走着，很快便回到了瑞德克斯庄园。

顾清伦好像在想什么事情，一直低着头，李飞扬停下了脚步，便看见顾清伦的背影渐行渐远。

她选择了另一个方向，而顾清伦似乎已经忘记了她。

想到这一点，她脚下更快，尽管，她并不知道自己要去哪里。

就这样沿着脚下的路一直走，路上遇见了牵着马的德罗·瑞德克斯。

德罗向她打招呼，她看了德罗一眼，没有说话，而是径直从德罗手中接过缰绳，翻身上马，两腿一夹，马儿嘶叫一声便向前跑去。

身后的德罗压根没有料想到这突然的变故，待反应过来之后李飞扬已纵马跑出好远，德罗在后面挥手叫喊了几声，等传到李飞扬耳旁还没有呼啸而过的风声大。

李飞扬狠力催马，也不管要跑到哪去。就这样一路冲出城区，踏过溪河，直到阴雨森林的边缘。

马蹄最终停止在那些写满摩尼教经文的木栅栏旁，李飞扬勒住缰绳，翻身下马，望着面前被阻隔的阴雨森林。她几乎想都没想，就翻越了木栏。

她在林立的松树中行走，脚下踩过掉落枯死的松针，阳光几乎全部被松树密集的针叶阻断，森林中遍布潮湿的味道，松菇则生长繁多，李飞扬只是一路向森林的深处走去，同时嘴里念念有词，眼睛里泪水涟涟。

“凭什么……凭什么……”因为想不通，所以念不停，李飞扬随手捡了一根树枝，随走随挥舞着，打一些花花草草，踩一些松菇虫蚁，像小孩子生气一样将怒气随手撒在这些不懂得反抗的生灵身上。

明明那么渴望，明明那么努力，可无论做什么，你都视而不见。而黎曦呢？她明明不爱你，你全心全意帮她，那么多日夜不眠不休，可最后换来了什么？

李飞扬觉得委屈，为什么海马与凤雕像上那道裂痕，最后却仿佛是刻在了自己心里。

她走着走着，终于觉得累了，便慢下脚步，想找个地方坐一会儿，这时她突然听到了响动声，那是一根树枝被踩断的声音。

“谁？”她迅速转过身来，几乎是本能般地出声，却看见戚凡正站在离自己不远处。

李飞扬先是松了口气，随即又一股无名火涌上心头，正想开口呵斥戚凡吓到了自己，却发现戚凡正在拼命打着手势，让她不要轻举妄动。

戚凡用手指小心翼翼地指了指她的斜后方，李飞扬皱了皱眉，狐疑地转过头，却吓得差点叫出声来。

一只巨大的黑熊此刻正凝视着她，周遭的空气一下子变得凝滞起来，李飞扬用双手捂住嘴，以避免自己因承受不住恐惧而失声尖叫。她本能地回头看了一眼戚凡，却发现戚凡也是站着一动不动，只是拼命给她做手势叫她不要动。

对啊，都说熊是瞎子，不动就不会被看见。

话是这样说，但那黑熊此刻正迈着慢悠悠的步伐不断地靠近自己。

就算眼神不好，这样下去不被咬死也得被撞死吧。

站在这里无异于等死……要么装死？都说熊不吃死人，但会用舌头来舔人的脸来验证，想到那血盆大口就在自己脸旁，李飞扬就觉得腿软。熊如果不仅仅用舌头，若拿那厚厚的熊掌扒拉自己两下，就自己这小身板，不小心就得被扒拉得骨断筋折。

或者爬树呢？都说熊不会爬树。李飞扬眼珠子转了转，四下多是松树，黄豆般大小的汗水已经在她的脑门上出现。熊越来越近，必须得做个决断。她转头想给戚凡做个手势，却发现戚凡已经如离弦之箭一样向黑熊的方向蹿了过去。

“快跑!”戚凡大声喊出这两个字，义无反顾地冲向了熊。

戚凡的举动令李飞扬目瞪口呆，甚至忘记了要趁这个机会逃跑，被激怒的黑熊咆哮一声，站立起来，足有两个戚凡的高度。戚凡拔腿就跑，黑熊四肢着地，发足狂奔。

戚凡将黑熊引向了别的方向，把李飞扬留在了原地。

她没有跑，而戚凡也跑不远。黑熊看似笨重，实则敏捷无比，且四足狂奔，总比戚凡两条腿跑得快。戚凡没跑出去多远便被追上，只能在林间绕着树转，以此拖延一些时间。李飞扬缓过神来，心里突然腾起一股巨大的勇气，她四下里找了根木棒，又捡起一块石头，撕掉长裙的裙摆，向黑熊和戚凡跑去，眼看戚凡就要避无可避，李飞扬抡起胳膊，把石头扔了过去，正好砸到黑熊的背上。

黑熊皮糙肉厚，小小的石块当然给它造不成什么伤害，但已足够吸引它的注意力，黑熊转过头来，李飞扬这次与熊的距离相隔不远，她注意到黑熊的右眼上有一道明显的刀疤，似乎这头黑熊曾与人有过一场生死相搏。但眼下事态危机，李飞扬无暇细想，她双手握住木棒，不住发抖，目光穿过黑熊和身后的戚凡相交。她忙使眼色，大声说，跑啊，跑!

黑熊似乎被惹恼了，它突然咆哮一声，震得李飞扬差点扔掉手中的木棒。黑熊转而开始向李飞扬冲了过来，李飞扬大叫一声，一个翻身躲过，木棒扔在一边。黑熊一掌扑空，李飞扬爬起来就跑，黑熊紧追不舍。李飞扬瞄准一棵松树跑去，奋力一跃，爬上一根松枝，黑熊紧随其后，向李飞扬拍出一掌，生生将她脚下的松枝拍断，李飞扬脚下一空，狠狠摔了下来。

这一下摔得李飞扬差点背过气去，黑熊见猎物倒地，并不急于扑食，只是缓缓走到李飞扬旁边，低下头审视着她，那道眼角的刀疤此刻更显狰狞，李飞扬吓得花容失色，脸色惨白到极致。

没想到最后竟然是被熊给吃了。

想到这里，李飞扬心里凄怆，脸上却露出了无奈的笑容。

突然一阵密集的嗡嗡声响起，接下来一个莲蓬般的东西被扣到了黑熊的头上。

那是一个蜂巢。

一个蒙面人突然出现，一把将李飞扬拉了起来，顺势将她扛在肩上，健步如飞。黑熊咆哮一声，乌黑的圆脑袋上已经沾染了不少蜂蜜，而这无疑使它成为了蜜蜂们的攻击目标。

蜂群开始拼命地叮咬黑熊，尽管黑熊身躯庞大，但面对发狂的蜂群一时也没什么对策，只得忍痛奔逃。趁着这个间隙，李飞扬熊口脱生。蒙面人扛着李飞扬直跑了好远，确定黑熊没有追来，才把她轻轻放下。

李飞扬这时才看清楚，蒙面人用衣服把自己的脸裹得严严实实，只露出双眼的一条缝，显然是为了防备蜂群的叮咬。蒙面人一圈圈解下脸上的衣物，李飞扬惊呼一声。

“你……你怎么来了？”

“你抢了德罗的马，大家都在找你。”顾清伦说，语调一如既往地平静。阴雨森林环绕远山，而远山边界不齐，有一段凸出，森林便狭窄，有一段凹陷，森林便深远，眼下他们似乎是进了一片狭窄的森林，且已到了远山的边缘。

顾清伦眼睛望着前方森林的出口，赫然有一条小小的山路，那路上寸草不生，颇显平整，阴雨森林将远山与城镇分隔开来，城镇住人，远山自然无人，只是这段山路却总显得有些不自然，给他带来一种奇异的预感。

“我们最好快点回去，免得众人替我们担心。”顾清伦还是收回了好奇，转而对李飞扬说道。

李飞扬未在顾清伦的语气里听出一丝责备的意思，可这反而令她失落，似乎顾清伦可以冒着生命危险来救她，但他给人的感觉却像是，他可以不顾生死救任何人一样。

戚凡不知从什么地方也赶了过来，查看李飞扬的伤势。李飞扬摆摆手，示意她没事。她费力地站起，裙摆已被自己用手扯掉，加上一路奔跑，衣服也被斜出的树枝挂破不少，着实狼狈不已。

顾清伦通过太阳位置和林中苔藓浓密分辨方向，带领李飞扬戚凡两人一步步摸向森林边缘。沿路三人一言不发，顾清伦领头，李飞扬走在中间，戚凡跟在身后。李飞扬咬着牙齿，一路上闷闷不乐，虽然刚刚熊口脱生，捡回了一条命，但心里竟无多少劫后余生的欣喜。眼前只是顾清伦冷冷的背影，戚凡跟在最后，小心翼翼，不知是害怕那骇人的黑熊突然出现，还是害怕李飞扬又拔腿就跑，他从小伴随李飞扬长大，最懂她的脾性。

好来一路无事，既没再见黑熊的踪影，李飞扬也老老实实跟着顾清伦。却不料三人刚走出森林，翻过木篱栅栏，就看见一片黑压压的人群。

确切说是两片，各据一方，像极了两军对垒，连旗帜都打了出来，一面背景深蓝似海，用金线绣织着海马与龙；一面背景淡白如云，用红线秀织着海马与凤。雷耿一方，红袍僧衣着依旧醒目，带领雷耿众人，并未见族长依瑞斯的身影。瑞德克斯一方由黎曦的三个哥哥压阵，族长特瑞典与长女黎曦也不在阵。顾清伦三人跨过围栏，立刻引起了两方人的侧目，李飞扬衣着不整，不禁下意识用手拉了拉撕断的裙摆，脸上火辣辣的。

德罗·瑞德克斯抢前一步，脱下自己的斗篷裹在李飞扬身上，护送她进入瑞德克斯的队列。顾清伦转头看了看严阵以待的雷耿一方，红袍僧如站立的火焰，他的表情隐没在兜帽后面，深不可测。

李飞扬皱了皱眉头，不过是寻找自己，怎么惊动了如此大的阵势，眼下两家势同水火，又在比赛的关键时刻，都是竭力克制，避免冲突，就为了这么点小事，至于弄成现在这个样子吗？

这边瑞德克斯队列在接过李飞扬之后，便在伯恩·瑞德克斯的带领下离开。路上李飞扬向德罗问起此事，德罗苦笑道："我和戚凡带着五个人找到阴雨森林边缘，看见飞扬小姐夺去的马在栅栏旁吃草，觉得飞扬小姐应该是进入了阴雨森林。维尼亚人人都知道森林里有一只黑熊，怕飞扬小姐有危险，便想进入森林搜寻，却不知道雷耿家突然来了一群人，由库恩·雷耿带着，说森林里有邪灵之踪，木栅栏上智慧之主的咒文保护大家免受邪灵的危害，担心进入的人多，会惊扰邪灵。我们当然不信，结果雷耿家人越来越多，我也只好派人回去报信，现在非常时刻，不能动武，大家就对峙在这里。"李飞扬听后，心里泛起一丝惭愧。

"和飞扬小姐无关。"德罗看李飞扬面色有异，说道，"那木栅栏上的智慧之主咒文，本来就是那摩尼教祭司库恩·雷耿自己写的。有没有恶魔我不敢说，但凡事和我们唱反调肯定是雷耿的既定策略。哎，眼下海马与凤雕塑损毁，以后还……"德罗欲言又止，脸上爬上一丝阴影，他是黎曦最小的哥哥，一直阳光乐观，但眼下困境，连他也愁上眉梢。

想到这里，李飞扬眼前又浮现起那夜黎曦深夜出行的景象，看着一旁愁闷的德罗，李飞扬话已到喉，又生生咽下，因为就算她和盘托出，就算她的猜想被证实，又能如何，于事无补，还要雪上加霜。

那股深深的无奈，又涌上心头。

日上三竿，李飞扬伸了伸懒腰，揉着惺忪的睡眼爬了起来。

可能是昨天生死一线的折腾，反而让她睡得格外香甜，一夜无梦，心情也好了不少。她突然又想去看看顾清伦，只是想到这个人，心里又难免涌出一股委屈味道的闷气。

然而，她并没有找到顾清伦。

不会又是去工坊了吧。

她这样想，旋即又觉得不可能，海马与凤雕塑已毁，他还去工坊作甚。

他一个大活人，有手有脚，想去哪里，别人自然也是管不上的。

李飞扬跺了跺脚，心里虽这样想，还是转而去寻黎曦的影子，因为顾清伦若是想去哪里，最想去的，应该是有黎曦的地方吧。

就这样寻寻觅觅，在花园寻到了黎曦，却依然没见顾清伦的踪影。

李飞扬心里觉得奇怪，去工坊转了一圈，损坏的海马与凤雕像此刻已经被蒙上了一层黑布，工人们三三两两聚在一起，脸上都写满了烦闷与沮丧。

就这样一直到黄昏时分，顾清伦才出现在瑞德克斯庄园里。

他看起来风尘仆仆，周身沾满灰尘，李飞扬还没来得及问顾清伦去了哪里，德罗·瑞德克斯就找到了顾清伦，说特瑞典要见他。

“我得梳洗一下。”顾清伦低头看了看自己的样子。

“请尽快。”德罗点点头，那张曾充满乐观的脸上如今写满淡淡的忧郁。

顾清伦颔首离去，但心里已然想到，特瑞典在这个节骨眼上见他，一定没有什么好事。

或者说对如今的瑞德克斯家族，能发生的，都不会是好事。

特瑞典靠在椅子上，窗帘紧闭，阳光被阻在外。屋子里很暗，映衬着他此时的心情。

石化症似乎有些加剧，让他觉得行动更为不便，需要他用更大的力气，也需要在心里下更大的决心。

比如说决心动一动，决心走两步，决心倒一杯水。

如此看来，石化症倒更有点像是懒人病。

他自嘲般想笑笑，可是却感受不到嘴角的动作。笑了吗？他在自己脑子里想，笑了吧，起码自己心里想笑。

局势已经不能再坏了，寄予厚望的海马与凤雕塑已毁，时间就剩下那么一点，仓促间是可以随便做些东西交上去，但结果是失败无疑。若什么都不做，也一样是失败。

其实无论这次比赛结果如何，特瑞典都知道自己命不久矣。

原来同是死亡，也可以天差地别。

特瑞典感觉喉咙很痒，想咳嗽一下，却发现最终还是没咳出来。看来连这种表达病态的能力也石化了啊。

敲门声。

“特瑞典阁下，我是顾清伦，听德罗说你要见我。”

顾清伦进来时，特瑞典艰难地拉开了窗帘，阳光倾洒进来，周遭一下变亮了。特瑞典迎面日光，仿佛感觉到了一种温暖，又仿佛没有。

他转过身来，看着被自己叫来的顾清伦。

“坐。”他伸出手指了指桌前的椅子。

顾清伦走近了两步，却没有急于坐下，他看着特瑞典，仿佛是在观察他一样。

“您病了。”顾清伦说。

特瑞典有些惊奇，难道黎曦已经告诉他了？

“黎曦都告诉你了吗？”特瑞典说。

“黎曦？”听到黎曦两字，顾清伦皱了皱眉头，“她从没说过，难道只有她一人知道您病了吗？”

“你是，可以看出我病了吗？”特瑞典问。

“我们中土行医，讲究望闻问切观气色，听声息，问症状，切脉相。您的气色很差。我粗通医术，如果愿意，我可以帮您看看。”

特瑞典点了点头，顾清伦靠近了一点，示意他伸出手腕。然后将两根手指搭在他的手腕上。

顾清伦的面相逐渐凝重起来。

“是石化症。”特瑞典说，“我找人看过了，得了这种病的人，行动会越来越缓慢，最后会变得像石头一样。”

顾清伦收回了手，没有答话，他眉头紧锁，像是在思索着什么对策。

有那么一刻，特瑞典心里腾起一股渺茫的希望，也许这个来自东方的年轻人可以救他，就像他救了自己的女儿一样。

但顾清伦最终还是摇了摇头。

“结果是注定的，我已经有了觉悟，所以才没有告诉别人。”特瑞典说，“但我现在必须要告诉你，因为已经没有多少时间了。”

顾清伦看着面前的老人，他还记得初见特瑞典时，他还是一个健硕的中年人，腰间佩戴着一把宽阔的单手剑，像是中土那些老而弥坚的将军。而此刻这个老人蜷缩在椅子里，高大的身材却仿佛空中的楼阁，时刻都面临着松散垮掉的危险。

“我要感谢你。”特瑞典挣扎着想站起来，但被顾清伦轻轻按住，他也不再坚持，继续说，“你救了我的女儿，还倾力帮我们打造海马与凤雕像，我相信如果雕像没有损毁，你还将拯救我们整个家族。”

顾清伦没有作声，只是微微低了低头，海马与凤雕像是他的心血，他并非不悲痛沮丧，只是觉得表露出来于事无补罢了。但眼下特瑞典提起，他当然感同身受。

“我想，你应该知道黎曦和依瑞斯之间的真相。”特瑞典说。

真相是对应谎言的，特瑞典这样用词，说明无论是雷耿家还是瑞德克斯家对外宣称的有关依瑞斯和黎曦的一切，都是谎言。

“我知道。黎曦曾经跟我说过。”顾清伦直接答道。

“那你也应该知道，为何黎曦和顾清伦之间绝无可能，无论是瑞德克斯还是雷耿，都不会允许这样的事情发生。”特瑞典说。

“因为两家素来不和，彼此嫌恶，在生意上又是竞争对手。这一百年来，怕是积攒了不少仇怨。”顾清伦说。

特瑞典点了点头，“你说的只是其一，另外还有一个原因，你肯定并不知晓，因为黎曦没有告诉你”。

“哦?”顾清伦扬眉，“什么事黎曦没有告诉我，她为何要瞒着我?”

“她不告诉你，是因为没有人敢告诉她。或者说，每一个人，都在拼命忘记这件事情。无论是瑞德克斯，还是雷耿。”特瑞典缓缓说道。

顾清伦听及此言，便知道特瑞典口中的原因，既是秘密，也是禁忌。他心里一紧，难道这个秘密和黎曦有关?

“这件事既然没有人敢告诉黎曦，是和她有关吗?”顾清伦的声音里透露出一丝紧张。

特瑞典感受到了顾清伦的变化，他摇了摇头，缓缓说：“和她并没有直接的关系。没有人敢告诉她，是因为谈论这件事情，无论是在瑞德克斯，还是在雷耿，甚至在整个维尼亚，都是一个禁忌。”

顾清伦皱了皱眉，“既然是禁忌，大人为何要对我说起”。

特瑞典说：“我现在要将这件事情告诉你，因为发生在黎曦和依瑞斯身上的事情，曾经也发生在别人身上。”

顾清伦顿觉一阵凛然。

特瑞典说：“在维尼亚这个弹丸之地，瑞德克斯和雷耿相争百年。两家明令禁止结交，更别说相恋。但是在十多年前，这样的事情还是发生了。黎曦有一个姑姑，她的名字叫做鲁茜亚，是我最疼爱的妹妹。而蓝札·雷耿其实并不是雷耿家族的第一继承人，他还有一个哥哥，名为恩斯特·雷耿，是雷耿家的长子。鲁茜亚和恩斯特两人情投意合，不顾家族的反对，执意要在一起。后来恩斯特被软禁，鲁茜亚被强行远嫁。却没料到鲁茜亚在远嫁的途中跳崖而死，得知消息的恩斯特逃出了雷耿庄园，至今音信全无……”

言及至此，特瑞典想起自己曾经最疼爱的妹妹，不禁叹了口气。

顾清伦说：“原来，早有先例……”

特瑞典说：“雷耿和瑞德克斯注定对抗敌视，恩斯特和鲁茜亚的爱情是被诅咒的，看看他们的下场。所以当我们知道黎曦和依瑞斯私通之事时，害怕发生在鲁茜亚身上的悲剧重演……多亏黎曦遇见了你，否则……”

顾清伦想到那艘海盗船，心里也有点后怕。

“只是现在，诅咒似乎依然降临在了我们两家。蓝札·雷耿死了，而我也罹患绝症，命不久矣。顾清伦，我想问你一个问题，你要诚实地回答我。”

特瑞典的目光突然变得如利剑般凌厉，审视，甚至拷问着面前的年轻人。

顾清伦直面特瑞典的目光，“请问”。

“你爱黎曦吗？”特瑞典问。

顾清伦万没想到特瑞典会突然问这个问题，他的神色甚至在那一瞬有一些慌乱，对他来说，这本来是一个不应该犹豫的问题……如果问这个问题的不是黎曦的父亲的话。

他还是郑重地点了点头。

特瑞典呼出一口气，像是心里的一块石头落地了一样。

“以下的话，我希望你可以听清楚。我要将黎曦嫁给你，你们的婚礼在三天后举办。你们的婚礼结束后，我将正式向雷耿家的族长依瑞斯·雷耿发起决斗的邀请。”

顾清伦一凛，刚想开口，却被特瑞典打断。

“我知道结果。我会死在依瑞斯的剑下。我已是必死之人，希望我的这条命可以稍稍抵消蓝札·雷耿的死，毕竟他是被我刺伤的。”

顾清伦听了特瑞典最后的嘱告，他微微摇了摇头，“可是雷耿家不会因为您的死，而放弃对海马与凤形象的占有。再说上次领主裁判，已经明令禁止近期瑞德克斯和雷耿之间的决斗”。

特瑞典有些许吃惊，似乎并未想到顾清伦作为一个外人会对局势的判断如此清晰，“没错。蓝札的死是最好的筹码，他们不可能放弃对海马与凤形象的争夺。瑞德克斯家族的没落已是必然，雷耿家没有足够的能力接盘整个瑞德克斯的贸易，只期望以后雷耿家可以善待我们瑞德克斯的族人。至于领主裁判，我自有办法”。特瑞典抬头看了看顾清伦，“你们，作为瑞德克斯最核心的家人，我会安排好遗嘱，在我死后遗嘱立刻执行，带着那些钱财，和黎曦换一个地方去生活，那些钱已够你们衣食无忧，何况像你这样能干的年轻人，我相信你一定可以保护好她”。

顾清伦听了特瑞典的话，有些恍惚，这是一个将死之人最后的托付，而这份托付又恰恰是他自己内心最迫切的渴望。

“请帮我叫黎曦来。”特瑞典说，顾清伦点了点头，转身离去。

特瑞典召开了一次秘密的家族会议。

除去最小的儿子泰卢·瑞德克斯，黎曦、伯恩、维兰、德罗悉数出席。

特瑞典终于将自己身患石化症的消息告诉了三个儿子，他的时日已经无多。

还有他的善后计划，黎曦嫁给顾清伦，部分的家族私产分配给几个子女，而他将正式向依瑞斯·雷耿递交决斗书。

决斗无疑是送死，别说身患绝症的特瑞典，就是完全健康的特瑞典，也绝不会是依瑞斯的对手。

但这就是特瑞典的计划，如果说死亡无可避免的话，那就只能让死亡变得更有价值。

这是作为瑞德克斯家族的族长，最后能尽的责任。

这也是作为父亲，最后能为子女做的事情。

四个子女都反对，黎曦为甚。

她心里藏着一个见不得人的秘密。

李飞扬的猜测没有错，毁掉海马与凤雕像的，确实是黎曦本人。

因为她和依瑞斯私下里有一个约定。

她帮助依瑞斯赢得比赛，而依瑞斯承诺善待瑞德克斯的族人，并且娶她为妻。

毕竟当海马与凤纹章属于雷耿家族的那一刻，从某种意义上来说，是雷耿家族吸收了瑞德克斯家族，他们的联姻不再是仇敌之间不容允许的婚姻，相反还会受到一心想要整合两大家族势力的领主的支持。

黎曦的心里一直觉得有愧于依瑞斯，她后来知晓，在蓝札·雷耿被自己的父亲刺伤后，暴怒的依瑞斯曾有机会当场夺取特瑞典的性命。

他已经将剑架在了特瑞典的脖子上，但终究还是没有下手。

因为他也知道，如果他砍下这一剑，他和黎曦之间，就再无可能了。

无论如何，依瑞斯失去了父亲。她总觉得，这是她欠他的。

无论如何，她还是想和他在一起。她总觉得，事情到了这一步，这已经是最好的解决方案。她相信在依瑞斯的干预下，就算起初瑞德克斯成为了雷耿的下属，但随着他们的结合，两家和平共处，甚至合作繁荣的那一天会到来。

为了这个美好的愿景，势必要伴随着牺牲。

她已经决定牺牲掉自己的家族，只为了以另一种形式达到和平。

但她没有想到，父亲特瑞典竟会做这样的安排。

他和三个哥哥都在极力反对，但他们都知道，他们的反对无法改变特瑞典的决定。甚至他们内心里也知道，在注定一败涂地的情况下，这是最好的善后措施。如果伤口注定不能痊愈，能做的也只有止血。

有那么一刻，黎曦甚至想要将自己与依瑞斯的约定喊出来。

但她还是控制住了自己，毕竟，她的所作所为，无论是出于什么样的考虑，都背叛了自己的家族。而眼前所有的困境，似乎都是源于她的背叛。

争执到最后变成了沉默，沉默到最后变成了默认。

这一年来，黎曦觉得自己经历了无数次黑暗的一天。

但今天，无疑是最黑暗的一天。

没有之一。

第二十章

雷耿庄园里一片欢腾之势。

瑞德克斯的雕像遭受了致命的损毁，消息如同长了翅膀一般在维尼亚传遍开来。本来势均力敌的两家突然变得强弱悬殊。如果说之前整个维尼亚上空都停留着乌云的话，那如今所有的乌云都飘向了瑞德克斯那边，雷耿的头顶拨云见日，阳光普照。

长桌上摆满了美味珍酿，雷耿家众人也是喜乐融融，若不是老族长新去，晚餐早就变成了晚宴。然而在一片欢腾的气氛中，坐在主座的依瑞斯却全无喜悦之色，只见他一直用手撑着腮帮，似乎是在沉思着什么，对面前欢腾的气氛视而不见。另一个不形于色的是红袍僧库恩·雷耿，他就坐在雷耿的右手下座，此刻正在静静地切割着盘子里的食物，这叔侄两人无疑是雷耿家最具分量的两人，但对这惊天的喜讯，两人却不约而同保持了相同的姿态。

“依瑞斯似乎不是很开心。”

“也是啊，虽然这次一举击垮了瑞德克斯，可毕竟父亲刚刚故去……”

“不过我们和瑞德克斯纠缠百年，终于要彻底摆脱他们了啊。”

“瑞德克斯的雕像意外被毁，看来上天还是抛弃了瑞德克斯，选择了我们雷耿啊。”

依瑞斯皱了皱眉头，显然注意到了桌上的窃窃私语。他觉得烦躁异常，这些人根本不知道发生了什么，却认为这是上天的眷顾？依瑞斯双手扶着桌面，离开椅子站起，众人注意到依瑞斯，纷纷停下私语，好奇地看着他。依瑞斯一言不发，扭身离去，只留下众人面面相觑。

依瑞斯回到房间坐下，窗外月光皎洁，星辰闪烁，海风吹进来，带来咸湿的温暖触觉。饭桌上族人的私语声又在耳边响起，赢了吗？就这样击败了家族百年来的宿敌，让海马与龙和海马与凤这场不见硝烟的战争画上了句号。从此雷耿将一统维尼亚的贸易网络，海马与龙的纹章将横行整个地中海，甚至远销到热那亚、里斯本。可是胜利的代价呢？是父亲的故去，是对爱人的欺骗？自己一直以来都对雷耿和瑞德克斯的斗争持以反对的态度，可眼下自己却摇身一变为自己讨厌的人。

敲门声不期而至，依瑞斯打了一个激灵，从纷繁的思绪中回到了现实。他咳嗽了一声，说进来。门应声而开，一片红色进入了房间。

是叔叔库恩·雷耿。

依瑞斯并没有起身，只是坐着，微微仰头看着红袍僧，自打记事以来，库恩·雷耿的面庞便长年躲在兜帽之后，没有人见过兜帽后的脸，那里就像一团迷雾，一处黑色的神秘漩涡。

“你似乎并不开心。”库恩·雷耿说。

“父亲故去不久，这应该不是开心的时候。”依瑞斯声音冰冷，不含一丝感情地说。

“雷耿和瑞德克斯之间的纷争已经延续百年，而现在即将终结在你的手上。家族将走上一个全新的台阶，维尼亚将产生新的格局。这些应该对你的悲伤有些宽慰。”

“你知道，我从来就不赞成这种对立。”依瑞斯说。

“而现在你亲手终结了这种对立。”红袍僧说。

“但是父亲也不会回来。”依瑞斯说，“荣光可以福泽还活着的雷耿，却照不进父亲深埋地下的墓穴。”

“如果没有黎曦，你会如何选择？”红袍僧问。

“我想寄一封战书给特瑞典，在决斗中用剑割断他的咽喉，”依瑞斯说，“为我的父亲报仇。”

“特瑞典不会接受你的挑战。”红袍僧说，“在维尼亚没有人会蠢到和你依瑞斯刀剑相向。当然，除了瑞德克斯家那个蠢小子泰卢，可就算愚蠢如他，也知道花钱雇来声名狼藉的白骆团。但你知道，复仇的方式并非只有单纯的眼还眼，牙还牙，让瑞德克斯家族在特瑞典的手里衰败，这已足够他余生活在痛苦之中。”

“可我更希望可以这样干脆地了断。”依瑞斯的声音里弥漫着一种固执。

“始终觉得自己用父亲的死作了筹码吗？”红袍僧问。

依瑞斯不语。

“还是……觉得自己用了不光彩的手段赢了比赛。”

依瑞斯抬头，看着红袍僧。他的目光中充满了痛苦，雷耿家的天之骄子，高尚又骄傲的依瑞斯，现在所做的每一件事情，都违背了他曾经的原则。

“这不重要。”依瑞斯目光中的痛苦仿佛瞬间像融化的冰块一样消失无踪。

红袍僧点了点头，转身离去。

依瑞斯松了口气，瘫坐在椅子上，似乎就是在刚才那一瞬，有些闪光的火焰被他扑灭了，只剩下四散的火星。周遭突然黯淡了下来，衬托着这些四散的火星刺目般明亮。

深夜，巨大的橡树下，黎曦焦急地等待着依瑞斯。

父亲的安排完全打乱了她和依瑞斯的计划。她已经作出了巨大的牺牲，可如果父亲向依瑞斯发起决斗，那么她的牺牲将变得毫无意义。如果父亲死在依瑞斯的剑下，就算父亲是心甘情愿，可她也无法再和一个杀死自己父亲的人相爱。

黎曦来回踱着步，像一只热锅上的蚂蚁。

脚步声传来，黎曦循声转头，依瑞斯的身形从橡树的阴影下走出，步入了月光中。

黎曦忙走上去，一把抱住依瑞斯。

可能是压抑了许久，黎曦在依瑞斯的肩头小声啜泣了起来，眼泪涌出眼眶，依瑞斯面如止水，缓缓伸出手搭在黎曦的肩头。

可能是感觉到了依瑞斯的冷漠，黎曦觉得气氛有些不对，她抬起头，看着依瑞斯，月光下他的脸英俊无比，可又好像有些距离，水中月，镜中花一般。

“我父亲他……患了不治之症。”黎曦说。

依瑞斯神色一变，这个消息出乎意料。

“是什么病？”依瑞斯问。

“石化症。”黎曦回答。

“石化症……据我所知，这种病极稀少，却无治愈的可能。”

“是……他的时日已经无多。”黎曦表情痛苦地说。

“……”依瑞斯心里有点五味杂陈，他能感受到黎曦的痛苦，但他却无论如何无法对特瑞典生起怜悯之心，毕竟特瑞典是他的杀父仇人。

“而且，海马与凤雕像已毁，家族已无力与雷耿家抗衡。父亲已经立下遗嘱，他想向你发起决斗，然后……然后死在你的手上。”

“死在我的手上？”

“是的，他说你父亲之死，他难辞其咎，希望这样可以化解你心里的仇恨……”黎曦说。

依瑞斯皱了皱眉头，显然没有预料到事情会向这个方向发展。

“而且，他还要将我……”黎曦咬了咬嘴唇，终于还是和盘托出，“嫁给顾清伦。”

黎曦说完这句话，本以为依瑞斯会跳起来反对，却不料依瑞斯只是眉头微皱，不知道在思量着什么。黎曦的心里油然而生一种失落的感觉。

“你怎么想的？”良久，依瑞斯才开口。

“我怎么想的，难道你不知道吗？”黎曦脱口而出，声音里都是委屈。

“那你希望我怎么做？”依瑞斯问，“拒绝决斗邀请吗？”

“我父亲他本来已经时日无多，就算你真的恨他入骨，也没有必要和他决斗。如果父亲真的死在你的手里，我们又该如何面对彼此。我已经亲手毁了海马与凤雕像，整个瑞德克斯家族的兴旺，难道都抵不了你父亲的英灵吗？”

依瑞斯看着激动的黎曦，他的神情不为所动，依然如寒冰一般。

“瑞德克斯的衰老，即是雷耿走上辉煌。所以你也认为，可以用这种东西，来换人的生命吗？人的生命，可以作为筹码吗？”依瑞斯轻声反问。

黎曦愣了一下，她有些不明白依瑞斯的意思，但依瑞斯的态度突然令她觉得骨里发寒。

“你……你到底什么意思？”黎曦的声音有些发抖。

“你父亲要把你嫁给顾清伦是吗？”依瑞斯问。

“是……可我不会同意的。”黎曦说。

“为什么不同意呢？”依瑞斯问。

依瑞斯的话又让黎曦愣了一下，她无论如何想不到依瑞斯会问她这样的问题。

“我为什么不同意，你还用问我吗？”黎曦的声调里已经有了恼怒。

“可你如何拒绝呢？你父亲时日无多，不久就会离开这个世界。他的遗命，你又有什么资格去拒绝。顾清伦救过你的命，还为你们家族鞍前马后，雕刻出远超你们家族工艺的海马与凤雕像。你不嫁给他，总要说出一些让你的族人信服的理由。”

“你明明知道。”黎曦的声调因怒火而拉高，“我不喜欢顾清伦，这就是理由。我喜欢的是你，这就是理由！”

依瑞斯努了努嘴，“你不喜欢顾清伦，这么任性的理由，恐怕无法服众。至于你喜欢的是我，你又如何能对你的族人说得出口？”

“你！”黎曦彻底被依瑞斯激怒了。

“我们是不可能的。”依瑞斯淡淡地说，“瑞德克斯家族即将倾覆，败在雷耿家的手上。就算你到时可以不顾四散的瑞德克斯族人与我在一起，雷耿家也不会同意这门婚事。我新晋族长，有很多事自己也无法完全做主。”

依瑞斯说得轻描淡写，黎曦听来却是五雷轰顶。她无论如何都想不到，在她毁掉海马与凤雕像后，依瑞斯竟然会说出这种过河拆桥的话。

“那……那我们之前的协议……”黎曦的声音在发抖。

“瑞德克斯的工匠们如果愿意为雷耿效力，我会善待他们，也会约束族人，不去为难他们。”依瑞斯说。

“那我们呢……我呢？”

“我希望你听你父亲的话，嫁给顾清伦。我相信他会照顾你的。如果可以，最好走得越远越好。我们的协议依然有效，雷耿家族会善待瑞德克斯家族的从属们。”

一个清脆的声音在寂静的夜里响起，愤怒的黎曦冲上前去打了依瑞斯一个耳光。

黎曦眼里含着泪控诉道：“我没有想到你竟然变成了这种人！”

依瑞斯说：“我们都变了，不是吗？”

黎曦又举起了手，依瑞斯丝毫没有躲避的意思，他只是静静看着黎曦，尽力克制的皮囊下依然露出了动摇的神色。那是什么呢？是软弱，是委屈，是坚持，是羞愧，是凶狠，是绝望。

黎曦放下了手。

“我们不会再见了。我也不会把瑞德克斯百年的基业就这样拱手让给你。”

黎曦转身，决绝离去。

她踩过的草地，上面闪烁着晶莹的光亮。是深夜的寒露吗？

又或者是眼泪。

第二十一章

工坊里，顾清伦静静坐在毁坏的海马与凤雕像前，看着那些被火药破坏的羽毛发呆。

猝不及防，一切就变成了这个样子。瑞德克斯似乎败局已定——作为族长的特瑞典身患不治之症，他决定放弃自己的生命，也决定放弃瑞德克斯家百年的基业，只为了可以给孩子们一条出路。

他毅然决定将自己的掌上明珠黎曦·瑞德克斯嫁给这个来自东方的水手。

他又抬头看了看海马与凤雕像，这个他穷尽心血，一刀一刀凿刻出来的作品，如今仿佛被火烧光羽毛的鸟，丑陋而刺眼地摆放在那里。

他感受到另一种巨大的波动引乱着他的情绪。

是遗憾，是不甘心。

并不是愤怒破坏雕像的人，而是无法忍受美丽的事物如此消残，还是自己亲手打造的。

工坊的门突然被推开，月光如水银一般泄了进来。

顾清伦抬起头，看见黎曦大踏步向他走来。

顾清伦不由站了起来，黎曦径直来到他的身前停下。

黎曦的脸上还带着泪痕，但她的表情却从来没有如此坚毅过。

黎曦抬头看了看海马与凤的雕像。

“离截止日期还有十七天。”黎曦说。

顾清伦不懂黎曦的意思，只是看着她。

“我们再做一个新的作品出来。”

黎曦的语调，斩钉截铁。

特瑞典结束了自己的午睡，从床上爬起来，艰难地来到窗前的椅子上坐下。午后的阳光温暖，照在身上暖洋洋的。特瑞典靠在椅子上，享受着他生命中最后一段时日的阳光。

有人推门而入，特瑞典有些讶异，没有人胆敢不敲门便进入他的房间。他转过头去，看见女儿黎曦正看着自己。

“为什么不敲门？”特瑞典问。

黎曦突然上前一步，半跪着蹲在特瑞典身旁，握住他的手。

“父亲，我和顾清伦决定再重新制作一个雕像参加比赛。请你放弃向依瑞斯发起决斗的念头。”

特瑞典看着女儿炽热的目光，心里一暖，但也只能淡淡摇了摇头，叹了口气。

“没有时间了。你我都知道这点。”

“不，还有十七天，十七天足够了！”

“重新制作海马与凤雕像，最少要一个月的时间。而且石材要重新运来，路上就要二十天的时间。这不可能完成。”

“那我们就做一个小一点的……”黎曦还待争辩，特瑞典却伸手打断了她。

“我们的胜算渺茫。就算赢了雷耿家，我也依然不久于人世。我横竖都要走的，不如走得有价值一点。如果我的死可以抵消雷耿家的戾气，就算最后比赛确实侥幸赢了雷耿，对你们也没有损失。”

“可是——”

“这件事不要再提了！”特瑞典突然升高了语调，“我已经寄出了给依瑞斯的战书。”

黎曦惊愕无比。

“可是……可是……不是要等婚礼过后——”

“我怕我没有时间了。”特瑞典用一种悲哀的眼神看着黎曦。

黎曦的神色黯淡下去，眼泪在眼眶中打转。

雷耿家，依瑞斯在卧室里，他手上拿着印有海马与凤纹章的信件。

是一封战书，来自瑞德克斯家的族长，特瑞典·瑞德克斯。

虽然已有准备，但当真正收到战书的时候，依瑞斯还是觉得心情异样，有一种说不出的感受。

这是一份来自杀父仇人的邀请，邀请他亲手杀掉自己，只希望可以抹平他的怨恨。

可是特瑞典已经身患石化症，时日无多，他本来就是要死的，现在把命送给自己，却妄想可以洗刷自己的罪恶。如果不是特瑞典那一剑，自己的父亲，本来是会活下去的。

“接受决斗，杀了他，为自己的父亲报仇。”一个声音在依瑞斯的脑海里鼓动着。

“可他本来就要死了，瑞德克斯家族即将倾覆，如果真的把剑刺进一个将死之人的喉咙，又有多少意义？更何况，她还是黎曦的父亲。”另一个声音在依瑞斯的脑海里响起。

“况且，黎曦会损害海马与凤雕像，是和我约定好的。我已经背信弃义，为何还要赶尽杀绝？”

依瑞斯皱起了眉头。

他的神色变得痛苦起来，他本是一个高尚的人，而如今仇恨和利益却将他变成了一个自己曾唾弃的人。

敲门声响起，依瑞斯说："进来。"

门开了，有人走了进来。

依瑞斯没有抬头便知道来人是叔叔库恩·雷耿，虽然红袍僧走路寂静无声，但他已和自己的叔叔足够熟悉。

"我听说你收到了特瑞典的战书。"红袍僧说。

依瑞斯将战书轻轻放在一旁的桌子上，算作是对红袍僧的回答。

"特瑞典这样做无异于自寻死路，真不知道他为何会有这样的想法。"红袍僧的语气里罕见地带着一丝疑惑。

注定失去的东西，不如拿来做一些交换，哪怕是生命。

但依瑞斯并不想告诉红袍僧真相。红袍僧并不要求他做任何事，他总是在他犹疑的时候出现，不动声色地递给自己一个选择，仿佛红袍僧真的通晓神灵，洞悉一切一般。依瑞斯知道红袍僧站在家族的立场，像所有成熟的大人一样，他们甚至可以为了大局而牺牲自己，就更别遑论牺牲别人了。

"我也不知道。"依瑞斯淡淡地说。

"那你打算接受特瑞典的挑战吗?"红袍僧问。

"我也不知道。"依瑞斯轻声呢喃了一句，不知道是回答，还是仅仅重复了上一句话。

黎曦来找顾清伦，告知了父亲的顽固态度。

"选择并接受自己的死亡方式，需要最大的决心。他不愿改变想法，是因为他一定已经用了很久的时间来说服自己。"顾清伦叹了口气说。

"不，我不能眼睁睁看着自己的父亲去送死，不能把瑞德克斯的百年基业就这样拱手让人。”黎曦的语调里出现了一种前所未有的坚决。

顾清伦看着黎曦，脑海里浮现出李飞扬的话。李飞扬告诉顾清伦是黎曦毁坏了海马与凤雕像。顾清伦不相信，虽然连他自己都不知道，是不敢相信，还是不愿相信。

“所以你心意已决。也绝对不会放弃的对吗?”顾清伦问。

“绝不放弃。”黎曦背对着顾清伦说。

顾清伦注意到黎曦的双拳紧握，整个身体都在微微发抖。顾清伦走过去，看见眼泪从黎曦的下巴一滴滴掉落在地。

黎曦拼命想要忍住自己的哭泣，然而终于变成了一阵阵让人心碎的啜泣声。

顾清伦将手搭在黎曦的肩膀上。

“我知道你的心意了。”顾清伦温柔地说，“放心，你想要的一切，就是逐日奔月，我也定会为你取得。”

黎曦听见顾清伦的话，脑海里回想起夜晚的橡树阴影下，依瑞斯冰冷的言语和冷漠的脸。

黎曦颤抖了一下。

真是一个天上，一个地上，却奈何世人总是望着天上，忘了地上。

“出去!”特瑞典咆哮着，伯恩、维兰、德罗、泰卢几兄弟被父亲的怒火赶出了房间，迎面碰上了前来的黎曦和顾清伦。

“姐姐，父亲根本不听我们的，你一定要说服他放弃和依瑞斯的决斗啊。”泰卢的声音里带着哭腔。

“我知道了，放心。”黎曦抚摸着弟弟的头，和三个哥哥点头交换眼神。

伯恩、维兰和德罗带着泰卢离去，黎曦和顾清伦站在父亲的房门口。

黎曦轻轻敲了三下门。

"我说了让你们出去!"特瑞典的怒吼声从房间里爆发了出来。

黎曦咽了咽口水,"父亲,是我"。

房间里没了声音,黎曦举起手,不知是否要再继续敲门。

"大人,我是顾清伦。"一旁的顾清伦突然开口,"有事想和您商量。"

顾清伦的话同样如石沉大海,两人站在门口静静地等着,时光仿佛在这一刻被拉得格外漫长。

"进来吧。"特瑞典的声音终于响起,黎曦和顾清伦互视一眼,推门而入。

"如果是有关决斗的事情就不要再提了。"特瑞典的声音里透露出一股疲惫。

"父亲,请再给我们一个机会。"黎曦恳求道。

"我记得我上次和你说过,这件事不要再提了。你,还有你的兄弟们到底清不清楚现在的处境。"特瑞典用苍老的眼神看着黎曦。黎曦心里一痛,自记事以来,父亲一直是以伟岸的身躯和绝对的权威出现在自己面前,她从来没有想到有一天父亲会苍老成这个样子,像一个无助却倔强的孩子。

"大人,还有时间,现在放弃还为时过早。"一旁的顾清伦冷静地支援道。

"我心意已决。"特瑞典说完眼神停留在黎曦身上,又看了看顾清伦,"婚礼后天举行,见证你们的婚礼以后,我就会走上自己的道路。"

"父亲!我——"黎曦的话到喉口,突然想到了顾清伦还在旁边,便话锋一转,"有些事我想和您单独谈谈。"

特瑞典和女儿对视,黎曦的眼神坚决,甚至带着一种乞求。一旁的顾清伦心里却动荡起来,显然,黎曦想和特瑞典私下相谈的事情与婚礼有关。

黎曦答应要嫁给自己了吗?她并没有明言相告,哪怕在她斩钉截铁地跟自己说要重塑雕像之时，也没有顺势提起婚礼一事。顾清伦突然觉得脸上有一股火辣辣的疼痛之感。

“我先出去一下。”顾清伦说，特瑞典还想要说些什么，但顾清伦已经行礼离去，他走出房间，关上房门，将特瑞典父女留在房间里。

“你想说什么？”特瑞典问。

“父亲，顾清伦救了我的性命，也尽心尽力帮助家族。我对他拥有无限的感激，但我清楚，这并不是爱情，我……我不爱他。”黎曦说。

特瑞典眯起眼睛，看着面前惴惴不安的女儿，不觉在心里叹了口气，他当然知道黎曦喜欢的是谁。而很快，他却要死在这个女儿深爱的男人手上。

“家族走到这一步，难道不是因为你的爱情吗？”特瑞典说，“因为你一己之私的爱情，增加了雷耿和瑞德克斯两家多少伤亡？现在家族大厦将倾，都到了这个时候，你还要继续任性下去吗？”

特瑞典的话如利剑一样刺痛黎曦的心。平心而论，她之前从未觉得自己和依瑞斯相爱有错，相反他们都认为两个家族之间彼此的仇视才是错的，哪怕她在海盗船中身陷囹圄，也依然对她和依瑞斯的事情无怨无悔。然而此刻，依瑞斯却利用了她，背弃了她……

眼泪不自觉从黎曦的眼眶中流出，特瑞典并不知道女儿的心事，还以为是自己话说得太重，心里也不禁感到过意不去。

“父亲，你让我嫁给顾清伦，我可以答应。”黎曦开口。

特瑞典不语，等着黎曦后面的话。

“但你必须放弃和依瑞斯的决斗。”黎曦说，“再给我们一个机会，我们不一定会输。”

特瑞典看着女儿泪雨梨花的脸，虽然知道自己正在逐渐变成石头，但这一刻心却似乎逐渐变软了。哪怕自己的父亲终将逝去，但也不愿看见自己的父亲死在昔日的爱人手上，这是人之常情，他何尝不懂，只可惜，男人在这世上，总是要承受很多常情之外的事物。

“你和顾清伦可以开始重塑雕像的工作。”特瑞典说，“但是，有些事我必须去做。这是我身为瑞德克斯族长的责任。”

“这是我的责任。都是我的错，是我一意孤行，是我认人不淑，才害得家族走到如今的地步。如果依瑞斯父亲的死一定要算在瑞德克斯头上，那也应该是由我去和他决斗，由我去抵命！”黎曦的声音因为情绪的激动而高涨起来。

“够了！”特瑞典厉声制止，随即却虚弱地咳嗽起来，黎曦忙过去拍父亲的背。

特瑞典抓住黎曦的手腕，这只手在出生时就曾被他握在手心，而此刻他却悲哀地发现，自己竟感受不到任何温度，是啊，自己就快变成石头了啊。

“人这一生，总有很多不得不做的事情。你还年轻，未来的路还很长，有顾清伦陪着你，我相信他能照顾好你。我知道也许现在你并不爱他，但我希望在未来的某一天，你会爱上他，从此过上幸福的一生。”特瑞典缓慢地说，这是他作为父亲最后所能给到女儿的祝福。

黎曦的眼泪滴落下来，掉在特瑞典的手上。

他的手没有任何知觉，仿佛黎曦的眼泪是掉落在一块与己无关的岩石上一般。

但他的心里，却能感受到眼泪一滴一滴，像是击穿石头的水。

黎曦告别父亲，离开房间。看见顾清伦站在房间的回廊处，双臂前伸靠着栏杆，似乎在思索着什么。黎曦用手背擦干眼泪，整理了一下面容，走向顾清伦。她努力想让自己的步伐轻盈，以此来掩饰刚刚巨大的情绪波动。她径直走到顾清伦身边，但顾清伦却没有回头。

“父亲答应让我们重新开始制作雕塑，”黎曦说，“总算是一个好消息。”

顾清伦点点头，没有回话。黎曦有点不安，她能感受到气氛的尴尬，仿佛空气中的温度都突然降了下来一样。

但是她不知道的是，眼前沉静的顾清伦，此刻心里的思绪却已是翻江倒海。

因为他刚才在门外，听见了黎曦和特瑞典的争吵。他亲耳听见她说，她并不爱他。

他一直是知道的，黎曦爱的人是依瑞斯。他心里并没有怨恨，也接受这个事实。只是，当黎曦在工坊哭泣时，他记得自己的手轻轻搭在黎曦肩膀上时，黎曦颤抖了一下，那一刻，他有种奇异的感觉，似乎黎曦被他感动了，愿意接纳他。但现在看来，可能那仅仅只是黎曦身体的本能反应，她排斥他。

“还有，父亲说我们的婚礼在后天举行。因为现在是非常时期，所以可能会简陋一些，希望你不要介意。”黎曦说。

“嗯。我知道了。你接下来要去哪？”顾清伦问。

“我想去找兄弟们，让他们为重启雕塑开始准备工作。”黎曦回答。

“好……我有些累，想回房休息一下。晚饭见。”顾清伦说。

黎曦愣了一下，对顾清伦突然冷淡的态度有些措手不及，但她没有多问，和顾清伦道别后便匆匆去找伯恩他们。

顾清伦看着黎曦消失在视线里，转身向特瑞典的房间走去。

房间里的特瑞典艰难地给自己倒了杯酒，然后一饮而尽。所幸身体里还是血肉，灼烧的感觉一如既往。

房门被推开了，特瑞典有些惊奇，在想到底是谁竟然敢不敲门便径直走进房间。待他回头时发现房门已经关上，而顾清伦站在他面前。

“大人，有两件事情，请您务必答应。”顾清伦说。

特瑞典皱了皱眉头，顾清伦的声音里带着一股不容置疑的语调，与其说是请示他的意见，更像是在命令他一般。

“你先告诉我是什么事情。”特瑞典说。

“请先取消黎曦和我的婚约。”顾清伦说。

特瑞典一愣，显然没有想到顾清伦会这样说。

“可是……为什么？”特瑞典问，“你不喜欢黎曦吗？”

“我喜欢黎曦。”顾清伦回答，“但是我知道黎曦喜欢的人并不是我。”

“她喜欢的那个人，和她永远都没有可能！”特瑞典说。

“那是他们的事，我知道黎曦并不爱我，她并非心甘情愿地嫁我为妻。我既已知道真相，自己也不会为此感到快乐。那么这样的婚约，解除也罢。”顾清伦说。

“可是——”特瑞典陷入了踌躇。

“再说，黎曦是您的女儿，可是我，终究是一个过路人。退一步讲，您能让黎曦嫁给我，却无法逼我娶黎曦，不是吗？”顾清伦说。

特瑞典一愣，没有想到顾清伦竟会软硬兼施。良久，他叹了口气。顾清伦知道这已是特瑞典的回答。

“第二件事是什么？”特瑞典问。

“到时候，您就会知道了。”顾清伦顿了顿，留下了这几个字就离开了。

第二十二章

“不行，绝对不行！”在顾清伦的房间里，李飞扬大叫着。

“是啊，顾大哥，你为什么要这样做？”就连平日里沉默寡言的戚凡，此刻也忍不住问顾清伦。

“那个依瑞斯人高马大，听说剑术之高绝，在维尼亚无人能出其右。你曾与之交过一次手，你自己都说此人武力在你之上。眼下你自愿代替特瑞典和他决斗，为什么要做这种凶多吉少的事情？”李飞扬问。

“他比我强壮，可我比他灵巧，他力气大，我速度快，为什么就一定是凶多吉少。”顾清伦淡淡反驳道。

“比武的事情我没你懂。可这种决斗不是以武会友，点到为止，我都亲眼见过几宗瑞德克斯和雷耿之间的决斗，白刀子进，红刀子出，是会死人的！”

“死的未必是我。”顾清伦说。

李飞扬眯起了眼睛，“难道你是想杀了依瑞斯吗？为什么，就因为他是黎曦的情郎，你想杀了他以后，断了黎曦的念想吗？”

顾清伦看着李飞扬，竟一时不知如何回答。他愿代特瑞典出战，是不想让黎曦伤心。毕竟对黎曦来说，比起特瑞典，他这个外人其实无足轻重。但此刻被李飞扬这么一说，隐匿在顾清伦内心里的念头似乎被掘土而出。

依瑞斯与他无冤无仇，但他终究对这个人心生厌恶。

因为黎曦，两个爱上同一个女人的男人，势必会成为彼此心里的一根刺。

见顾清伦沉默，李飞扬的心里突然痛了一下，因为她绝想不到自己敬重、深爱的顾大哥，竟然会是一个因为妒火，想杀死情敌的人。震惊之余，又想到顾清伦宁愿与依瑞斯决斗，哪怕冒着死在依瑞斯之手的风险，也不愿意回头看看，看看为了他抛弃一切，远走他乡的自己。自己和黎曦相比，真的就是这么一文不值吗？

“顾大哥，你这样做根本不值得！黎曦她……她一直和依瑞斯在郊外的橡树下私会，海马与凤雕像就是她亲手毁坏的！”李飞扬忍不住大声说。

顾清伦的面容只是微微一变，而一旁的戚凡则是惊愕地张大了嘴巴。

“我不知道她和依瑞斯之间有什么交易，但是她亲手毁坏了你夙兴夜寐、殚精竭虑完成的雕塑。你这么累，这么辛苦，却完全是为了帮她以及瑞德克斯一家，她却视你的辛劳如无物，视自己家族的兴衰于不顾，只为了自己和一个男人的私情，这样的女人到底有什么好？值得你为了她去冒这么大的风险！你救过她的命，现在还要为她轻贱自己的命吗？”李飞扬越说越激动。

顾清伦依旧沉默。

“我之前就提醒过你，可是你压根就不听我的话。来，我给你看证据。”李飞扬一把拉住顾清伦的手腕。

花园墙角，李飞扬向顾清伦展示墙洞。

“这个墙洞通向外面，依瑞斯会将字条留在墙洞内给黎曦信息，黎曦的回信也会放在里面。她会踩着这个墙洞翻墙出去。”李飞扬说。

戚凡走上前查看墙洞，“这上面有鞋印！”

顾清伦望了望墙洞上的鞋印，依然默默不语。

李飞扬过来拉住顾清伦的胳膊，“走，我带你去郊外的橡树”。

顾清伦说：“不用了。”

李飞扬说：“你到现在还不愿意相信我？”

顾清伦说：“信与不信都不重要，我心意已决。现在是瑞德克斯的非常时期，无论你有什么猜测，觉得自己掌握了多少证据，都请你能守口如瓶。”

李飞扬说：“你担心我将黎曦见不得人的事情捅出去？你到现在还只为她着想？”

顾清伦说：“无论海马与凤雕像是否是黎曦毁坏，现在都木已成舟。瑞德克斯大厦将倾，人心惶惶，就算你能让黎曦承认这一切是她所为，又有什么意义？海马与凤雕像也不可能变得完好如初。”

李飞扬说：“可她犯了这么大的错，难道就不该受到责罚吗？”

顾清伦脑海里一闪而过那夜在工坊，黎曦斩钉截铁地跟他说要重塑雕像，他本来也觉得黎曦那夜有些反常，似乎是受了什么刺激。现在看来，若真如李飞扬所说，黎曦和依瑞斯一直暗中来往，那一定是他们两人之间出了什么问题……

“黎曦是瑞德克斯家的大小姐，她毁坏了自己家族的雕像，你作为外人，何必惩罚于她？”顾清伦说道。

李飞扬皱了皱眉头，显然没有料到在铁证面前，顾清伦竟公然不分是非，袒护黎曦，当下又抢白道：“可那是你的辛劳成果！我……我怎么能看她为了别人如此糟践你的心血？”

顾清伦说：“如果我郁愤难平，你要为我出头，我自是感激不尽。可现在我话已说明，也请你能尊重我的意思。你若真的为我好，就请守口如瓶，不要再在这个节骨眼上多生事端。清伦谢过飞扬小姐的大恩。”

李飞扬听顾清伦这样说，气得脸都涨红了起来。顾清伦知道李飞扬也是为他好，心里一软，拍了拍李飞扬的肩膀。

“好了，我有事要做，今天暂且如此。飞扬，谢谢你一直以来惦记着顾大哥。”

听到顾清伦柔声劝慰，李飞扬感觉郁结在心的怨气突然散去不少。下一刻又觉得自己真是没有出息，只消得他对自己一点好，自己便从病入膏肓至百病全消一般，想到这里，又觉得丧气得紧。

“现在正值多事之秋，咱们寄住在瑞德克斯家，又替他们做事，出门小心，不要和雷耿家的人起了事端。我还有事要做，戚凡，照顾好你家小姐。”顾清伦说。

戚凡说：“放心吧，顾大哥。”

顾清伦点头离去，李飞扬看着顾清伦的背影越来越远，不禁气得跺了一下脚。

戚凡去拉李飞扬的袖子，被李飞扬甩开。

“走开！”

“可是顾大哥要我……”

“顾大哥是大哥，我就不是小姐了吗？走开！”李飞扬气呼呼地说。

雷耿庄园，依瑞斯的房间。

红袍僧拿出一柄宝剑，剑鞘上有海马与龙的雕纹，而剑柄则盘绕着一条龙。

依瑞斯认得这把剑，这是父亲蓝札·雷耿的佩剑。

“你是你父亲的儿子，也是现在雷耿家族的族长，这柄剑理应交于你。”红袍僧说。

依瑞斯无言地接过长剑，他的脑海里不自抑地想起父亲曾经佩戴这把长剑时的样子，剑在人在，见剑如见人……只是如今宝剑仍在，人却已经……

红袍僧见依瑞斯面有哀戚，知道他定是睹物思人，想起了自己的父亲。但红袍僧并未任由依瑞斯沉湎于回忆之中，当下继续开口道："听说你已经决定接受特瑞典的决斗。"

听见特瑞典三个字，依瑞斯缓缓抬起头，望着红袍僧那躲藏在兜帽后的双眼。

"是……"依瑞斯回答，"我并没有拒绝的理由。"

"那就希望你可以用这把剑，斩获你想要的复仇。"

继承父亲的剑，不仅仅是荣光和权力，还有仇恨。

依瑞斯用手轻轻抚摸着剑鞘上的海马与龙雕纹，双瞳似海，若有所思。

顾清伦离开瑞德克斯庄园，向雷耿庄园走去。

他已写好决斗书，就带在身上，打算亲自去雷耿家递交战书。

他身披一件连帽斗篷，盖住自己的东方容颜，为的是不在路上被人认出，引起无谓的争端。

顾清伦一路来到雷耿庄园门口，他看见伫立在门口的海马与龙雕像：海马柔和，神龙威严。望着神龙蜿蜒的身姿，他记忆里那些雕梁画栋再次浮现出来，他想到了自己那身为皇族公主的母亲，而按照东方的说法，他这样的人被称为天潢贵胄，身上，流着龙的血……

流着龙之血的人，此刻却要挑战用神龙镇宅的人。

大门开了，雷耿的家丁出来问询，顾清伦没有回话，而是拉下了兜帽，家丁在看见顾清伦的脸后，神色立刻有了敌意。

顾清伦说："我要见雷耿的族长，依瑞斯·雷耿。请去通报一声。"

家丁说："你……你是那个帮助瑞德克斯家的东方人。"

顾清伦说："是，告诉依瑞斯，我在门口等他，他会来见我。"

家丁阴沉地看了顾清伦一眼，转身离去。

依瑞斯听见顾清伦在门口等自己的消息，惊讶无比，他心里疑惑，不知在这个节点上顾清伦所来何事，毕竟两人除了上次在港口碰过一面之后再无相见过。依瑞斯有些心虚，难道是黎曦告诉了顾清伦海马与凤雕像损毁的真相？此事关系重大，依瑞斯料定黎曦不敢向特瑞典说出实情，但若是她郁结难消，向顾清伦透露了这个秘密，也未尝没有可能。毕竟他们两人的关系非同一般……

想到这里，依瑞斯突觉心口一阵疼痛。利用黎曦一事，他心里本有愧意，但一想到黎曦和顾清伦之间暧昧的关系，又让他觉得一阵怒火涌起。

无论顾清伦动机为何，逃避都不是依瑞斯的选项，因为这个人是顾清伦。

依瑞斯起身来到门口，看见顾清伦正站在门口等他。

"进来说话吧，雷耿家没有在门口会客的习惯。"依瑞斯说。

"好。"顾清伦说完便随依瑞斯进入雷耿庄园，依瑞斯倒是没想到顾清伦如此坦荡，丝毫都不担心进入对手的领地。依瑞斯带着顾清伦一路穿过前庭，雷耿庄园里到处都是海马与龙的雕塑。两人来到大堂，依瑞斯坐主位，伸手示意顾清伦坐下。但顾清伦却没说话，依旧站在原地。

听说神秘的东方客进入了雷耿家的庄园，雷耿的族人们纷纷赶来，一时涌满了大厅，顾清伦被围在中间，雷耿族人们对他指指点点，窃窃私语，仿佛群狼围住了猎物，在考虑什么时候一拥而上。顾清伦对周遭的情况充耳不闻，只是一直盯着依瑞斯。依瑞斯毫不躲闪地迎击顾清伦的目光。

“东方人，来找我何事？”依瑞斯问。

顾清伦没有答话，而是拿出了之前准备好的战书。

“这是什么？”依瑞斯问。

“战书。”顾清伦回答。

人们在听见战书两个字的时候，声音此起彼伏高涨起来。竟然孤身来到雷耿庄园向雷耿的族长下战书公开挑战，这个东方人心里到底在想什么？

依瑞斯眯起眼睛，显然也是没有想到顾清伦会有这样的举动。周边的雷耿族人已经愤怒，大有一拥而上将顾清伦分尸的情绪。依瑞斯伸出手，示意所有人安静。喧嚣随着依瑞斯的压制而变小，最终大厅归于寂静。

依瑞斯站起来走向顾清伦，来到顾清伦面前，他身材高大，低头看着顾清伦，而后者静静迎着他的目光，虽然不是敌意十足，但里面却透露出分毫不让的坚决。顾清伦的手向前一伸，战书便离依瑞斯近了一分。依瑞斯接过战书，打开查看。

“‘现顾清伦，愿代瑞德克斯族长特瑞典，与雷耿家族族长依瑞斯发起决斗。死生不问。’”依瑞斯大声读出，人群又炸成一锅粥。

依瑞斯收起战书，问：“是特瑞典让你来的？”

“懦夫！竟然让人代为决斗！”

“胆小鬼！一定是知道自己一定会死，所以现在找一个替死鬼。”

“蠢货！既然后悔，一开始为什么要主动要求决斗？真是没有荣誉感的家伙。”

人群中爆发出一阵阵的嘘声。

“这次的事情与特瑞典大人无关，我是自愿代他来与你决斗，他事先并不知情。”顾清伦说。

“你没有经过他的同意，便自作主张代替他来和我决斗。你就算不把我放在眼里，也应该尊重特瑞典吧。”依瑞斯说。

"你说得对。"顾清伦说。

人群中又爆发出一阵嘲笑。

"我确实不把你放在眼里。"依瑞斯一字一句地说。

周遭的嘲笑声仿佛突然被风吹熄的火苗，大厅瞬间变得如坟墓般寂静起来。

"你说什么？"依瑞斯对顾清伦的无礼感到不可思议。

"我说，"顾清伦停顿了一下，然后放慢语速，"我确实不把你放在眼里。"

一个年轻的雷耿族人手上拿着一把刻刀冲向顾清伦，然而下一刻这把刻刀直直飞到了空中，而刻刀的主人却飞了出去，而且足足撞倒了三个人。

旋转的刻刀掉落，被顾清伦稳稳接住。

人群骚乱，依瑞斯伸出双手，大喊肃静。

顾清伦轻轻把玩着缴获的刻刀，他的两根手指抚摸着刀尖，然后轻轻一掰，刻刀便断成两截。顾清伦顺手将断刀扔在地上，然后直视着依瑞斯的眼睛。

"我向你发出决斗，雷耿家族的族长，依瑞斯·雷耿，你敢接受吗？"

顾清伦咄咄逼人地看着依瑞斯，挑衅的意味十足。任何一个血气方刚的男人都很难不被激怒，更何况是骄傲的依瑞斯。

但依瑞斯还是冷静了下来，他淡淡地说，"你要找我决斗可以，不过你要排队。因为特瑞典的战书在前，你的战书在后。你想要代替特瑞典和我决斗，就要让特瑞典主动认输，等我看到特瑞典的投降书时，你的战书我再考虑要不要接受。另外，你是谁？一个特瑞典的客人，凭什么认为你就可以代替他？"

"我不只是他的客人。"顾清伦的语气丝毫没有动摇，"我不知道你是否知晓，特瑞典已经将黎曦许我作为妻子。我现在是瑞德克斯家的女婿，替妻父出战，有何不可？”

顾清伦言华，四周又是一片哗然。雷耿家人当然知道依瑞斯和黎曦的事情，话说若不是两人的爱情，雷耿和瑞德克斯也不会闹得这般鸡飞狗跳。而眼下，特瑞典竟然将自己的宝贝女儿，许配给这个神秘的东方客。

虽然依瑞斯早已知晓，但此刻当顾清伦站在自己对面，如此挑衅般的广而告之时，依瑞斯感觉到自己的血液在血管里沸腾，心脏剧烈地跳动起来。一股巨大的怒火在心头升起，简直要将他燃为灰烬一般。

“我接受。”依瑞斯盯着顾清伦说，“你都胆敢迎接死亡，我有什么不敢？”

顾清伦嘴角轻轻一抿，转身离去，雷耿家的人堵住了出口。顾清伦停下脚步，和雷耿族人对峙。

“让他走。”依瑞斯怒吼道，“他的血会留在决斗场上，而不是弄脏我的大厅。”

人群让开了，顾清伦昂首走出，他知道身后有无数双敌视愤怒的眼睛盯着自己。当然，他并不在乎这些。

顾清伦和依瑞斯将决斗的消息很快传遍了维尼亚，瑞德克斯家在听到这个消息后，立刻炸开了锅，维尼亚所有人现在都知道了。

“我该说的上次都说了。你不听我还是要说！你根本就是胡来！你为什么还是决定要做这种事情？”李飞扬气得肺都要炸了，愤怒地质问着顾清伦。

一旁的戚凡也用不解的目光看着顾清伦。

顾清伦说：“特瑞典大人对我们有恩，我不忍看他一把年纪，还和依瑞斯这种身强力壮的人刀剑相向。”

李飞扬说：“屁！什么他对你有恩，明明是你对他有恩。你救了他的女儿，还尽心尽力帮他们准备和雷耿家比赛的雕塑，结果却毁在了他自己亲生女儿的手上！”

顾清伦说：“我们在这里衣食住用，皆是瑞德克斯家慷慨相助，难道你一点感恩之心都没有吗？”

李飞扬说：“那也是因为你救了黎曦，救命之恩无以为报，给点食用不是天经地义。谁要是救了我的命，我爹爹非给他良田百亩，白银千两不可！”

顾清伦知道李飞扬小姐脾性，性子上来蛮不讲理，不想跟她多作纠缠，便闭口不再说话。李飞扬看顾清伦脸色阴沉，知道自己一时得意忘形，她平日最想的就是怎么让她的顾大哥开心一点，最怕的就是惹他生气，怕他厌烦了自己。可是眼下顾清伦竟然私自决定代替特瑞典和依瑞斯决斗。要知道这决斗的结果通常不是你死，就是我亡，她怎么能让顾清伦去冒这般丢掉性命的风险，而且在她看来，这风险冒得完全不值。

李飞扬平复了一下情绪，柔声道：“顾大哥，我知道你武艺高强。可是那依瑞斯也不是生手。码头上我看你们对过一招，我虽然不懂武艺，但也能看出你当时对他也极是忌惮。我当时在阴雨森林被熊袭击，记得那熊的眼睛上有一道伤疤。我回来将被袭遭遇说给维兰听，他告诉我很可能就是当时袭击黎曦和泰卢，被依瑞斯赶走的巨熊。那道伤疤，就是依瑞斯留在那头熊脸上的。以你的武艺，也只能智取，利用蜜蜂赶走了他。可是那个依瑞斯却以一己的武力将熊赶走，足以可见此人骁勇剽悍得很。”

听了李飞扬的话，顾清伦的脑海里又不自抑地想起当时在维尼亚码头，自己与依瑞斯的那次对峙。依瑞斯确实是他此生未遇过的强敌。他知道李飞扬的担心不无道理，对依瑞斯他确实没有必胜的把握，但他却有必需的理由。

只是这种理由，无法对李飞扬开口解释罢了。

顾清伦说：“事已至此，多说无益。我战书已下，对手业已承接，便是一桩板上钉钉的事情。大丈夫在世怎能言而无信，让人耻笑？”

李飞扬还待争辩，突然黎曦神色焦急地出现。

黎曦问："传言是真的吗？你真的去雷耿庄园找依瑞斯了？"

顾清伦点头。

黎曦问："你为什么要……要做这种事情？"

顾清伦看着黎曦复杂的神色，心下叹了口气。顾清伦知道黎曦不愿意自己的父亲死在依瑞斯手里。但他和依瑞斯生死相斗，无论是何种结果，对黎曦都是伤害。但眼下的结果，就像是死局一般，也许唯有死亡，才能解开这个局。

顾清伦说："决斗比出胜负既可。我打听了你们当地决斗的规矩，不一定要一方死亡，只要一方认输，决斗都会结束。"

李飞扬说："话是如此，可是刀剑无眼，到时拼杀到兴头上，怕是都不会给对方求饶的机会，须臾之间性命不保！而且，我看你和那个依瑞斯，都不像是会求饶的人。况且，别人犯的错，你为什么要主动去顶？"

李飞扬说这话的时候眼睛直勾勾盯着黎曦，那神情就好像指明黎曦便是那犯错之人。黎曦虽不知道李飞扬已知晓一切，但她心下有愧，缄口不言。

顾清伦面露不悦："我自有分寸，不劳李姑娘费心。"

李飞扬说："哼！我就知道，你心里永远向着她。哪个对你好，哪个对你不好，明眼人看得明明白白，只有你猪油蒙了心，不识好歹！"

李飞扬说完负气离去，戚凡看了眼顾清伦和黎曦，忙跟着转身追去，只剩下黎曦和顾清伦留在原地。

黎曦说："我从没见过飞扬姑娘这样跟你说话。她……哎，她也是关心你。"

顾清伦说："关心则乱……其实没有她想的那样可怕。我也不一定会输。"

黎曦知道顾清伦武艺高强，而且一身是胆，当时孤身一人力战众海盗，救了自己。但她也知道依瑞斯剑术无双，且身材高大。当时从熊掌下救了自己，黎曦都不敢相信竟有人类可以与这种凶残的野兽对敌。一个是自己的救命恩人，一个是自己昔日最爱的情郎，现在这两人却要生死相搏，黎曦不禁拷问自己，如果一定要选一个人赢，她会选谁？

他本就是一个“自私”的人设……

他冲上海盗船救她的时候，是否有必胜的把握呢？

想到顾清伦为自己所做的种种一切，黎曦心下一软，为何他对自己这般好，可自己竟一点都不心动，只有心软。想到这里，甚至有些恨自己。

黎曦脑海里一万个念头闪过，顾清伦看黎曦面有难色，知道无论他和依瑞斯谁生谁死，都不是黎曦希望看见的结果。顾清伦心里也曾想过，在他和依瑞斯之间，黎曦内心深处到底希望谁赢。不过决斗就在明日，明日之后，也没有什么好焦烦的了。

顾清伦说：“你来找我，还有别的事情吗？”

黎曦被顾清伦的话提醒，说：“对了，我父亲让我来找你，他想见你。”

顾清伦点点头，说：“也是，我私下做了决定，老爷子肯定要来问我的。我随你去。”

黎曦和顾清伦两人离开，去找特瑞典。一路上黎曦的心里依然七上八下，突如其来的变故让她有点不知所从。顾清伦依然沉静如水，黎曦不知道顾清伦在做出这么大的决定之前是否有过挣扎，在自己的印象里顾清伦从来没有慌乱过，仿佛他不被这个尘世的任何事情烦恼一样。

两人来到特瑞典的房间。特瑞典靠在椅子上，阳光照在他的脸上，仿佛照射在一尊石像上一般，似乎石化病又恶化了。黎曦看到父亲现在的样子，心里又是一疼。

“黎曦，你先出去吧，让我们两个单独聊聊。”特瑞典说。

黎曦看了看父亲，又看了看顾清伦，低头离去。

房门关上的声音从顾清伦身后传来，顾清伦和特瑞典无言地对视着。

“你为什么要这样做？”特瑞典的声音毫无情绪，听不出他此刻是愤怒还是欣慰。一件事情总是会有两种不同的角度，顾清伦无疑打破了特瑞典杀身成仁的计划，但是甘愿冒着生命危险替他去和一个强者决斗，同样令人感动。

顾清伦没有立刻回答，这是他的一贯作风。他不喜欢解释，事实上自从师父死后，他一人游离名山大川，五湖四海寻找璞石的下落，早已经习惯了独来独往。他身负两大秘密，却都无法与人言说。他知道锦衣卫一直在日夜不停地寻找着他。他不能露出破绽，让那些鹰犬有隙可乘。但是这里不是大明，这里是比西域还要遥远的西方。那么多的事藏在心里，他其实早已有点不堪重负。

顾清伦叹了口气，似乎是将长年来背负在身的枷锁松动了一些。

“大人，您知道我为何要取消婚礼吗？”顾清伦问。

“你上次说过了，虽然我并不同意……”特瑞典回答。

“您知道，黎曦并不爱我。”顾清伦坦然相告，“她对我只有感激之情，她并不愿意嫁给我。”

“并不是所有的婚姻都是因为爱情。”特瑞典说，“我不知道在你们东方如何，事实上大部分的婚姻都不是因为爱情。”

特瑞典说的倒是实话，婚嫁之事，父母之命，媒妁之言，对成亲的男女，他们本身并没有多少选择的余地。

“但我不愿意。”顾清伦说，“我爱黎曦，也希望黎曦爱我。只有在我们彼此相爱的时候，我们双方才会幸福。就算我娶了黎曦，就算以后我们有了子嗣，可我知道她内心是妥协，是接受，她不会开心。而我也无法自欺欺人。”

特瑞典无言地看着顾清伦，他的身体已经僵硬得连呼吸都似乎没有了幅度。但他的双眼依然灵活，他的眼神依然有着长者的悲悯的威信。

“黎曦不爱我，这只是其中一个原因。”顾清伦继续说道，“黎曦爱的是依瑞斯。尽管发生了种种一切，她内心的想法却并没有变过。如果您和依瑞斯决斗，如愿死在依瑞斯的手上。那么依瑞斯便背负了杀死黎曦父亲的血仇。黎曦自然此生不可能再和依瑞斯在一起，可这个阴影同样也会伴随她终生。就像一块无法痊愈的伤口，永远在被她想起时刺痛她，让她痛苦。”

特瑞典的眼神变了，那是一种无力的难过，无奈的悲哀。他的双眼似乎已泛着泪光。

“所以，我不能让您去和依瑞斯决斗。但我也知道，您是看重荣誉之人。在我们东方有一句话，叫做大丈夫一言九鼎。鼎是一种很重的容器，男人做出的承诺，就像九个鼎的重量一样。您不可能反悔，您早已视死如归。我知道对您来说，没有两全其美的办法。但我不是您，所以我决定替您出战。”

“可是——”特瑞典刚开口，就被顾清伦打断。

顾清伦：“两害相权取其轻。就算我赢了，我也不会杀死依瑞斯，事情不会向最坏的方向发展。”

“可是依瑞斯却未必这样想。”特瑞典说。

“他怎么想，我做不了主。”顾清伦说。

“但这样做，对你……你为什么要做到这一步？”特瑞典说，他的语气里充满着不理解。

“您愿意把女儿托付给我，我自然不愿她伤心难过。”顾清伦说，“黎曦虽不爱我，可我爱她啊。”

特瑞典不可思议地看着顾清伦，他没想到顾清伦竟会做出如此回答。

虽不爱我，可我爱她啊。

特瑞典不由得盯着顾清伦的眼睛，而后者的眼睛清明如水。

第二十三章

雷耿庄园，依瑞斯的房间里。

“你为什么擅自作主，答应顾清伦代特瑞典决斗？”红袍僧质问道。

“什么叫擅自作主？”依瑞斯反驳道，“顾清伦亲自找上雷耿庄园，难道我能拒绝他的挑战，让家族蒙羞吗？”

“你接受了特瑞典的战书在先，他想代替特瑞典出战只是一厢情愿，你可以直接拒绝他。”红袍僧说。

依瑞斯没有反驳，而是陷入了沉默之中。但是红袍僧知道那并不是愧疚的沉默，而是依瑞斯似乎有什么事情瞒着他。

“你有什么想辩解的吗？”红袍僧问。

“有一件你不知道的事。”依瑞斯沉吟半晌，还是决定在此刻告诉红袍僧，“事实上，特瑞典·瑞德克斯已经命不久矣，他得了一种罕见的怪病，叫做石化症。”

他有可能是在掩饰自己……

依瑞斯没有回答，红袍僧盯着依瑞斯，很快猜明白了个中原委。

“是黎曦·瑞德克斯告诉你的。”红袍僧说。

依瑞斯没有否认。

“特瑞典身患绝症，一定会严守秘密。只有他的儿女们会知道真相。

如今雷耿已经在和瑞德克斯的竞争中占尽上风。特瑞典觉得自己横竖要死，不如向你发起决斗，死在你的手上，化解你对他的仇恨，为即将倾覆的瑞德克斯留一条后路。”红袍僧说。

依瑞斯给自己倒了杯水，静静啜饮着，默认红袍僧的猜测。

“你知道特瑞典行将就木，但还是接受了他的决斗邀请。”红袍僧说。

“他要求死，我要复仇，这并不冲突。”依瑞斯说。

“但是你却同意让顾清伦代替他来决斗。”红袍僧说。

“我之前是执着于想要亲手杀死特瑞典，但想到他命不久矣，现在瑞德克斯也倾覆在即，我想通了。至于顾清伦，他找到我的门上来叫嚣，我自然没有拒绝的道理。”依瑞斯放下水杯。

“你有必胜的把握吗？”红袍僧问。

“你是在质疑我的剑术吗？”依瑞斯觉得红袍僧的问题可笑。

“特瑞典身患绝症，横竖会死，你和他决斗的意义在于你可以结果了他，为你的父亲亲手报仇。雷耿也将赢得比赛，失去了海马与凤纹章的瑞德克斯势必作鸟兽散。我们即将大获全胜，但此刻你却要参加一个决斗，如果有任何意外，实在得不偿失。”红袍僧说。

“没有意外，我不会输。”依瑞斯淡淡地说，但是里面透露着不容置疑的语气。

“嗯，只要你不轻敌，我想那个东方人不会是你的对手。”红袍僧说完，转身离去。

红袍僧走了几步，突然停下脚步，问了一句：“听说顾清伦要和黎曦举办婚礼了？”

依瑞斯的身体晃动了一下，他竭力稳住自己。

红袍僧在问话的时候并没有回头，他等了片刻，并未听见依瑞斯的回答，也不再追问，迈步走开了。

红袍僧的脚步声渐远。

依瑞斯突然一挥手将桌上的水杯打翻出去，水杯掉在地上，摔成数片。

瑞德克斯庄园，李飞扬的房间里。

李飞扬还在生气，她坐在椅子上，将花朵的花瓣一片片撕下来。戚凡候在旁边，不知该如何安慰李飞扬。

“今天去给人下战书，明天就决斗。生死这种大事，他怎么能处理得这么儿戏！”李飞扬闷闷不乐地抱怨，“他以前明明做事给人有数的感觉，现在完全像个初出江湖的愣头青！

戚凡说：“顾大哥既然决定了，自然有他的道理吧。”

李飞扬杏眼一瞪：“有什么道理？你给我说什么道理。”

戚凡挠了挠头：“顾大哥比我聪明多了，他能想到的道理，我未必能想到。”

李飞扬白了一眼：“哼，他就是想在自己的新岳丈面前邀功。可人柿子都拣软的捏，他倒好，挑一个核桃。哎，你还记得阴雨森里里袭击我们的那头熊吗？”

想到那头可怖的熊，戚凡不禁打了个寒颤，点了点头。

李飞扬说：“你看，提到那头熊，你还知道害怕。那头熊多可怕，我看武松能打死老虎，也肯定打不死那头熊。那个依瑞斯能把那头熊赶跑，你想想，他比那头熊还可怕啊！”

戚凡说：“可是顾大哥也把熊赶跑了……”

李飞扬说：“顾大哥是聪明，用了巧劲儿。可是依瑞斯又不是熊，顾大哥总不能在跟依瑞斯决斗的时候，突然扔过去一个蜂巢，让蜜蜂去叮依瑞斯吧。你还记得咱们刚来这里的时候，码头上，依瑞斯是不是和顾大哥过了一招？”

戚凡使劲点头。

李飞扬说："一地的人啊，都在那呻吟扭动，后来听说是泰卢那小子花钱雇的杀手，说叫什么白骆团，在当地很是骁勇善战。结果呢，一群人打依瑞斯一个，结果打到自己全军覆没……顾大哥跟谁打架不好，要跟这样的人打……"

戚凡嘟囔道："顾大哥当时打海盗船的时候，不也一个人打翻了一船人。"

李飞扬说："那是打仗，能一样吗？顾大哥只是第一个冲上去的，小小一个破海盗船，能跟我们大明的舰队比吗？可现在呢？我们在这异国他乡，顾大哥却要为了一个色目人，去和人拼命……"

戚凡说："顾大哥是很喜欢黎曦姑娘啊……其实我觉得他们挺般配的，男才女貌，顾大哥虽然现在落魄了，可再怎么说也是皇亲贵胄，配她一个大户小姐还是绰绰有余的。"

李飞扬听戚凡如此说道，气不打一出来，过去踩了戚凡一脚，疼得戚凡哇哇大叫。

"哼，我也是大户小姐。难道我不配顾大哥吗？"李飞扬质问道。

戚凡说："你……配不配是一回事，顾大哥又不喜欢你，你干吗老是追着顾大哥不放……"

李飞扬作势又要踩戚凡，戚凡赶紧跑走。

李飞扬撸起袖子："哎呀，戚凡你还能耐了，竟然敢躲，你给我过来！"

戚凡终究还是听李飞扬的话，怯生生靠近，李飞扬看他害怕的样子，只觉得滑稽可笑，气一下就消了。

"戚凡，你觉得顾大哥对我们怎么样？"李飞扬突然问。

戚凡回答："对我们很好啊。以前在船上的时候就对我们多加照顾，当时高洋欺负我们，全靠顾大哥为我们撑腰。后来到了这地方，人家看我们是顾大哥的人，才对我们这般好吃好住的招待。"

戚凡一边说着，李飞扬却眼珠子乱转，心里突然冒出一个大胆的想法。这想法起初只是一个念头，却如萌芽的种子一般，在雨水中扎根发芽，冲破泥土，逐渐成长成一棵大树。等戚凡对顾清伦的夸赞讲完，李飞扬这大胆的想法已经变成了一个冒险的计划。

“戚凡，”李飞扬突然将手重重搭在戚凡的肩膀上，用十分期待的眼光看着他。戚凡被李飞扬突如其来的动作吓了一跳。

李飞扬说：“你说，你听不听我的话？”

戚凡说：“你……你是小姐，我是下人。你的话，我自然得听……”

李飞扬：“那，你听不听顾大哥的话？”

戚凡说：“顾大哥的话也要听，他人好，不会害我，他人又聪明，他说的话总是没错的。”

李飞扬：“好，那如果我说，我现在有个办法可以救顾大哥，你愿意帮我吗？”

戚凡说：“当然，能帮顾大哥，我义不容辞。”

李飞扬勾了勾手指，说：“你过来，我悄悄告诉你计划是什么。”

戚凡凑过去，李飞扬低声说出了她的计划……

第二十四章

顾先生拿起茶杯喝了口茶，然后将茶杯放在桌上。我和思薇屏息凝神，等着顾先生继续讲述故事。却不料顾先生清了清嗓子，说天色已晚，今天就到这里吧。

我和思薇面面相觑，此时的感觉无异于饥饿的人狼吞虎咽了一半却被人撤走了食物。

看我们都没有离开的意思，顾先生笑了笑，伸手指了指窗外，说："夕阳西下，时间已经不早了，咱们下周末吧。我讲了一天，也是口干舌燥，你们年轻力壮，不能不体恤老年人啊。"

顾先生这样说，我们也不好再强求，只得告别顾先生和安娜女士，离开了。

顾先生的司机驱车将我们送回上海。下车以后，我和思薇一路无言地走着。此时暮色四合，不夜的上海被万家灯火点亮，更映照得上海这颗东方明珠璀璨无比。我的眼前浮光掠影，仿佛看见了六百多年前的维尼亚，港口处海马与龙和海马与凤的雕像相对而立，审视着每个从命运之船走下来到维尼亚的人。依瑞斯和顾清伦的决斗到底谁胜谁负？李飞扬在威凡耳边悄声说了什么，她到底有什么计划，又会对日后的局势有着什么样的影响？无数的疑问和悬念在心口被吊起来，让人遐想联翩。

思薇走进一家便利店，买了两瓶水出来。我接过水，仰头咕咚咕咚喝起来，冰凉的水进入我的脾胃，也让脑海中那些如烟火般的遐想逐渐冷却，我终于平静下来。

“这一路你都魂不守舍的样子，在想什么呢?”思薇问。

我如实相告，坦承自己还沉浸在顾先生的故事里。

“我也很想知道李飞扬到底对戚凡说了什么计划……不过下周就能知道了，就当是在追连载吧。”思薇宽慰道。我点点头，和思薇一起向住处走去。

进了房子，思薇去洗漱，我来到办公桌前，桌上杂乱地堆积着设计稿，我低头看着设计稿上各种凌乱的图案，这些图案象征着我烦躁的心情，想要走出迷宫却只能原地打转。如果说发生在久远维尼亚的故事像一个美丽的幻象一样，那么眼前的一切无疑又将我拉回了繁琐的现实之中。我突然觉得一阵失落，像一个深陷在沙发里的人被拎着脖子提起，然后扔到了坚硬冰冷的水泥地面上。

思薇洗漱完毕，从浴室推门出来。她浑身包裹在浴袍里，裸露的发梢湿漉漉的，水滴滴落在地板上。虽然已经不是第一次见她美人出浴，但此刻我还是忍不住盯着面前这朵出水芙蓉，她太美了，绿色的眼睛仿佛会说话。

“你也快点洗漱吧，晚上可以再想想，下周争取出方案给 Henry。”思薇说完便转身进了自己的房间，将我一个人留在客厅。我从冰箱拿出冰块和威士忌给自己倒了一杯酒，然后向阳台走去，路过办公桌时我眼神瞄了一眼，那些凌乱的图案依旧让我心烦。我来到阳台，双臂靠在栏杆上，夜风吹来，在闷热的夏季让人感到一阵清爽，远处的灯火和霓虹连绵一片，我呷了口酒，想要努力压抑住心里的烦乱。

我又不可自抑地想起顾清伦，这个活在顾先生口述故事中的人物。这个本应是天潢贵胄的皇家子弟，却在父辈争权夺势的战争中失去一切，流落江湖。在顾先生的口中，顾清伦似乎是一个从来都不会烦乱动摇的人，他总是沉静如水，不卑不亢，不惧怕任何挑战，甚至勇于承担他人的责任，并为此不惜付出自己生命的代价。顾清伦痴痴恋着黎曦，而黎曦的眼里只有依瑞斯。哪怕在依瑞斯欺骗了黎曦，让其毁了顾清伦辛辛苦苦雕刻的海马与凤雕像之后，顾清伦依然没有生黎曦的气。甚至在黎曦已经同意了父亲的安排嫁给他时，他却拒绝了，理由仅仅是，因为黎曦不爱他。

我想到小时候看过的不少电视剧，当中的痴男怨女到最后总会冒出一句话：你就算得到我的人，也永远得不到我的心；或者我就算得不到你的心，我也要得到你的人。而顾清伦却是恰恰相反，得不到你的心，我宁愿得不到你的人。

我开始扪心自问，不知道自己能不能向顾清伦一样，对所爱的人全力以赴，却不求回报。可这样太傻了吧，太反人性了。也许顾清伦并不是想感动黎曦，也许顾清伦只是想感动自己。我喃喃自语，他并没有那么高尚，他也只是一个迷途的人，因为没有方向，所以拼命付出，不撞南墙不回头。

我一边想着一边喝酒，不知不觉杯中酒已尽，而风正疾。我的大脑却突然开始亢奋起来，之前那些在浮光掠影中看见的有关维尼亚的一切又再次出现，海马与龙和海马与凤的纹章逐渐在眼前浮现出来。威严的龙头和海马并列，龙身如祥云一般围绕着海马的身躯；凤凰的百羽环形围绕着海马，像是护着最心爱的人。我感觉浑身上下的细胞都沸腾起来，立刻转身回到办公桌前，奋笔疾书起来……

第二天我是被思薇摇醒的。睁开眼的一刻我看见从阳台射来的万丈金光，我眯起眼睛，思薇用不可思议的眼神看着我。

“你就趴在桌上睡了一晚上？”思薇问。

“哦……”我含混地答道，伸了一个懒腰。

“你到底是为什么——”思薇看到桌上的画稿，话到一半又住了口。

桌上的画稿是我昨夜的劳动成果。

“这是什么？”思薇拿起画稿，眉头紧皱，“海马，龙，凤……你画的是雷耿家和瑞德克斯家的纹章？”

“是啊。”我一下来了精神，指着图稿上的各种形象向她解释起来，我说通过顾先生故事里的描述，我觉得海马与龙、海马与凤的纹章可能是这个样子。为了将龙，凤凰和海马的形象结合起来，我先后画了十几种组合，并且给思薇详细解释每一种组合在构图上的优势和不足。我滔滔不绝地讲着，思薇缄默不语，只是静静地听着。

“停！”思薇突然伸手打断了我。

“怎么啦？我还没说到关键呢。”

思薇用手指了指手表，“今天是周一，现在是早上八点半，我们十点钟还要上班。你大半夜的不睡觉，在这里画漫画，这周如果你再拿不出好的方案，这次设计大赛公司铁定会用Henry的稿子，这还需要我提醒你吗？”

“这不是漫画！”我被思薇的语气激怒，“你见过线条这么复杂的漫画吗？我是在想，能不能将海马与龙、海马与凤的图案运用在珠宝当中。雷耿和瑞德克斯不就是珠宝、雕塑的生产家族吗？他们的珠宝可以在当时行销一时，证明一定有过人之处。”

“你说一个六七百年前在西方地中海附近的一个小镇上的珠宝家族……还是在故事里的？”思薇皱了皱眉。

“你觉得这个故事是假的？”我反问。

“我不知道，可能确有其事吧。毕竟顾先生是花了两千万拍下了那尊雕塑。但是就算确有其事，六百多年前风靡维尼亚的审美，未必现在也能复制吧。”

"你是说……"我咂摸着思薇话里的意思，"你觉得这些都是老古董，根本不符合现代人的审美？"

思薇努了努嘴。

"乔布斯曾经说过，不要做市场调查。因为用户根本不知道他们喜欢的东西是什么，只有当你做出一款好的产品，放在他面前，他才知道，原来我喜欢的是这个。"我辩解道。

"我同意乔布斯的话。"思薇说，"所以可能是你设计得太丑了。"

我被思薇一语噎住，只能喃喃道："这只是初稿。"

"所以你是认真的？"思薇问，"你真的打算以海马与龙、海马与凤为元素，加入到你的设计里？"

"正有此意。"我说，"你看，我最初的设计思路就是想要东西结合，将中国的元素融入到设计中去。你当初找我去看拍卖会，不也是希望我能找找灵感。"

"是的。"思薇承认，"但我是想你学习其中的精神，就是，成功的中西结合的作品是怎样的，并不是让你直接抄袭人家的创意。"

思薇的话倒是提醒了我。我这样做确实有些拿来主义，不知道雷耿家和瑞德克斯家后来变成了什么样，可能像这世界上大多数的家族一样，被淹没在历史的洪流里了吧。

"况且，现在时间也来不及了。你也知道创作不是简单地堆砌，如果你要以海马与龙、海马与凤作为设计主题，那么你就要推翻之前的方案，你们组之前的活就是白干了。"思薇提醒完知识产权的事又补了一刀。

"你赶紧洗漱收拾一下，去上班吧。"思薇看我已经进入怅然若失的状态，又快刀斩乱麻地再接再厉，我木讷地点了点头。

来到公司后，我一整天都有些心不在焉。小组会议的时候更是频频出神，满脑子都是海马与龙、海马与凤的想法。同事们看我黑眼圈严重，现在又是魂不守舍的样子，都问我昨晚干了什么。我无心回答，只是搪塞过去。Henry路过了会议室一次，透过玻璃门我看见他向里面看了一眼，突然想起思薇上次说Henry向她告白的事，一阵醋意升上心头。

“李匠仁，最近Henry和你的室友走得挺近啊。”Lily用一种可以让整个会议室都听见的声音小声说。

“我和你也走得很近啊。”我回道。

“咱们是一个组的同事啊。”Lily说。

“他们也是一个组的同事啊。”我回话，虽是打趣的声音，但Lily也感觉到了我的不悦。

此时Sam加入话题：“但我总感觉Henry似乎对思薇有点意思啊。”

“思薇金发碧眼，中文又说得这么好。按照咱们崇洋媚外的传统，你对思薇没有意思？”Lily说。

“我没有。”Sam说，“我高攀不起。”

我敲了敲桌子，示意他们停止八卦。

“工作工作，别嚼舌头了。公司禁止同事谈恋爱，别害了人家。”我说，从两人八卦的程度来看，似乎Henry向思薇表白的事情并没有传开，思薇只告诉了我一个人，但Henry有没有跟谁讲就不知道了。

我强打起精神，把有关Henry的干扰从脑海里剔除出去，和大家开始了头脑风暴。可能是因为思薇提醒的原因，我并没有将昨晚自己彻夜画海马与龙，海马与凤的事情告诉同事。然而现在回头再讨论之前的方案，真的有一种味同嚼蜡的感觉。已经很久没有这种感觉了，这些不是我想做的，我想要的不是这些。

会上我们又整理了一些修改方案。这次主要是大家的意见，我几乎零发言。这也让同事们讶异不已，因为往常我总是想法最跳，话最多的那一个。午餐的时候，在公司楼下餐厅我照例给思薇留了一个位置，却看见她和Henry有说有笑一起进入了餐厅，坐到他们A组那边去了。

“思薇现在好像已经是A组的人了咧。”Sam拿着一个汉堡，边吃边说。

“上个月你还在A组呢。”我说，“下个月可能你又在A组呢。都是一个公司的，别那么阴阳怪气的。”

“是啊，上个月我们还是A组，这个月我们就变成B组了，也许下个月我们就又成C组了。”Lily叹了口气。

我低头吃饭，不再言语，余光看见思薇他们那边有说有笑，士气高涨，再反观我们这边仿佛是被打入冷宫的妃子，坐在冷板凳上的替补。心情又低落了几分。

下班之前，我们又最后修改了一份方案，发给了Henry。老实说大家都没有什么信心，而我则更是平静，不像之前还有忐忑的感觉。我想到了顾先生故事中雷耿和瑞德克斯的珠宝比赛，突然觉得和眼下我们的比赛有一点点相似之处。雷耿和瑞德克斯，A组和B组；中间夹着一个女人，黎曦和思薇。

想到这里我不禁苦笑起来。

接下来的一周时间过得很快，我依然沉浸在有关海马与龙、海马与凤的构思当中。上次的修改稿毫无悬念又被Henry毙掉了，但我却没有了之前几次的沮丧感，相反开始对设计大赛意兴阑珊。同事们觉得我可能放弃了，Henry倒是乐见其成，也不再问与我有关的事情。只有思薇问过我几次，但当她发现我满脑子都是海马与龙、海马与凤的时候，也放弃了追问。我想思薇内心也挺矛盾的吧，我们是多年好友，她当然希望我可以实现梦想，可是当我的竞争对手是她的准男友时，最好的方法也不过两不相帮。

我想起了金庸先生的小说《笑傲江湖》里的一段，华山派一行前往洛阳林平之外公家，林平之天天带着岳灵珊游山玩水，令狐冲看着青梅竹马的小师妹每天和别的男人在一起，自己又被师父猜忌，心烦意乱之下终日在酒馆跟人喝酒赌钱，还因为内力全失被一帮地痞流氓痛打了一顿。后来幸运地遇见任盈盈并得她传授琴技，于是终日学琴，一曲笑傲江湖，倒也忘了平日里的烦恼。

现在的我，是否和令狐冲有着同病相怜抑或异曲同工之处？如果我是令狐冲，思薇自然是小师妹，那 Henry 岂不是林平之了……想到林平之最后的下场，我不禁打了个寒颤，停止了意淫。

一到周末，我便迫不及待，拉着思薇一起前往顾先生家。我满脑子都是海马与龙，海马与凤的事情。李飞扬到底在戚凡耳边说了什么呢？顾清伦和依瑞斯即将展开的决斗，东方侠客大战西方战士，到底是谁技高一筹？我靠着车窗，和思薇一路无言，只有窗外飞驰而过的景色不断地后退。

大概一小时后，我和思薇再次来到顾宅。顾先生照例沏好茶水，和我们唠了唠家常。安娜女士不久便至，我们四人落定，顾先生呷了口茶水，再次将我们带进了维尼亚的世界。

第二十五章

李飞扬在戚凡耳边说完，戚凡的眼睛突然变得呆滞起来。

李飞扬用手在戚凡眼睛前挥舞着，戚凡眼睛眨了眨，像还魂了一般。

“这样行吗？被发现了怎么办？”戚凡的声音发怯。

李飞扬拍了拍胸脯，说：“放心，你也见过这边的盔甲，戴上头盔后只露出一对眼睛，根本就没有人能认得出你。你身高和顾大哥相当，到时少说话或者装哑巴，不会被人发现的。”

戚凡犹疑地说：“可是……我根本不是依瑞斯的对手，你让我代替顾大哥出战，那不是，让我去送死……”

李飞扬敲了一下戚凡的脑门，“笨，谁让你去跟他真拼命。开始象征性比划两下，然后把剑一扔，我就立刻冲上场去，宣布你认输，然后拉着你逃之夭夭。”

戚凡咬了咬嘴唇：“可是顾大哥一世英雄，这样投降，不是毁他英名吗？”

李飞扬气不打一处来，又敲了一下戚凡的脑门：“投降的是你！又不是顾大哥。再说，英名有什么用，人都死了，就变成英魂了！就是因为想到顾大哥是个死脑筋，肯定和依瑞斯全力一战，到时刀剑无眼，他又不可能认输。那依瑞斯恨他入骨，有机会一定会置他于死地。所以才想到让你冒充他投降，没想到他是个死脑筋，你又是个木鱼脑袋！”

戚凡见李飞扬动怒，心下自是又慌了三分，若是放在平日，李飞扬叫他去东，他是断不敢言西，可这次李飞扬的计划太过大胆，生死攸关的事情，他还是得询问清楚，当下又硬着头皮问：“可是……就算按你说的，先把顾大哥迷昏……那他醒来以后，知道了怎么办？”

李飞扬眼珠子转了转，“知道就知道呗，到时我自然一力承担。你就说是我逼你这么做的，你一向听我的话，顾大哥也是知道的，反正怪不到你头上”。

戚凡生性老实，平时说个谎都不会，现在被李飞扬逼着做这种事，脸上满是为难之色。但他该问的问了，该担忧的也担忧了，李飞扬这阵势明显是吃了秤砣铁了心。他自幼唯李飞扬言听计从，此刻虽然内心极是不愿，嘴上却无论如何不会拒绝李飞扬，只得低着头，涨红着一张脸，可怜兮兮地像条狗。

李飞扬看戚凡一副为难的样子，无名之火再起，跳起来又敲了一下戚凡的脑门，说：“你要是不愿意，就开口讲出来。摆脸色给谁看，你不去，我自己去，反正穿上盔甲，安能辨我是雌雄！”

“去不得，去不得！”戚凡一听李飞扬说要自己去，连忙应承下来，“我去，我去还不成嘛。”

“这还差不多。”李飞扬颜色和缓，“你听着，到时决斗一开始，你就如此这般……”

雷耿庄园，依瑞斯在房间里静静擦拭着宝剑。这把宝剑曾是父亲的佩剑，剑柄上海马与龙的装饰象征着这把剑主人的身份，而锋利的剑刃吹毛断发，同样象征着雷耿家高超的工艺。明天他就要用这把剑和顾清伦决斗了，顾清伦在雷耿大厅的挑衅语句言犹在耳，想到这里，依瑞斯心里不可自抑地升起一股怒火，擦拭宝剑的手指更用力了。

他必须承认自己和顾清伦之间很难互相喜欢。虽然他们看来也有很多相似之处，比如都精于雕刻之艺，是天才的工匠，且剑术超凡，是不世出的剑客，而且他们都喜欢上了黎曦·瑞德克斯，还先后救过她的性命。依瑞斯本来没有刻意想要和顾清伦为敌。但是当他亲眼目睹顾清伦刻刀下的海马与凤雕像，那百羽加身的纹路深刻刺激了他，让他有生以来第一次觉得自愧不如。特瑞典将黎曦嫁给顾清伦，同时向依瑞斯发起决斗。在得知特瑞典患有石化症之后，依瑞斯便猜到了特瑞典这样做的用意：想要死在我的手上，让我背负着黎曦杀父仇人的枷锁，让我和黎曦永远不可能在一起，同时，让黎曦嫁给顾清伦，期望这个男人可以照顾黎曦的后半生；还想让自己的死可以抵消掉我因父亲之死对他和瑞德克斯的仇恨。依瑞斯嘴角冷笑着，肆意对特瑞典表达着嘲讽之意。

“可不是你自己背叛了黎曦吗？”脑海里的那个声音又响了起来。依瑞斯收起笑容，心里一阵巨大的难过蔓延开来，失落和虚无的感觉瞬间占满了心房。是啊，难道不是他先放弃了黎曦，才让顾清伦有机可乘。他原本以为自己已经接受了家族的宿命，意即自己和黎曦毫无可能。他知道自己无法原谅特瑞典杀死自己的父亲，所以再三挣扎之后还是要选择复仇。可是当顾清伦在他面前挑衅般地说出要和黎曦结为夫妇一事，他心中压抑的不甘和怒火还是在那一瞬间被点燃了。

这个顾清伦很清楚如何激怒自己，尽管知道顾清伦使用的是激将法，但他还是毫不犹豫地走入了顾清伦设下的陷阱。他清楚地知道这场决斗就像一个赌局，而赌注很可能是两个人的生命。如果将依瑞斯比作饿狼的话，顾清伦就像是一个在陷阱中的小白兔。如果饿狼出击咬杀小白兔，可能会被陷阱抓住；但如果在陷阱发动之前饿狼咬死了小白兔，那小白兔就满盘皆输。

依瑞斯预感到他和顾清伦的胜负可能会在毫厘之间，而这毫厘之间的闪失，却很可能是生死的界限。

尽管两人势同水火，但在依瑞斯的潜意识里，他其实有些感谢顾清伦。因为他的挺身而出，让依瑞斯顺手推舟从和特瑞典的决斗中脱身。他虽然一直想要复仇，但却一直都顾及特瑞典是黎曦的父亲。这让他陷入两难之中，必须在家族和爱人之间做残酷的抉择。这也是他一直没有主动向特瑞典下战书的原因。所以当特瑞典的战书递过来时，其实是被动替依瑞斯做了选择，而他必须接受。但现在不同了，他放下了必需要亲手杀死特瑞典报仇雪恨的执念，因为他现在更想将顾清伦击于剑下。

他已经在雕塑上败了一次，他不能在剑术上第二次失败。

红袍僧又悄无声息地出现了，依瑞斯放下宝剑，和红袍僧躲在兜帽后的那双海蓝色的双眼对视。

“你现在感觉怎么样？”红袍僧问。

“叔叔是担心我明天会输吗？”依瑞斯反问。

红袍僧没有立刻回答，只是稍微低头望着依瑞斯放于桌上的海马与龙宝剑。

“我不担心你，”红袍僧说，“你是雷耿家族百年来不世出的天才，无论什么你都做得很好。”

对红袍僧的赞誉依瑞斯并没有什么特殊的好感，红袍僧很多时候只是他名义上的叔叔，两人之间并没有叔侄陪伴长大的感情。而且他一直将红袍僧看作是一个谏言者，一个不停提醒着他要成为实用主义的人——这曾是依瑞斯最讨厌的一种人。

然而世事无常，无论是否心甘情愿，他竟然也变成了曾经自己最讨厌的人。

“我给你这把剑，本来是希望你可以用来亲自斩杀特瑞典报仇雪恨，”红袍僧说，“但现在如果是用来对付瑞德克斯的夫婿，也是物尽其用。”

不知道是不是刻意，红袍僧似乎在说到“夫婿”两个字的时候用了重音。

依瑞斯瞳孔突然睁大，他抬起头，却发现红袍僧已经不见踪迹，只剩下房门洞开，仿佛是被风吹开的一般。

维兰带顾清伦来到瑞德克斯的兵器库，李飞扬和戚凡随行。兵器库里陈列着各式各样的盔甲，刀剑。这些盔甲和刀剑的工艺极其精美，每一件看起来都像是价值不菲的工艺品。维兰让顾清伦自行选择兵器。

“这里所有的兵器，你尽管挑。我还有些事情要处理，就不打扰你了，今晚好好休息，养精蓄锐，明天我们全族替你压阵。再次感谢你为我们所做的一切。”维兰向顾清伦施礼道谢，顾清伦还礼后拍了拍维兰的肩膀，道：“在经历了这么多事之后，你还这样与我讲话也真是见外。覆巢之下焉有完卵，唇亡之后齿焉不寒。明日再会。”

决战在即，维兰却看见顾清伦平静如水的样子，心里也安定踏实了许多，他和李飞扬戚凡打了招呼，转身离去。

兵器库里只剩下了顾清伦、李飞扬、戚凡三人。顾清伦在兵器库里漫步四顾，李飞扬跟在后面不动声色，戚凡心里有鬼，低头跟在李飞扬后面，他脸上大汗淋漓，显然心里尽是心事。周遭的气氛安静而古怪。

顾清伦停下脚步，李飞扬趁机问：“顾大哥，你想好要选什么盔甲，什么兵器了吗？”

顾清伦回答：“这里的我都不会用。我就穿现在这身衣服，用自己的佩剑就好了。”

李飞扬惊讶：“为什么？你这布衣服，和穿着重甲的人打多吃亏啊。”

顾清伦说：“既然是重甲，就会影响速度，不利于我施展轻功。这些阔剑我之前从未用过，不会顺手。我自幼习剑，当然要用趁手的兵器。答应维兰来这里看看，一来是不想拂了他的好意，二来也是想查漏补缺，兴许有什么能用得上的物件。不过眼下看来，这里的武学与我们的相去甚远，兵器上也是如此。”

李飞扬眼珠子一转，旋即说道：“哦，原来是这样。”

顾清伦答得仔细，李飞扬却回得敷衍，这让顾清伦觉得李飞扬有些怪异，她一直最反对自己与依瑞斯决斗，此刻竟然问自己要用什么兵器，又看了看一旁的戚凡，只觉他一副心事重重的样子，仿佛心里藏着什么秘密。从下午见到两人时，顾清伦就有一种怪怪的感觉，总觉得和两人相处的气氛和往日不同，但又说不出一个具体的所以然来。他起初觉得决战在即，可能是自己心态有所变化。但此刻看来，似乎两人真的有一些古怪。

李飞扬注意到顾清伦在打量着戚凡，心里一惊，但脸上还是不动声色，说：“顾大哥，你在想什么？”

顾清伦看着李飞扬的眼睛，似乎想要从里面看出什么端倪来。李飞扬无惧地回看顾清伦。两人四目对视，李飞扬一双水灵的大眼睛泛着火光，那火光在她的瞳仁之中，宛如水上的浮灯，井中的明月，将李飞扬身上那股机灵劲透露无遗。顾清伦心下一乱，避开李飞扬的目光，同时觉得自己真是有些可笑。李飞扬担心自己阻止自己出战，他觉得李飞扬烦；李飞扬现在不再叨扰他，他又觉得有些不习惯，也不知道到底是觉得李飞扬古怪，还是她突然不再拦着自己，心下感到失落……

李飞扬冰雪聪明，见顾清伦移开目光，便猜到了他的心思，当下倏然道：“反正你这个人，想要做什么就一定会去做的。旁人说什么你也不听，我每次说得多了，你就要赶我走。既然你已经决定了，我也想开了，你武功高强，又不一定会输。我老是这样长他人志气，灭自己威风，对你毫无帮助。此刻我只希望你明天旗开得胜，打得那依瑞斯满地找牙，让他雷耿家颜面扫地，在我们面前再也抬不起头来！”

顾清伦听李飞扬这样一说，虽然还是觉得略有不对，但也不好再多作追究。他深受儒家和墨家思潮影响，每日三省吾身，戒骄慎独，兼爱非攻，不喜好勇斗狠。走到今天这步，一是出于无奈，二也是他自己修行不够，还不能戒断妒恨。李飞扬这些给他打气的话，实则没有太多用处。李飞扬见顾清伦默然不语，趁机催促顾清伦说天色已晚，赶紧回去休息，养精蓄锐好迎接明天的决战。三人转身向外走去，顾清伦走了几步，突觉身后李飞扬停下了脚步，刚一回头，就被一阵迷香喷到脸上。顾清伦本能想避，但无奈迷香已通过口鼻进入肺腑，只觉得大脑一阵晕乎乎，眼前李飞扬的脸开始摇晃重叠，终于眼前一黑，昏倒在地。

李飞扬看见倒在地上的顾清伦，终于控制不住，拿迷香的手不停颤抖，香管掉在地上。戚凡在一旁更是吓得不敢吭声。李飞扬向出口张望了一下，感觉无人靠近，给戚凡使了一个眼色，却发现戚凡还是呆立原地。

“快啊，愣着干吗，当初我怎么跟你说的？”李飞扬催促。

戚凡仿佛如梦初醒，找来绳子，和李飞扬一起将顾清伦五花大绑起来。李飞扬一边绑一边对昏迷的顾清伦说：“顾大哥，你莫要怪我。就像我刚才说的，你这个人想要做什么就一定要去做的，旁人说什么你也不听。每次我说得多了，你就要赶我走。我是没办法了，才出此下策，明天你醒了以后，要打要骂，赶我走都没关系，起码我能保证你明天醒了以后还好好活着。”

李飞扬说着，眼泪就掉了下来。一旁的戚凡看着李飞扬，心里五味杂陈，百感交集。

两人将顾清伦绑了个结结实实，然后拖到兵器库的一个角落里藏好。

李飞扬说：“咱们挑副盔甲，挑把剑给你。”

两人选了一副盔甲，戚凡穿戴完毕，头盔把他的脸遮得只露出一对眼睛，李飞扬绕着戚凡转了两圈，确定不会被人认出来。

李飞扬：“明天按照计划行事，不要说话，不要摘下头盔，上去比划几下，然后把剑扔了认输以后跑掉，听见没有。”

戚凡戴着头盔的头点了两下。

第二十六章

旭日东升。

雷耿庄园里，依瑞斯穿戴好盔甲，威风凛凛。雷耿家族的人夹道而立，恭迎他们的族长。

依瑞斯从人群中间走出，雷耿的族人们尽皆跟在他的身后，如同一支出征的军队，赶赴决斗的战场。

瑞德克斯庄园，黎曦端着早餐来到顾清伦的房门口，黎曦敲了敲门，里面却没人应答。

“顾大哥已经出发了。”一旁突然传来李飞扬的声音。

黎曦转头看着李飞扬，略带疑惑：“已经出发了？”

李飞扬说：“是的，天刚亮就走了，他不想兴师动众。”李飞扬回答，转头离去。

决斗所选的地点在阴雨森林旁边，戚凡身穿厚重的盔甲将自己捂得严严实实，他看着拦截“恶魔”的栅栏，想到上次李飞扬跨过栅栏跑进森林，他悄悄跟着，看见那头巨大的黑熊袭击李飞扬，他成功引走了熊，给了李飞扬逃生的机会。但李飞扬没有跑，反而回来救他……

如今想来，那真是他一生中最危险的时刻，却也是一生中最幸福的时刻。

戚凡藏在盔甲后的嘴角扬起，笑了笑。

他转身，看见远处一群人走来，一面海马与龙的旗帜迎风飘扬。

他微微侧了侧头，就看见另外一面，举着海马与凤旗帜的人结群走来。

两队人马彼此站定，戚凡的目光投向了瑞德克斯的队伍，他看到了瑞德克斯三兄弟伯恩·瑞德克斯、维兰·瑞德克斯、德罗·瑞德克斯，他看见了李飞扬，她今天穿着一身红色的衣服，依然那么美艳动人，就像他记忆里的样子一样。

李飞扬看着他，用不为人察觉的动作微微点了下头。

雷耿的阵地上，依瑞斯抱着自己的头盔出列，走到戚凡旁边。

在依瑞斯的眼里，这个浑身包裹在盔甲中的人是顾清伦。

依瑞斯挑衅道："没想到你来得这么早，是昨夜紧张得睡不着觉吗？"

戚凡不答话。

依瑞斯皱了皱眉头，下一刻，戚凡直接抡着阔剑砍向依瑞斯。

戚凡的攻击毫无征兆，依瑞斯闪身躲过，他的头盔还抱在怀中，戚凡的偷袭引来了雷耿阵营的一阵嘘声，瑞德克斯阵营也觉得脸上无光。

李飞扬低声自语道："这个笨蛋……"

依瑞斯脸上有稍许惊讶，显然也是没有想到顾清伦会毫无征兆地出手。他和顾清伦只见过几面，但印象中却觉得这不该是顾清伦所为之事。身后的雷耿阵地嘘声和咒骂声齐至，依瑞斯看着顾清伦，脸上神色变冷，他戴上头盔，拔出海马与龙宝剑，指着顾清伦。

戚凡藏在头盔里的脸已经大汗淋漓，此刻的他已经紧张到极致。因为恐惧，所以往往会主动出击，戚凡抡着阔剑砍向依瑞斯，后者轻松躲过，戚凡用力过猛，一剑落空，整个人向前踉跄了几步，雷耿阵营又是爆发出一片嘘声。

瑞德克斯这边，伯恩、维兰、德罗皆面容凝重。

伯恩说："为什么顾清伦看起来如此笨拙，就好像从没进行过剑术训练一般，黎曦和泰卢都说过顾清伦是剑术好手啊……”

李飞扬神色一紧，心里默默念道：“笨蛋，赶紧比划两下按计划投降啊。”

戚凡又向依瑞斯发起了攻击，动作笨拙，依瑞斯再次轻松躲过，趁势绕到戚凡身后。戚凡稳住身体，发现敌人不在眼前，立刻左顾右盼，依然毫无所获，反应过来后马上转过身来，看见依瑞斯持剑看着自己，像是观赏一头珍惜动物。

雷耿阵营再次爆发出哄笑声，眼前的一切不像是一场决斗，倒像是一场戏耍。但是依瑞斯却没有掉以轻心，他还记得在码头和顾清伦的初遇，两人对峙之时他发现顾清伦守势森严，像一堵密不透风的墙，绝不是眼前这个滑稽的样子。依瑞斯怀疑这可能是顾清伦刻意示弱布下的一个陷阱，一旦他大意出击，便会遭遇对方致命的打击。

思虑及此，依瑞斯平复自己的呼吸，绷紧神经，微微弯腰，全副戒备地看着顾清伦。

戚凡虽然不懂武艺，但也感觉到认真起来的依瑞斯散发出一种危险的气息，使他不敢像之前一样贸然攻击。依瑞斯开始缓步绕着他左右移动，像一只随时准备扑出的饿狼在衡量他和猎物之间的距离。这种压迫感让本就紧张的戚凡感到快要窒息。身处盔甲之中本就闷热，此刻汗水已经蒙湿了双眼，戚凡觉得自己像一个蒸笼上的蚂蚁，正在逐渐被蒸熟死亡。

无法忍受恐惧的煎熬，不如大叫着冲向恐惧。

戚凡握着剑再次扑向依瑞斯，依瑞斯侧身躲过，戚凡空门大开，依瑞斯还是怀疑有诈，试探性地刺出一剑，不料正中戚凡盔甲的缝隙。

两人再次侧身分开，戚凡只觉腋下一阵疼痛，低头一看，鲜血已经透过盔甲的缝隙渗出。

雷耿阵营爆发出一片欢呼声，瑞德克斯这边则一片愁云惨雾，李飞扬紧咬嘴唇，额头大汗淋漓。

戚凡只觉得整个脑子都嗡嗡作响，雷耿阵营传来的欢呼声让他心烦意乱，他有些茫然地转过身去，发现依瑞斯并没有乘胜追击，依然采取守势谨慎地盯着他。

“差不多了，可以投降了，把剑扔了投降啊。”李飞扬心里着急地念叨道。

戚凡举着剑，脑子里一片空白，早已忘了和李飞扬的原定计划，此刻只是呆呆地站在原地。而依瑞斯也是惊讶自己的得手，竟然如此轻松就伤了顾清伦。他本来以为顾清伦是故意示弱露出破绽，引诱他进入陷阱，此刻他真的刺伤了顾清伦，心里却更想不透顾清伦的用意。

见顾清伦站在原地不动，依瑞斯舞了两下剑花，准备向顾清伦发动攻击。

戚凡感觉自己心跳加速，他大口呼吸，却仿佛呼吸不到空气。眼前的世界开始有轻微的摇晃，他感到一阵心悸，四肢百骸也开始变得酸软无力。

李飞扬见此情景，暗骂一句笨蛋，突然冲了出去。

瑞德克斯三兄弟一阵惊呼，本能伸手去拉李飞扬，但李飞扬已经向决斗的两人跑去。

依瑞斯刚准备出击，却见一袭红裙飘进视线。李飞扬伸开双手站在他和顾清伦中间。

李飞扬说：“不打了不打了，我们认输，你赢了。”

依瑞斯一愣，李飞扬立刻回头，对戚凡低声说道：“把剑扔掉，往阴雨森林里跑。快！”

戚凡会意，把剑扔在地上，头也不回地向阴雨森林的方向跑去。

突发的状况出乎所有人的意料，众人就这样眼睁睁看着“顾清伦”翻过栅栏，进入阴雨森林，身影没入树林之中。所有的人都愣住了，现场安静得没有一点人声，只有风声吹过，阴雨森林的树叶沙沙作响。

第二十七章

顾清伦睁开眼睛，发现自己被五花大绑藏在兵器库的角落。兵器库的大门紧闭，阳光透过墙壁门窗的缝隙照射进来，光路里可以看见舞动的灰尘。顾清伦活动了一下脖子，大脑还是昏沉沉的。他竭力回忆到底发生了什么，昨夜的那幕在脑海中被回忆起来：自己一转头，一阵烟扑向了他，昏倒之前他看见的是李飞扬摇晃的脸。是李飞扬用迷烟迷晕了他，自然也是李飞扬将自己绑在这里。

她为什么要这样做？

顾清伦抬头看了看射进来的阳光，突然想起今天是和依瑞斯决斗的日子。他心里猛地一惊，赶忙去看透进来的光线，推算到时间已过晌午。他心里一沉，感觉仿佛从高处突然向下坠落一般。现在已经过了决斗的时辰，而他却被绑在这里，根本没去和依瑞斯决斗。

他又回想起昨夜李飞扬的异常，如今想来她早已有要将他留在这里的计划，自然也就不再担心他会去决斗。他万没想到李飞扬竟然会出此下策，如今决斗时间已过，他无故失踪，众人或以为他怯战而逃，或猜测他出了什么事故……

顾清伦心里升起一阵疑云，瑞德克斯的人不见他的踪影，必定会四处寻找他。昨夜维兰·瑞德克斯是最后一个见过他的人，势必会来兵器库看上一看，李飞扬藏他藏得不甚隐秘，若是有人来此寻他，是一定找得到的。但此刻他人还在这里，说明瑞德克斯的人根本没有来找过他……顾清伦扭动脖子，眯起眼睛，目光在兵器库里搜寻着，突然看见有一处放置盔甲的架子空着，想起昨夜那里还陈列着一副盔甲。那副盔甲去了哪里？

顾清伦心里似乎已有答案，所有的线索联系在一起，李飞扬的计划便被他复盘了出来。盔甲在戚凡身上。戚凡穿盔甲是为了冒充他。因为戚凡冒充了他，所以没有人发现他失踪了，也就没有人来寻找他。而戚凡冒充自己，势必是去代替自己和依瑞斯决斗。

他感到脊背发凉，戚凡功夫如何，他再清楚不过，就是十个戚凡加起来，也决计不是依瑞斯的对手。眼下晌午已过，决斗一定已分出胜负，也不知戚凡现在是生是死。顾清伦深深呼吸了几下，刚准备大声呼救，突然听见库门发出响动声。

顾清伦屏息凝神，只见库门被开了一条缝，一个红色的人影闪了进来，又把门关上。顾清伦仰起头，便看见李飞扬快步走到自己面前。

李飞扬看见顾清伦已经醒来，两人四目相对。

顾清伦说："快给我松绑。"

李飞扬点点头，给顾清伦解开绳子。

顾清伦挣开绳子站起，面色一沉："李飞扬，你好大胆子。戚凡呢？他怎么样了？"

李飞扬低头，说："他没事……"

顾清伦说："你让戚凡冒充我去和依瑞斯决斗了，是不是？"

李飞扬说："是。"

顾清伦说："你怎么能这么胡闹！"

李飞扬说："我没胡闹，我也没有错。我这样做是为了救你。"

顾清伦说："你为了救我，却让戚凡冒了丢掉性命的风险！他现在在哪？依瑞斯有没有伤到他？"

“我都跟他计划好了，他才不会跟依瑞斯拼命呢。”李飞扬跟顾清伦说了决斗始末。

顾清伦听完，沉吟片刻，“所以现在戚凡跑到阴雨森林里去了？”

李飞扬说：“跑进去看没人追来，把盔甲一卸，另找条路出来便是。算算时辰，他差不多也该回来了。”

顾清伦感到一阵怒火中烧，似乎已经很久没有像现在这样动过肝火。但眼下木已成舟，他再发火也是于事无补，只得将怒火强压心里。李飞扬看顾清伦脸色难看，知道他此刻定是气急，但眼前的情况她早已料想过，就算顾清伦想要一刀杀了她，她也无怨无悔。

顾清伦不想再在此地多留，拔足向出口走去，被李飞扬从身后叫住。

李飞扬说：“顾大哥，我知道你现在一定非常生我的气，甚至恨不得一剑杀了我。但事我已经做了，我也不后悔。我宁愿你现在这样生我的气，也不愿冒一丝我可能再也见不到你的风险。”

顾清伦停下脚步，突然回头，对李飞扬说：“所以现在世人都知道，我顾清伦输给了他依瑞斯，而且是认输后逃出了战场。”

李飞扬说：“这里只是维尼亚，这里不是大明！哪有那么多世人！”

顾清伦说：“你知道我当时去雷耿庄园宣战，行事如何嚣张，就是为了激怒依瑞斯，让他放弃和特瑞典的决斗，转而将矛头指向我。我自幼习武，技不如人无话可说，可你用这种手段，让我背这么大一个黑锅，让我哑巴吃黄连，有苦说不出。现在大家都觉得我是个笑柄！”

李飞扬争辩道：“你为了一时意气，万一输了性命，划得来吗？面子这种事情，怎么能大得过命。”

顾清伦突然从旁边的武器架上抽出一把剑，直直刺向李飞扬的额头，剑光如虹，李飞扬只觉得眼前一花，还没反应过来便发现剑尖停在自己鼻梁分离之处，李飞扬整个人都吓得愣住，眼睛慢慢向下瞟，才看见剑尖处竟然插着一只飞虫。

顾清伦撤剑一甩，长剑如离弦之箭飞出，插入木梁没入一半。李飞扬此刻才缓过劲儿来，险些晕倒。她从来没有见过这么快，这么准的剑法。

顾清伦傲然道："我墨家学识渊源，传承千年。我是墨家最后一个后人，尽得墨家机关、剑法之真传。我知道自己活得像个影子，不敢让别人知道我的家世，不敢让别人知道我的师承，可我活得像个影子，不代表我本来就是个影子。"

李飞扬咬着嘴唇，一时不知该如何反驳。

顾清伦又说："我和依瑞斯的决斗，是大丈夫之间的承诺。你让戚凡假扮成我出战，骗了这里所有的人。戚凡生性老实，这么大的事，心里必是极不情愿。但他最听你的话，你如果执意要他做，他就是把自己的心挖出来也愿意。现在大家都当是我顾清伦输了，我若说出真相，又恐为难了你和戚凡。而你算到事已至此，我不会告诉别人是你和戚凡从中搞的鬼。"

李飞扬不服气道："你何必去管他们说什么，瑞德克斯大厦将倾，到时我们离开维尼亚回到大明，又有什么关系。你以为我喜欢逼着戚凡做这一切，我做这一切还不是为了你？"

顾清伦看着李飞扬，想到她终究是个年纪还轻的女孩，心下叹了口气。

顾清伦说："算了，你什么都不懂。"

顾清伦说完离去，李飞扬看着顾清伦的背影，话到嘴边最终还是咽了下去。

特瑞典的房间，瑞德克斯三兄弟和黎曦在列，现在的情况完全出乎意料之外，顾清伦竟然会在决斗中认输跑进阴雨森林。

"也许顾清伦从一开始就计划好了，"德罗·瑞德克斯说，"你看现在，没有人受伤。"

“这种出丑的事情，不像是顾清伦会做出来的啊。”伯恩·瑞德克斯说，“维尼亚人都知道他即将成为瑞德克斯家的夫婿，他是代替父亲出战，代表的不仅是他个人，如今不仅他沦为笑柄，雷耿家还耻笑我们瑞德克斯家啊。”

“你是希望顾清伦在决斗中杀死依瑞斯吗？”维兰·瑞德克斯说，“这样确实解气，但要知道顾清伦和依瑞斯之战，依瑞斯的胜算更大一些。若是顾清伦死在依瑞斯手上，你让黎曦怎么办？”

伯恩看了眼黎曦，反驳说，“我没有这个意思，但现在的情况——”

“够了，”特瑞典出声打断，“都别吵了。”

两人闭嘴，特瑞典叹了口气，喃喃道：“果然困兽之斗，无论挣扎得多么卖力，都不会好看啊。”

众人不明白特瑞典的意思，特瑞典又叹了口气，喃喃道，“一切都源于蓝札因我而死。如果我最初没有胆怯，接受和依瑞斯的决斗，死在他手上，不过一命还一命。但因为我没有承担自己的责罚，终于诸神诅咒了我，让我不仅身患绝症，还要让瑞德克斯百年的基业葬送在我的手上。”

伯恩反驳说：“父亲你不能这样说。当时码头一片混乱，大家打作一团，你并不是蓄意要杀死蓝札，乱斗之中刀剑无眼，那只是一场意外！”

“够了！”黎曦突然大喊，盖过了所有人的声音，房间瞬间变得安静了下来。

“都是我的错，这一切全部因我而起。”黎曦说，“如果不是我……事情就不会变成现在这个样子。都是我的错！”

眼泪从黎曦的眼眶中涌出，特瑞典和三个兄弟面面相觑，他们并没有责怪黎曦的意思，但此刻才意识到这些争执无疑刺痛了黎曦。

果然困兽之斗，无论挣扎得多么卖力，都不会好看啊。

敲门声响起，黎曦最后抽泣了几下，停止哭泣。房门上又响起了几声敲门声，伯恩问是谁，没有回话，依然是敲门声，众人彼此互视，不知道门外的人是谁，竟敢不顾族长房内的问话。特瑞典使了一个眼神，示意伯恩去开门。伯恩点点头，走到门前打开门，却发现门口站着的是顾清伦。

“顾清伦！”伯恩惊奇地说，顾清伦没有回话，从伯恩身旁走过，来到房间中央。

自从决斗后，大家都没有见过顾清伦，此时他突然出现在众人面前，虽然每个人都有很多话想问他，但此刻竟无一人出声询问。顾清伦面无表情，看不出悲喜，也不言语，他站在房间中央，目光望着特瑞典，不知意欲何为。

“听说你受伤了，不要紧吧。”率先打破沉默的是黎曦，她听德罗描述了决斗的过程，依瑞斯曾一剑刺中了顾清伦的腋下，鲜血当时就从盔甲的缝隙中渗了出来。

顾清伦没有回话，直接将自己的上衣脱了下来。众人惊愕，不知道顾清伦在做什么。顾清伦将脱去的衣物扔在地上，赤裸着上身站在众人面前，依旧一言不发。

时间似乎过了很久，终于德罗率先明白了顾清伦的用意，因为顾清伦的身上并无伤口。

德罗问：“你……不是被依瑞斯刺伤了吗？我当时亲眼看见的，应该是在这里。”

德罗伸出手指，众人顺着德罗手指的方向望去，却见顾清伦的身上皮肤完整，并无伤痕。

众人面面相觑，不知此事何解。顾清伦弯腰捡起衣服，一件件穿好，然后解答了此刻所有人的困惑。

顾清伦说：“因为去参加决斗的人，并不是我。”

众人愕然。

李飞扬站在瑞德克斯庄园门口焦急地等待着，戚凡还没有回来。

“这个死鬼，到底死哪儿去了。”李飞扬念叨着，她抬头看了看天空，此时黄昏已至，天色将晚，从决斗结束到现在已有半天时间，戚凡却还是没见踪影。

李飞扬心里逐渐涌现了一股巨大的不安感，从小到大，戚凡总是跟着她，在她看得见的地方，在她看不见的地方。戚凡就像一道她想要摆脱的影子，如果把他从阳光下赶走，他就会悄悄藏到阴影里去。而现在这道影子不知道去了哪里。在这十几年里，从未出现过这种情况。

李飞扬继续焦虑地等待着，她开始来回踱步，心里思绪烦乱。终于日落西山，夕阳最后一抹余晖消失在远处的海平面上，夜色终至，李飞扬按捺不住心里的焦虑，决定动身去阴雨森林寻找戚凡。

她刚待迈步，却看见不远处有一个人影摇摇晃晃向她走来。此时刚刚入夜，李飞扬还能勉强看清来人的身形。她和戚凡自幼一起长大，平日里从脚步声便可以听出是否是戚凡，但此时这摇摇晃晃的人影给她一种不详的预感。李飞扬叫了两声戚凡，人影并不应答，继续摇摇晃晃向她走来。

李飞扬咽了一口口水，屏息凝神，注视着越来越近的人影。终于人影走进了瑞德克斯庄园门口火把照耀的范围里，戚凡面色苍白，嘴角有一丝血迹，肩膀上血肉模糊。李飞扬惊叫一声，戚凡向她伸出手，却双眼一白，栽倒在地。

第二十八章

戚凡死了。

死在李飞扬的怀里。

李飞扬能感觉到戚凡的身体渐渐失去了温度，她拼命抱紧戚凡，但戚凡的身体还是一点点冷了下去，就像他的生命是从李飞扬的指尖溜走的一样。

李飞扬的呼救声叫来了很多人，瑞德克斯三兄弟、黎曦、顾清伦，还有瑞德克斯庄园的其他人。

戚凡在弥留之际，嘴里一直轻唤着顾清伦的名字。顾清伦蹲到戚凡身边，戚凡看见顾清伦，挣扎的双眼仿佛突然有了一丝光，他拼劲全力抓住顾清伦的手腕，指节翻白，仿佛溺水的人想要抓住一根救命稻草一般。他在顾清伦的手背上画了一个符号，当他画完最后一笔时，顾清伦的神色突然震惊之极，戚凡嘴角嗡动，叫着顾清伦的名字，似乎有什么话想跟他说，顾清伦凑到戚凡耳边，戚凡在顾清伦耳旁悄声说了些什么。

戚凡的头永远地垂下了，像是沉沉睡去一般，只是这次再也不会醒来。

兵器库里，戚凡平静地躺在桌上，他的神色安详，所有的痛苦都已远去，和他身体的温度一起。

顾清伦亲自为戚凡检视了伤口，戚凡肩膀上血肉模糊的伤口是被某种野兽咬伤的。除此之外身上还有很多被抓伤的伤口，另外在腋下还有一道剑伤，被依瑞斯的剑刺中的地方。

不难联想，顶替顾清伦出战的戚凡在认输后，跑进了阴雨森林。在森林里他卸下盔甲，准备按照和李飞扬的计划返回瑞德克斯庄园时，遭遇了那头眼角有一道伤疤的黑熊的袭击。

戚凡还是逃离了熊口，但是身负重伤，命不久矣。他用自己最后的生命坚持着回到瑞德克斯庄园，最终死在了他一生挚爱的李飞扬的怀中。

李飞扬觉得是自己害死了戚凡。这个从小跟着自己，像一道影子一样怎么都甩不掉的人，如今变成了一具没有温度的身体静静躺在自己面前。李飞扬的脸上满是泪痕，她此刻脑子空空的，在最初撕心裂肺地伤楚过后，她开始怀疑眼前的一切是否真实，戚凡会不会突然睁开眼睛，像曾经千百次那样对着她傻笑。她保证这次再也不赶他走了，她要紧紧抱着他，再也不让他身体的温度从她的指尖溜走。

李飞扬静静地坐着，一语不发。瑞德克斯三兄弟轮番劝慰她。可她什么都听不见，旁人安慰的话语就像是来自天边的呓语，飘渺虚无。她的眼睛盯着戚凡的尸体，脑海里满满都是戚凡的音容笑貌，从戚凡还是一个孩童的时候开始，脏兮兮的，天天跟着他爹爹在她家干活，供她驱使。然后，戚凡长大了一些，脸上不再脏兮兮了，可皮肤早已被阳光晒得黑黝黝的，只是每次在看着她的时候，双目明亮如星。

人们慢慢地都走了，她仿佛听见顾清伦让大家先出去，给她一点时间。然后脚步声响起，脚步声消失，那些仿佛是天边的呓语一般的声音也消失了。周围静悄悄的，她还是木木地盯着戚凡，脑海里全是戚凡的声音、样子，这些回忆里的影像慢慢叠画在她的双眼里，让她仿佛回到了往日时光的罅隙里。

兵器库里只剩下李飞扬和顾清伦两个人。顾清伦在不远处站着，看着失神落魄的李飞扬，看着桌面上戚凡的尸体，他也不可自抑地想起戚凡还活着的时候，他们三个人在船上的日子。在这遥远的维尼亚，他们同为异客，而此时，已经只剩下他和李飞扬两个人。

然而李飞扬不知道的是，戚凡最后在顾清伦手上画下的符号，以及他告诉顾清伦的事。

戚凡死了，这件事情并没有结束。

顾清伦似乎又感觉到那股冥冥之中牵引着他的力量。

只是这次，是以戚凡的生命为代价。

翌日，戚凡葬礼。

李飞扬要求火葬，虽然汉人讲究入土为安，但人要落叶归根。顾清伦知道李飞扬想将戚凡的骨灰带回大明，带回他们的家。

戚凡的尸体在熊熊烈焰中化作了灰烬，李飞扬亲自收殓了骨灰。李飞扬将骨灰带回了自己的房间，用白烛和水果供奉。然后她关上了门，将所有的一切都隔绝在外，包括顾清伦。

顾清伦知道李飞扬心里的痛苦，但是他并不擅长安慰别人。死生之事，如何安慰，一切只有交于时间。

戚凡死了，决斗的事情也告一段落，但是消息还是不胫而走。

雷耿庄园里，依瑞斯心头的困惑终于被解答。原来昨天和他决斗的并非顾清伦，而是跟着顾清伦的那个东方人。

起初依瑞斯还觉得奇怪，自己那一剑当时只是试探性的进攻，根本不可能致人死地，后来听说是死于阴雨森林的黑熊之口。依瑞斯心里叹息了一声，这个可怜的东方人，奔赴了一场不属于自己的决斗，替别人而死。

雷耿家的人想要追究瑞德克斯的欺诈行为，毕竟当初顾清伦是以瑞德克斯家夫婿的名义代替族长和依瑞斯决斗，眼下居然找了一个外人来顶替。但依瑞斯想到人已亡故，不想再追究。从某种意义上来说，这个人虽然并非死于他的剑下，却也算是因他而死。

依瑞斯剑术高超，但从未杀过一人。这次，他觉得这个生命的消亡他也负有一丝责任，这让他的心里产生了一种失落的感觉。

依瑞斯不禁开始怀疑，如果他真的亲手杀死了特瑞典或顾清伦，他就真的开心了吗？还是说，此刻心里会有更大的失落感？

依瑞斯摇了摇头，不愿再深想细究。

戚凡的死，仿佛一场大雨浇灭了一切。

瑞德克斯庄园特瑞典的房间里，瑞德克斯三兄弟、黎曦和自己的父亲在一起。

“没有想到，事情竟然会变成这个样子。”伯恩叹了口气。

特瑞典觉得颓唐，本来今天变成尸体的应该是他，绝对不该是戚凡。在这场雷耿和瑞德克斯的争斗中，却偏偏是这个无辜的人牺牲掉了自己的性命。

“飞扬小姐为了顾清伦，竟然做出了如此大胆的事情。”维兰也叹了口气。

黎曦感到脸上火辣辣的，如果不是因为当初她执意和依瑞斯私奔，依瑞斯的父亲蓝札·雷耿就不会死。如果不是她听信依瑞斯的话，毁掉了海马与凤雕像，父亲也不会执意想要牺牲自己平息雷耿的怒火。顾清伦就不用代自己的父亲出战，戚凡就不用冒充顾清伦去出战……一切的死亡都是源于自己，一切的覆灭都是源于自己……

也许最该死掉的人，其实是自己……

“也许这是诸神的旨意吧。”特瑞典说，“雷耿和瑞德克斯，一百年里都陷在这种仇恨的循环中。每一次一方的复仇成功，都给对方带来再次复仇的理由。也许所有人都已经习惯了在这种循环中生活，但戚凡是一个外人，他来自遥远的东方，既不是雷耿也不是瑞德克斯，最后却因为我们两家的纠葛而死……”

众人想到此事，皆默然不语。

“黎曦。”特瑞典叫道。

黎曦抬头看着特瑞典。

“请你和顾清伦一起开始重塑雕像。我们是工匠世家，不是战士，也不是刺客。如果一定要和雷耿决斗的话，我们的战场应该是在这场比赛上，我们的战士应该是我们的作品，我们胜利或者失败，都不应该是某个人的生命。”

黎曦看着特瑞典苍老而坚决的眼神，点了点头。

“去找顾清伦吧。”特瑞典说，他觉得眼睛有些酸疼，转身望着窗外，他的视线越过维尼亚的群房，越过阴雨森林，直到最远处的山。

是夜，月明星稀。

顾清伦独自来到阴雨森林的边缘。

月光皎洁，映照着木篱笆，其上的摩尼教经文清晰可见。

顾清伦看着上面的降魔咒文，是用波斯语书写，而顾清伦，却恰恰懂一些波斯语。

因为他的外祖父，乃是明朝的开国皇帝朱元璋，而朱元璋加入的明教传自波斯总教，也就是摩尼教。顾清伦所学渊博，波斯语刚好也懂一些，他初时见栅栏上的咒文，并未用心研读，此刻细细看去，仍有很多看得不明不白，但猜测推敲，却总觉得上面写的似乎并不是降魔经文一类。

顾清伦看了看栅栏后的阴雨森林，那次李飞扬负气跑进阴雨森林，他进入森林寻找，恰逢黑熊袭击李飞扬和戚凡，他将黑熊引到一处巨大的蜂巢处，利用群蜂的攻击赶走了黑熊，救下了李飞扬和戚凡。

现在戚凡死了，他又来到了这里，即将进入这片传说中有恶魔的地域。

顾清伦翻过木栅栏，走向森林深处的黑暗。

他点了一根火把，于密林之中前行。

阴雨森林不愧阴雨两字，夜间湿气极重，顾清伦周身衣物已贴在身上，汗水伴着湿气，遇风更冷，火苗闪烁，时亮时暗。

顾清伦曾游历名山大川，也曾进入过荆山秘境寻得墨家至宝璞石的线索，这些深山老林在旁人眼里可能千篇一律，进入便分不清东西南北，但在顾清伦眼里，却全都有迹可循。

只是此时此刻，他的心里想到的却是依瑞斯·雷耿。

黎曦所钟爱之人，雷耿家的族长，海马与龙纹章的第一继承人，以及，在那头巨熊眼角留下伤痕的男人。

是的，顾清伦想起了那个故事，依瑞斯与黎曦的初见。黎曦与弟弟泰卢在阴雨森林的边缘游玩，被黑熊袭击。在溪河垂钓的依瑞斯赶来阻止，与黑熊大战了一场，并在黑熊的眼角留下了一条可怖的伤口，击退了这凶猛的野兽。

然后第二次，在黑熊想要将李飞扬和戚凡当作腹中美味时，他利用群蜂赶跑了黑熊。

第三次，跑入阴雨森林的戚凡再次遭遇黑熊，险些被咬掉了半个肩膀，但戚凡依然逃离了熊口，最后死在了李飞扬的怀里，在顾清伦耳边留下了最后的遗言。

此刻顾清伦来到阴雨森林的尽头，这里是阴雨森林和远山的交汇地带。面前有一条蜿蜒的山路，如蛇般盘旋向上，仿佛缠绕着远山。而此地的一个大石头上，却雕刻着一个古老的符号。

顾清伦伸出手掌，想起戚凡临终之际，在自己手上描绘的符号。他抬起头看着石头上的符号，脑海里戚凡手指书写的一笔一画开始成形，和石头上的符号一模一样。

这个符号顾清伦并不陌生，所以当戚凡在他手心书写时，他才会感到惊愕无比，为何戚凡会知道这个符号。直到戚凡在他耳边，告诉了他这个地方。

这是墨家的符号。

为什么墨家的符号会出现在遥远的维尼亚？

顾清伦还不知道，但他知道这条蜿蜒的小路有明显人工开凿的痕迹，这个符号就像是一个路标，这条路的尽头，一定埋藏着什么，等待着某个人去挖掘出来。

顾清伦踏上了这条路，一切都仿佛是冥冥之中注定的一般。

道路并不曲折，最后的终点是一个山洞。

顾清伦打着火把进了山洞，火光扫过之处，可见锅碗瓢盆，石桌木凳，甚至还有一座炼丹炉。

这些物事俱已荒废许久，只能说明曾经有人在这里住过。

顾清伦继续寻找，很快便发现了几样重要的物事。

两卷羊皮书和一块石头。

一卷用汉字写成，一卷用维尼亚当地的文字写成。

石头上有一道标记，顾清伦认得，和当时他在孤岛画给李飞扬和戚凡的符号一样，而阴雨森林边缘，远山脚下那块巨石上的符号也是相同，这是他们这一支墨家传人的标志。

顾清伦打开了那卷用汉字书写的羊皮书，他静静地读着，很快确定了这块石头的来历，就是他曾在荆山秘境中所寻得线索，指向的那块与和氏璧出同源，一阴一阳的璞石。

被称为墨家的至宝，是墨家延续千年的使命。

所有的秘密，都在这两卷羊皮书中。

顾清伦继续阅读羊皮书。

他即将知道一切。

次日黎明，顾清伦回到瑞德克斯庄园。

由于他彻夜未归，黎曦也彻夜未眠。最近变故丛生，大家心里都是惴惴不安。黎曦没有将顾清伦失踪一事告诉众人，而是自己心惊胆战了一个晚上，如今看到顾清伦，终于如释重负。

黎曦看顾清伦双目充满血丝，似是一夜没睡，问顾清伦昨夜去了哪里。顾清伦没有解释，只是说自己现在疲惫不已，需要睡眠，约定中饭时间和大家见面。黎曦告诉顾清伦特瑞典要他们开始重塑雕像的工作，顾清伦点头，说自己也将在午后和大家商议此事。黎曦发现顾清伦出奇地平静，总觉得昨夜似乎发生了什么改变了他，还待再追问，顾清伦却已经转身走掉。黎曦看着顾清伦的背影，心里油然而生一种失落的感觉。

顾清伦回到房中，虽然一夜未睡，可他心里却是翻江倒海，一点倦意都没有。他将藏于怀中的璞石和两本羊皮书取出放在桌上。静静地低头端详着这三样物事。他们墨家的至宝，与和氏璧同宗同源的阴阳璞玉此刻就在他的眼前。师父曾告诉自己，璞石在大元忽必烈统治年间丢失，墨家后人在神州大地遍寻无果，没想到竟然是流落到了这遥远的维尼亚。而一旁的羊皮书中，不仅详细记录了璞石为何会从遥远的大明来到此地，更是写尽了海马与龙，海马与凤的由来，以及雷耿和瑞德克斯恩怨的始末……

“不要担心，一切自有安排。”顾清伦耳旁又想起了师父临终前在自己耳边的话语，如今看来，似乎真是如此。

顾清伦盯着桌上的璞石，静静沉思了起来。

戚凡火葬后的第二天，李飞扬还是没有出门。

她把自己关在房间里，静静地对着戚凡的骨灰坛。

一切都变了，变得面目全非。当她为了拒婚从家里跑出来，从一个千金小姐流落到大千世界，她心里的确更多是好奇和兴奋。当她女扮男装，应征入伍成为大明水师的一员兵丁，随大船出海，前往西洋，她的眼里除了辽阔的大海，还有顾清伦。在阿力山佐，她执意踏上“幸运的阿达西号”，追随顾清伦前往未知的海域，她没有畏惧。遭遇海难，流落孤岛，她也不曾绝望。直至来到维尼亚……

她发觉自己离家万里，却好像从来没有想过家，没有想过爹爹，没有想过哥哥弟弟。然而此刻，她突然非常想家，想自己长大的院落，想那些陪着她自幼长大的人们。她终于明白，这一切，都是因为戚凡。

因为戚凡一直跟着她，从小到大，从家乡到维尼亚，他是家的一部分，看见他，就好像离家不远。现在他没了，与家的联系断掉了，她才突然意识到，在这遥远的维尼亚，她举目无亲。

原来重要的东西一直在身边，却视而不见。看似美丽的事物一直在前方，却触而不得。

李飞扬想到这里，眼泪又不住地掉下来。

有人敲门，“咚咚咚”。

李飞扬不应。

“飞扬，是我。”

顾清伦的声音传来。

李飞扬眉头微蹙。

顾清伦站在戚凡的牌位前，看着白烛、瓜果、还有戚凡的骨灰坛。

李飞扬静静站在一旁，低头不语。

维尼亚没有香火，顾清伦双手合十，拜了一拜。

“顾大哥。”李飞扬说，言语中却没了往日的亲热。

“嗯。”顾清伦应道。

“戚凡走之前，在你耳边说了些话，能告诉我吗？”李飞扬问。

“他让我去阴雨森林和远山交汇处的一个地方。”顾清伦说。

李飞扬微微皱眉，显然不明白这句话的意思。

顾清伦思量着要如何跟李飞扬解释这复杂的一切。

“和我有关吗？”李飞扬问。

“还有……”顾清伦转身看着李飞扬，“他让我好好照顾你。”

李飞扬嘴角不自抑地挤出一丝讥讽的笑容，眼泪也不自禁涌出眼眶。

她是在嘲笑自己，她突然觉得自己就是一个大笑话，而她这个大笑话，却害得戚凡丢掉了性命。

顾清伦理解李飞扬的痛苦，他不擅长安慰别人，因为他总觉得生死之事，不是一句节哀顺变就能顺变的。安慰无用，只有交于时间。

但是顾清伦还是过去拍了拍李飞扬的肩膀。

“以后，就只有我们相依为命了。”顾清伦说。

李飞扬擦了擦眼泪走开。

“如果没有别的事，顾大哥请走吧，我要休息了。”李飞扬的声音冷冰冰的。

顾清伦看了看放在桌上的饭菜，纹丝未动，就知道从昨天到现在，李飞扬什么都没吃。

“跟我一起去吃饭吧。”顾清伦说。

“我不饿。”李飞扬答。

“不饿也要吃点，不然身子会垮。”顾清伦说，转头看了看戚凡的牌位，“戚凡如果还在，一定不愿意看你这样。”

李飞扬动容。

瑞德克斯餐桌上，众人低头吃饭，静默不语。

桌上只有咬动食物的吞咽声。

李飞扬看着满桌的珍馐美味，无动于衷，胃口毫无。顾清伦看李飞扬依旧滴米未进，主动将一块肉排放入李飞扬的盘子里。李飞扬抬头看着顾清伦，两人四目相交，李飞扬抿了抿嘴唇，还是逼迫自己吃了一点东西。

众人餐毕，顾清伦说道：“我有事相告，希望大家可以和我一起面见特瑞典先生。”

伯恩、维兰、德罗、黎曦都望着顾清伦。

李飞扬起身行礼，准备离去。

“飞扬。”顾清伦叫道。

李飞扬停下，不解地看着顾清伦。

“你也来。”顾清伦说。

李飞扬愣了一下。

瑞德克斯兄妹面面相觑，不知顾清伦意欲何为。

瑞德克斯族长房间里，特瑞典看着站在面前的人。

瑞德克斯三兄弟、长女黎曦、顾清伦、李飞扬皆在。这是李飞扬第一次出现在他的房间里。

“大人。”顾清伦说，“黎曦已经告诉我，您让我们重启雕塑的工作。”

特瑞典点点头，说：“时日无多，老实说我并没有抱很大的期望。之前你们一直坚持要重启雕塑的工作，现在我觉得你们是对的。”

特瑞典将目光转向李飞扬，后者微微低头，一言不发。

“飞扬小姐，我对你失去朋友感到惋惜。事情的经过我也知晓，请你节哀。”

李飞扬没有回话，心里却是刀绞般的难受。往日里她最喜抱怨别人，而此刻，她却只想怪罪自己。

见李飞扬没有回话，特瑞典又用问询的目光看着顾清伦，想要知道顾清伦为何要带李飞扬来这里。

“大人，我有一样东西要给大家看。”顾清伦说着，从怀中拿出璞石。

众人的目光都被吸引过去，却只看见一块平凡无奇的石头。

“这是什么？”伯恩问。

“这叫做璞石。这平凡无奇的外表包裹下的是一块精美的玉石，在我们东方，形容这种玉有一个词，叫作价值连城。”顾清伦解释，“恕我直言，这块玉的价钱，足以建造十座维尼亚城。”

顾清伦一言既出，众人心里却是不相信，别说眼前这块石头，就是里面包裹着的是金子，也绝无如此巨大的价值。

顾清伦看出了瑞德克斯族人眼里的怀疑，他决定告诉众人这块璞石的来历。

夕阳西下，众人围坐在饭桌前开始晚餐。

顾清伦不仅讲述了璞石的来历，他还详细阐明了他重塑雕像的方案。

因为时间所剩无几，再重新雕塑海马与凤那样的宏伟雕像已无可能，所以只能以小博大，兵行险招。

顾清伦要以黎曦为蓝本，塑造一座女像。

黎曦的美丽有目共睹，而她对顾清伦的意义更是不在话下。

这个方案太过大胆，瑞德克斯众人陷入了犹疑。黎曦感动于顾清伦的深情，但也希望雕刻的不仅仅只是自己。她缓缓地说道：“在民间有一个古老的谚语，‘心中住着谁，你就会成为谁’。两个家族的恩怨纷争让我们每个人都疲惫不堪，无数次我问自己，这是我们想要的一切吗？有那么多的瞬间，我希望希腊和平女神艾琳娜能住进我的心里。”说完这些，她望向了顾清伦，四目相对之时，他们听到了彼此心中的声音。

瑞德克斯工坊再次热闹起来。

海马与凤雕像被拉倒，碎成数块。

就像砸碎了旧的枷锁，为的是自由的新生。

工人们在其中挑挑拣拣，寻找可用的石材。

顾清伦和黎曦重新摊开图纸，开始一笔一画地设计。

其余的时间，李飞扬都是一个人待在屋里，对着戚凡的牌位和骨灰发呆。

她的思绪，一刻不能停止想起以前的事情，一刻不能停止缅怀戚凡。

想得越多，曾经的美好便积累得越多。曾经的美好积累得越多，现实的冰冷和痛苦便累积得越多。

但她已无可以排解悲痛的出口，因为一切都是她自作自受。

她只有默默承受一切。

雷耿庄园里，瑞德克斯工坊重开的消息传来。

依瑞斯有些动容，他知道时日无多，瑞德克斯现在重开工坊更像是困兽之斗。

特瑞典明明已经放弃了比赛，为何现在又要做无用的挣扎？

依瑞斯知道，是那个叫戚凡的东方人之死改变了一些东西。

当得知戚凡死去以后，依瑞斯也感觉到自己心里有一些地方被触动了。

他知道阴雨森林中那头可怖的黑熊，他曾经于熊口中救下了黎曦的性命。也是从那次开始，他和黎曦建立了某种联系，而这种联系，最终发展成了不顾一切，抛弃一切的爱恋。

和黎曦相爱的日子，成了他记忆中不可磨灭的美好记忆。

他本以为他和黎曦的爱情，可以融化雷耿和瑞德克斯百年来的积怨。

后来他们失败了，于是他们双双决定放弃各自的家族，选择属于他们两个人的世界和人生。

他们又失败了。

后来父亲死了，他利用了黎曦，只为得到这场百年来争斗的最终胜利。他在仇恨和家族利益面前，最终选择了牺牲黎曦。他还没有收获胜利，却已经得到了黎曦无比的怨恨。

他渴望杀死特瑞典，为父亲报仇。

他希望杀死代替特瑞典出战的顾清伦，只因为他是瑞德克斯的夫婿，是黎曦的未婚夫。

然而最终，死掉的只是一个叫做戚凡的冒牌货。

依瑞斯觉得自己像是一张拉满的弓，而拉满弓弦这个动作几乎已经耗尽了他全部的力气。

离弦之箭，最终命中了错误的目标。

但依瑞斯并没有觉得遗憾。

他突然不再恨特瑞典了。

他突然很想和黎曦说说话。

但他知道开弓之箭，无法回头。

就算他回头，也看不见黎曦了。

想到这里，依瑞斯突然觉得鼻子一酸，眼泪忍不住就要夺眶而出。他深呼吸了数次才平复下自己的情绪，他是雷耿家的族长，被称为真龙的男人，他不可以哭。

破空声传来，一支利箭从依瑞斯的眼前划过，他能感觉到箭风吹乱他额前的头发，利箭直直刺入衣柜里。

依瑞斯起初以为有刺客，但很快他发现那支利箭上系着一卷字条。

依瑞斯拔出利箭，摘下字条，阅读上面的文字。

依瑞斯的双眼陡然睁大。

瑞德克斯工坊的熔炉里，璞石被熊熊烈火炙烤着。

外表烧得通红的璞石，在锻造的钢铁敲打下发出一蓬蓬的火星，表面却连一丝裂痕都没有。

吹毛断发的宝刀利剑，砍在璞石上收获的也只是一个个残缺的刃口。

顾清伦曾听师父说过，千年来一代又一代的墨家后人前仆后继，使用各种方法都没能让璞石剖开见玉。如今看来，传言不虚。

另一方面，在人像的雕刻上，顾清伦和黎曦精诚合作。瑞德克斯长女的才华不弱于她的美貌，在黎曦的全力协助下，顾清伦进展神速。只是当推进到细节的雕塑上时，顾清伦才感觉到了瓶颈。

栩栩如生，终究只是一种模仿，而顾清伦想要的，是赋予雕像一丝神韵，就像是将灵魂注入雕像一般。

黎曦不懂顾清伦到底想要什么样的作品，因为是以自己为蓝本雕刻雕像。当她看着自己的样子在顾清伦的手里塑成人像时，她再次被顾清伦鬼斧神工的技艺所折服，没有人会觉得这尊雕像不像黎曦·瑞德克斯，可是顾清伦却似乎对自己的手笔并不满意。

“总觉得缺少了些什么。”顾清伦老实回答。

“可从工艺上来说，我觉得一切都很完美了。”黎曦说。

“艺无止境，没有完美的事物。”顾清伦说，“让我再想想吧。”

“对了，飞扬姑娘最近怎么样，她好些了吗？”黎曦问。

“她需要时间。”顾清伦说，“只有时间可以缓解她的悲痛，毕竟，人死不能复生……”

“其实我能看出来，飞扬小姐她一直，一直对你……”黎曦不知如何讲出口。

“我知道。”顾清伦坦然地承认。

“那你……”

“你也知道，我心里的想法。”顾清伦看着黎曦，他的眉毛微微皱着，双眼里满是复杂的情感。

李飞扬看着戚凡的牌位，心里依旧是空空落落的。

她是一个活泼的人，脾气来得快去得也快，今晚怒发冲冠，睡一觉起来就都抛诸脑后。只是如今三天已经过去了，她心里的悲伤竟似一点没减。她每天睡着都会梦见戚凡，梦见戚凡又活了过来，在梦里她喜极而泣，一边哭一边捶打着戚凡，戚凡不说话，只是看着她笑。有时是在昆山老家，仿佛他们从未出过海，在一个没有顾清伦的时空里，天地间只剩下她和那个傻小子戚凡。

梦总会醒，她醒来后看见的不是戚凡，而是一个孤零零的牌位，是一个毫无生气的骨灰坛。

她终于知道什么叫做举目无亲，她想起每一次她胡作非为的时候，都是戚凡在劝她。她要逃婚离家，戚凡劝她，她不听，戚凡便跟着她。她要跟着顾清伦上“幸运的阿达西号”，戚凡劝她，她不听，戚凡也跟着她。她要戚凡顶替顾清伦去和依瑞斯决斗，戚凡劝她，她不听，后来……

自己是个没心没肺的人，不是吗？可是如果真的没心没肺，现在她为什么会这么难受？没心的人应该是不会伤心的啊。

李飞扬突然有一种预感，她不会好起来了，她的心将永远这般空空落落，每次梦醒，都将是一次梦破碎的场景。

第二十九章

雨夜，墓地里漆黑一片，时而磷火四窜。墓碑挺立，象征着曾有一个个鲜活的生命在这里长眠。野猫的双眼在漆黑中发出光亮，如同地狱的使者在黑暗中窥伺着一切。大雨磅礴，仿佛想要冲刷这世间的罪恶，却令地面泥泞难行。

脚步声响起，油灯的火苗在暴雨中闪烁摇晃。身穿斗篷的男人在墓地间游荡着，显然他不是一个宾客，因为亡灵无法邀请生者做客。男人的脚步放慢，油灯的光芒闪过一块又一块的墓碑：法兰·瑞德克斯，宾德·瑞德克斯，奥德罗·瑞德克斯，尼斯·瑞德克斯……全部是瑞德克斯家的姓氏，显然，这里是瑞德克斯的墓地。

灯火最终在一处墓碑前停留，突然天空划过一道闪电，照亮了墓碑上的名字：鲁茜亚·瑞德克斯。

男人无言地望着墓碑，大雨磅礴，冲刷着刻在墓碑上的名字，灯火摇曳，却明暗不熄。

突然，脚步声又响起，男人立刻弯身吹灭了灯中的火苗，墓地里再次漆黑一片。脚步声越急，男人匆匆离去，他的身后，另一盏灯火在向他靠近。

来人是顾清伦。

当他来到鲁茜亚·瑞德克斯的墓碑前时，发现此地空空如也，而刚刚一道闪电划亮天际时，他明明看见这里站着一个人影。

那个人影，到底是人是鬼？顾清伦茫然地四顾，然而此刻墓地漆黑一片，唯一的光亮是他手中的油灯。

突然天空中再次划过一道闪电，顾清伦在墓地尽头看见了一张人脸。

顾清伦永远不会忘记那张脸。

一张宛如恶鬼一样的脸。

清晨，瑞德克斯家族的族长特瑞典被发现死在自己的房中。

死因是石化症。

特瑞典终究没能撑到和雷耿家族比赛的那一天，他走的时候神色平静，也没有挣扎的痕迹，似乎并没有多少痛苦，但众人都知道因为石化的原因，他的触觉、痛觉已经遗失殆尽。

特瑞典留下两封遗嘱，其中一封嘱明在比赛结束后方能打开。

知晓真相的众人，包括长子伯恩·瑞德克斯、次子维兰·瑞德克斯，三子德罗·瑞德克斯，以及长女黎曦·瑞德克斯，还有顾清伦，都没有想到事情来得如此突然。

根据第一封遗嘱，由伯恩·瑞德克斯代承族长之位。

葬礼从简。

消息很快传遍了维尼亚。

依瑞斯是在午餐时分得知了消息。

起初全桌静默，所有人都因这突如其来的消息而愣住了。

然后下一秒，全桌爆发出了仿佛胜利一般的欢呼声。

酒杯碰撞，酒水飞溅。

只有依瑞斯面容冷漠。

他看着这些欢呼的雷耿族人，内心里突然爆发出一股强烈的鄙视。

他拿起酒杯，磕了磕桌子，众人逐渐安静起来。

他举起酒杯，众人也跟着举起。

“敬特瑞典·瑞德克斯。”依瑞斯朗声说道。

桌上众人都露出不怀好意的笑容。

“一个可敬的对手。”依瑞斯朗声说完。

众人不怀好意的笑容纷纷冻结。

依瑞斯仰头一口干掉杯中的酒，然后将酒杯扔掉，起身离去。

留下众人举着酒杯，面面相觑。

瑞德克斯工坊，前期的群策工作完成后，如今又只剩下顾清伦一人。

一面是雕塑的人像，一面是火中的璞石。

雕塑依然没有顾清伦想要的灵动，璞石依然没有见玉。

瑞德克斯的族长特瑞典已经故去，他最终还是死于疾病，而非依瑞斯之手。

作为长子的伯恩根据特瑞典的遗嘱继承了族长之位。而特瑞典的另外一封遗嘱要求在比赛结束后再公开。顾清伦大致可以猜出遗嘱的内容，比赛过后，瑞德克斯和雷耿的百年争斗将画上句号，特瑞典在海马与凤雕像损坏后便已分割了财产，因为当时所有人都知道瑞德克斯已经无力回天。

如果没有顾清伦的话，事情可能确实会向众人的想法那样发展。

但现在，这场争斗的胜负却最终押注到了顾清伦身上。

以前顾清伦会觉得，自己是个东方来的外人。

但现在他已不这样觉得，倒并不是因为顾清伦有着一个有名无实的瑞德克斯家夫婿的名号。

顾清伦拿出在远山秘洞中发现的羊皮笔记，打开翻看。

这个笔记里记载着一个惊天的秘密，海马与龙、海马与凤从何而来？雷耿家族、瑞德克斯家族又是从何而来？这百年来的争斗从何而起、造成今天的局面又是何人之功过？如果说在没有看过这本笔记的时候，顾清伦会觉得他帮助瑞德克斯完全是因为黎曦，但当他读过这本笔记之后，他发现这件事情已经跟自己脱不了干系。

顾清伦静静思量着，工坊里静悄悄的，只有熔炉下的火柴燃烧的声音。

脚步声响起，顾清伦立刻合上书本，藏于身后。

来人是李飞扬。

顾清伦没有想到李飞扬会在深夜来到工坊。自从戚凡走后，李飞扬甚少出门。顾清伦知道她心中悲痛，也不愿打扰她，只希望时间能抹平她的伤痕。

“顾大哥。”李飞扬叫道。

“飞扬，你——”顾清伦本想问李飞扬觉得好些了吗，但又怕触及她的伤心事。

“我也不知道我好点了没有。”李飞扬倒是直接说出了顾清伦顾忌问的话，“我现在心里空落落的。”

顾清伦看着李飞扬毫无生气的脸，心下一阵难过。

“顾大哥，这是黎曦的塑像吗？”李飞扬说着走到雕像旁边。

“是以她为蓝本雕刻的。”顾清伦说。

“像，真像，但又觉得比黎曦还要好看。”李飞扬说，“看来顾大哥在雕刻的时候，按照自己的喜好做了改动，原来这就是顾大哥心里黎曦的样子。”

顾清伦从未听过李飞扬如此直白地谈论黎曦，竟一时不知如何作答。

李飞扬又来到熔炉旁，被火烤得通红的熔炉散发出一阵阵热浪。

李飞扬问：“这熔炉里炼化的是什么？”

顾清伦说：“是一块璞石。”

“璞石？”李飞扬又问。

顾清伦说：“最近发生了很多事，你深居简出，可能还不知道。”

李飞扬低下头去，“就是说大家都知道，只有我不知道……”

顾清伦说：“这块璞石若是在大明则是无上的至宝，但在这维尼亚，却也不是什么不能告人的秘密。你可听过和氏璧？”

李飞扬仰头思索了一下，说：“小时候听家里大人讲过故事，说是一块价值连城的宝玉。”

顾清伦说：“春秋时，楚国人卞和在荆山中国年找到了一块璞石，卞和是懂玉的人，知道这块璞石里藏着一块美玉，便把璞石献给了厉王。厉王让手下雕琢玉器的工匠去鉴别璞石，工匠却说这是石头。厉王震怒，认为卞和说谎，想要骗取他的赏赐，于是命人砍去了卞和的左足。等到厉王驾崩，武王即位，卞和又把璞石献给武王。武王让手下雕磨玉器的工匠去鉴别，工匠们说这是石头。武王和厉王一样震怒，认为卞和是在骗取他的赏赐，名人砍去了他的右足。武王驾崩以后，文王即位。卞和怀抱着他的璞石，在荆山下哭了三天三夜，眼泪流尽，最后竟哭出血来。文王获悉后，派人问卞和原因，说天下受刑罚的人颇多，为什么你哭得这么伤心？卞和说我不是因为受刑而伤心，我哭泣，是因为我的璞石内含宝玉，却被人看作普通的石头。我是诚实的人，却别人看作说谎的人。文王于是在天下广招雕琢玉器的能工巧匠，终于剖开他的璞石，见了其中的宝玉，命为‘和氏璧’。”

李飞扬问：“因为卞和为和氏璧受了许多苦，所以这块宝玉便价值连城吗？”

顾清伦说：“卞和的誓死坚持，自然为和氏璧增色不少。但若说道价值连城的典故，则是战国时，这块楚国的名玉遗失，流落到了赵惠文王手中。和氏璧乃天下至宝，秦昭王听闻此事，想要得到这块天下至宝，便派遣使者前往赵国面见赵惠文王，提出以十五座城池来换和氏璧。”

李飞扬惊道：“十五座城池？”

顾清伦说：“秦昭王是这样跟赵惠文王讲的，但赵王知道秦国虎狼之邦，秦王一向贪得无厌，只有巧取豪夺之态，没有公平交易之习。赵王担心将和氏璧给了秦王，就如羊入虎口，秦王到时反悔，这天下至宝便白白让秦王得去。若是拒绝秦王，又担心秦王一怒之下，以此为借口发兵攻赵。正在两难之际，宦者令缪贤推荐了自己的门客蔺相如带着和氏璧前往秦国与秦王谈判。”

李飞扬说：“蔺相如，他是一个什么样的人？”

顾清伦说：“他是古今以来少见的有大智大勇之人。蔺相如带着和氏璧到了秦国面见秦王，却发现秦王接过和氏璧后，传左右共赏，爱不释手，却根本没有想用十五座城池抵换和氏璧的意思。蔺相如于是借口说和氏璧上有一道瑕疵，愿意指给秦王看。秦王没有多想，便将和氏璧递还给蔺相如。不料蔺相如拿到和氏璧后，怒发冲冠，指责秦王没有想用城池交换宝玉的诚意，如果秦王不愿履行承诺，想要强占和氏璧，他便与和氏璧一道，一同撞碎在这秦国大殿上。秦王大惊，安抚蔺相如，嘴上说他一定会遵守承诺，暗地里却只想稳住蔺相如伺机夺取和氏璧。蔺相如看透秦王的用意，便说和氏璧是天下至宝，赵王惧怕秦王，不敢不献出宝玉。赵王送和氏璧之前，斋戒了五日。如今大王既然要收受和氏璧，也应斋戒五日，并在殿堂上安排九宾大典，他才敢献上宝璧。秦王估量此事，毕竟不可武力夺取，便答应了蔺相如的要求。这蔺相如却趁着秦王斋戒的时候，让手下人换上寻常百姓衣服，偷偷带着和氏璧逃回了赵国。”

李飞扬说：“这蔺相如也是胆子大，区区一个宦者令门客，竟敢在秦王面前如此滑头。那他让手下带着和氏璧逃回了赵国，他自己还在秦国，又如何向秦王交代？”

顾清伦说：“蔺相如倒也说得坦白。秦强赵弱，秦王可以欺诈赵王，赵王却万万不敢欺诈秦王。若秦王先得了和氏璧，到时反悔不偿城池，赵王也没有任何办法。但若赵王先得了城池，若赵王反悔不献和氏璧，秦王大可以挥兵灭掉赵国。如果秦王真的对得到和氏璧有诚意，应该先把城池划给赵国。而在蔺相如出使秦国的这段时间里，赵国积极筹备，厉兵秣马，秦王才发觉被蔺相如拖延了时间。此刻若是再挥兵攻打赵国，恐怕战事旷日持久。事已至此，杀了蔺相如也无济于事，还让天下人觉得他小气。于是只好放蔺相如回了赵国，这个典叫做‘完璧归赵’。”

李飞扬说：“这蔺相如确实是大智大勇之人……你给我讲这个故事，难道……这熔炉里的璞石，就是那块和氏璧？”

顾清伦摇摇头，“自然不是和氏璧。但也跟和氏璧有些联系。天地生阴阳，阴阳生万物。故有阴必有阳，有阳必有阴。当时卞和在荆山找到的包含有和氏璧的璞石，其实在荆山还有一块与和氏璧阴阳相对的璞石，就是熔炉里的这块”。

李飞扬听了以后大惊，“可是，这等宝贵的东西，怎么会在维尼亚？难道，这块璞石，你一直带在身边？”

顾清伦叹了口气，“这块璞石，大概于一百多年前从中土流落到了维尼亚……其实这块璞石，是戚凡帮我找到的。”

李飞扬神色一变，欲言又止。

顾清伦说：“你还记得戚凡临终之时，在我手心画像，在我耳旁低语吗？其实就是告诉我他在阴雨森林和远山的边缘发现了我墨家的标记。我后来按图索骥，才找到了璞石。只是可惜，没能好好谢谢戚凡，他着实对我有大恩。”

李飞扬看着烧得通红的熔炉里面躺着的璞石，可说是戚凡用命换来的。烈火之中，依然冥顽不灵，就像戚凡一样……

想到这里，李飞扬的眼睛变得通红。

顾清伦知道李飞扬念及戚凡，一定又触动了伤心，心里也自不好受。

“顾大哥，谢谢你。”李飞扬突然说。

顾清伦一愣，不知李飞扬为何突出此言。

“你以前从来没有跟我说过这好些话，谢谢你今天跟我说这么多。”

顾清伦微微低下头，他生性淡泊，本就不喜言语，但细致想去，平日里他的确不愿与李飞扬交流，因为他知道李飞扬的心思，而他不愿给李飞扬无用的希望。

现在想来，顾清伦心里开始有些愧疚。

“那这块璞石，表面什么时候才能熔化，见出里面的宝玉啊？”李飞扬察觉出了顾清伦情绪的变化，转移话题。

“我也不知道。”顾清伦叹了口气，“我墨家千年，一代又一代的能工巧匠，试遍各种方式，都无法让璞石剖开见玉。如今千年过去，璞石还是这块璞石。之前我还以为师父的话不过是祖辈流传下来的神话，毕竟连师父自己也没见过璞石。如今自己试了试，才意识到师父所言非虚。”

李飞扬想到戚凡，不禁低声呢喃道，“这璞石如此冥顽不化，倒真像是某些人的性子”。

顾清伦见李飞扬复又失落，想到李飞扬刚才的话语，说自己从未和她多有言语，心里愧疚之意再起。他原本以为死生之事，安慰无用，只有时间才能平复，却不知一直以来，自己都在刻意忽略着李飞扬，也没有想过每次李飞扬的热情遭遇他的冷淡，会给李飞扬带来什么痛苦。顾清伦心里不禁叹道，她一个千金小姐，若不是遇见自己，也不会落得这分田地。虽然自问无愧，但也终归改变了她的人生。想到这里，顾清伦决定与李飞扬多说些话，于是又道："不知道若干将在世，是否有法子能制这璞石。"

"干将？这名字我听着耳熟，以前好像听人提起过，他是谁？"李飞扬问。

顾清伦回答："你可听过干将、莫邪。"

李飞扬皱眉思索了一会儿，恍然大悟道，"哦，干将、莫邪，我想起来了。以前在家，好像听一些江湖朋友说起过，是两把惊世的名剑，一阴一阳，一雌一雄。对吗？"

顾清伦说："没错。但干将、莫邪起初并非是宝剑的名字，而是一对夫妻的名字。相传春秋时期，楚国有铸剑师干将，他铸造的宝剑锋利无比，闻名遐迩。楚王得到一块从天外坠地的陨铁，交予干将，给他三月为限，铸造一柄宝剑。干将每次在熔炉前铸剑，莫邪便陪伴着他，给他扇风擦汗。但这块陨铁坚硬无比，任凭干将在熔炉中百般炼烧，依然铁英不化。三月大限将至，干将知道若楚王得不到宝剑，一定会杀死自己，于是终日唉声叹气，愁眉索目。莫邪不愿干将被杀，于是趁着干将睡熟，偷偷跑到铸剑炉上的木梯前。干将梦见莫邪投炉，惊醒后发现莫邪果然不在枕边，惊惶跑到铸剑炉处，却见莫邪白衣飘飘站在高处，底下就是那滚烫的铸剑炉。干将大呼不要，莫邪却对干将一笑，说干将，我没有死，我们还会在一起。说完莫邪流下一滴眼泪，纵身一跳，跃入炉中。"

李飞扬似是已经听得痴了，喃喃道："然后呢……"

顾清伦说："莫邪跳炉，之前顽固的陨铁终于熔化，铁水流出，干将含着眼泪，铸造出一雌一雄两把宝剑，雌剑取名莫邪，雄剑则取名干将。这就是干将、莫邪的由来。”

李飞扬说：“莫邪牺牲了自己，救了干将的性命。这，这故事是真的吗？”

顾清伦摇了摇头，“传说而已，难辨真假。就算真有其事，千年来流传下来，不知又有多少后人的遥思寄予其中。恐怕也与当时的景象大相径庭”。

李飞扬望着烧红的熔炉，静默不语。

顾清伦舔了舔嘴唇，“和你说了好些话，还真有点口渴，这熔炉旁边也甚是炎热，你在这等等，我去取些水过来”。

顾清伦转身去取水，突然想到工坊院落另外一间房里有一些瓜果，便想取来一并给李飞扬。顾清伦离开时又看了一眼李飞扬，只见李飞扬依然站在原地不动，目光停留在熔炉上。

顾清伦心里划过一丝异样，但脚下未停，步出工坊走入了夜色之中。顾清伦走得越远，心里的不安感越是强烈，脑海里回想起李飞扬刚才的那句“这故事是真的吗？”顾清伦又走了几步，眼前又浮现起最后见李飞扬的情景，她站在熔炉前，痴痴望着熔炉……

顾清伦突然停下脚步，不安的感觉已到极致。他转头快步向工坊走去，几步过后不禁小跑起来。

顾清伦从工坊巨大的门缝中挤了进去，却见李飞扬正在以黎曦为蓝本的雕像前驻足凝望。

顾清伦心下抒了口气，摇了摇头，返身又去寻取瓜果，还暗暗责怪自己神经紧张。想到这里，顾清伦的脚步不禁轻快了起来。

李飞扬望着雕像，眼前浮现起黎曦的样子。

“你真美，难怪顾大哥在船上远远见了你一眼，就不惜性命去救你。”

李飞扬伸出手，轻轻抚摸着人像的面庞，“这一刀一刻，都是顾大哥亲手凿出来的，他心里这般爱你，才把你雕凿得如此漂亮。”

李飞扬舒了口气，仿佛心中的一道绳结解开了一般。

“顾大哥，一定要赢依瑞斯啊。”

李飞扬对着人像说完，转身望了望远处的熔炉，神色变得坚定起来。

“戚凡，我来了。”

李飞扬向熔炉走去。

顾清伦挑拣好瓜果，捧着向工坊走去。

刚刚和李飞扬说了好些话，自己也有种愉悦的感觉。想到李飞扬为他做出的种种牺牲，心里不禁升腾起感动之情。

顾清伦又念及戚凡临终之际，托付他好好照顾李飞扬。心里又是一丝不忍，想到这里，脚步加快，待他从工坊的门缝中进去，却一眼看见李飞扬在熔炉旁高高的木架子上。

顾清伦大惊，手上瓜果落地。

“飞扬，你在上面干什么？快下来！”顾清伦大喊道。

李飞扬远远望了顾清伦一眼，道：“顾大哥，我要去找戚凡了，我知道他一定还在等着我。这一路上，谢谢你照顾我们。”

李飞扬说完望着熔炉里熊熊的烈焰，嘴角轻喃道：“戚凡，我来找你了。”

李飞扬闭上眼睛，直直向熔炉里掉了下去。

“飞扬！”顾清伦声嘶力竭地大喊着，他伸出手，像是想要远远抓住李飞扬一样。

他什么都没抓到。

熔炉中的火焰瞬间就熄灭了。

原本烧得通红的熔炉变成了黑色。整个工坊里寂静一片，只有顾清伦急促的呼吸声，声声可闻。

顾清伦浑身颤抖，慢慢沿着木梯走上高台，向熔炉的上方移去。

他来到刚刚李飞扬跳下熔炉的位置，他深吸了几口气，鼓起勇气，向下张望。

熔炉里除了璞石，空空如也，熔炉四壁，一尘不染。

顾清伦的大脑一片空白，不知道此时此刻，到底发生了什么。

他纵身跃下，打开熔炉的炉口，取出了璞石。

李飞扬不见了，她就像是跳进了另一个时空，又或者李飞扬根本没有跳入熔炉，一切都是顾清伦的幻觉。

顾清伦小心翼翼地用手指戳向璞石，本该滚热的璞石没有向外散发热浪。顾清伦的手指触碰到了璞石。

璞石的表面像是蛋壳一样龟裂破碎开来，露出里面晶莹碧透的玉石。

顾清伦将璞石捧在手中，碎裂的外壳细腻无比，如沙子一般从他的指缝间流走。

璞石终于见玉，这块玉此刻正在顾清伦的手中，晶莹无瑕，碧中透着一丝红，像凝固的鲜血，也像初晨的朝霞。

玉的表面是温润的，微微散发着热量，就像人的体温一般。

顾清伦的耳边突然响起了李飞扬的声音。

“顾大哥，我找到戚凡了。我们再也不分开了。”

第三十章

维尼亚的中心广场上，人流聚集在新搭建的高台四周。高台上，维尼亚的领主端坐主位，他的旁边坐着他的女儿，那位即将出嫁的贵族小姐。高台两边，分别是维尼亚的两大家族，雷耿和瑞德克斯的席位。根据之前领主裁判的规定，今天是两家雕塑比赛的日子，也是雷耿和瑞德克斯百年恩怨的终点。

雷耿一方，族长依瑞斯和长老库恩·雷耿位居前两席位，他们身着华服，胸前和袖口都有金线绣织的海马与龙纹章。依瑞斯表情平静，微微低

头，手指缓慢摩挲着酒杯，双眼盯着杯中缓缓晃动的酒水，不知道在想着什么。一旁的红袍僧惯例将自己的脸藏在兜帽下，他靠在后座上，微风吹动兜帽的摆沿。其余的雷耿族人表情轻松，三三两两凑在一起嬉戏谈笑，显得胜券在握。而反观对面瑞德克斯的席位，却是清一色的眉头微蹙，仿佛有一股愁云弥漫在瑞德克斯的上空。新任族长伯恩·瑞德克斯心里忐忑，脸上却还是强装镇定地平视前方。余下维兰·瑞德克斯、德罗·瑞德克斯、黎曦·瑞德克斯都微微低头，似是不愿看着雷耿家族欢笑轻快的样子。黎曦偶尔抬起头，心思忐忑地望着依瑞斯，后者却仿佛入了迷，一直低头摆弄着自己的酒杯，似是对周遭的环境兴趣全无，一次都没有抬起头看过自己。

黎曦的心里不禁有些失落，她本以为依瑞斯也在悄悄注意着她。

黎曦旁边空着一个座位，是预留给顾清伦的。顾清伦并未现身，这也是瑞德克斯众人心里忐忑的原因。自从李飞扬投炉亡去之后，顾清伦便将工坊的大门紧锁，将自己一人关在了里面，不许任何人打搅他，一日三餐也是放在门口，由他自己取食。黎曦亲自送饭，数次想见他都被他断然拒绝，只说自己在完成雕塑的紧要关头，不能有任何人打扰。

短短数天之内，戚凡，特瑞典·瑞德克斯，李飞扬三人相继亡去，瑞德克斯庄园仿佛被死神的阴影笼罩，一时之间人人自危。大赛将至，无人知道雕塑进行到什么地步，就连黎曦也没见过最后顾清伦的成品。只是在昨天晚上，顾清伦隔着工坊大门对黎曦说明日初晨就会完工，届时自己将亲自送雕塑去比赛会场。

伯恩提出过反对意见，顾清伦手中的雕塑并非只是他个人的作品，上面还承载着瑞德克斯一族的兴衰命运。但黎曦尽力说服了兄长，如果没有顾清伦，瑞德克斯家族已注定落败，眼下能否向死而生，只有将一切希望押宝在顾清伦身上，眼下既然顾清伦如此坚持，就绝对不能违逆他的意思去打扰他。伯恩最终被黎曦说服。雷耿家若是知道对面的瑞德克斯族人到现在连代表瑞德克斯参赛的作品长什么样子都不知道，不知心里会作何感想。

太阳上升到了领主的头顶，他眯着眼睛，抬头看了看天空，今天有一个好天气，碧空白云，相得益彰。他用手拿起铃铛，轻轻地摇了摇，清脆的银铃声散发出去，谈笑嬉戏的雷耿族人安静下来，而原本忐忑压抑的瑞德克斯一方则更显得死气沉沉，仿佛这清脆的银铃声是敲响死亡的丧钟。

领主清了清嗓子，站起来说道："今天是领主裁判之日，感谢雷耿家族和瑞德克斯家族齐聚在这里。根据之前协议的内容，我们将在雷耿一族和瑞德克斯一族的雕塑中选择一尊优胜。这尊优胜的雕像将代表维尼亚最高超的工匠艺术。容我介绍今天的评委。"

主座两边坐着的都是王国内的达官显贵，领主每介绍到一个人，都要说出他们的封号、姓名。被介绍的人站起来欠身向众人示意。有趣的是这些人身上穿戴的珠宝首饰，彰显了他们是哪一方的拥趸。其中大概三分之一拥戴雷耿，三分之一拥戴瑞德克斯，还有三分之一并未佩戴两家的首饰，这意味着他们的审美保持中立。看来领主在选择评判者时也做了细致的考量。海马与龙和海马与凤的产品行销诸国，是上流圈子达官显贵们的弄潮儿，而在今天之后，海马与龙和海马与凤的纹章仍然存在，只是将尽归一家所有。

领主介绍完毕，喝了一口水，清了清嗓子，他的目光扫过雷耿席位，年轻的族长依瑞斯竟然还在低头玩弄手中的酒杯，在整个过程中丝毫没有抬头看过他一眼，这让他略微有点不悦，老族长蓝札·雷耿可不会如此无礼，他一向尊重自己，不像这个没礼貌的毛头小子。他的目光又移到瑞德克斯席位，新任族长伯恩·瑞德克斯表情严肃，余下的族人也都显得忐忑不安，领主听说了瑞德克斯的雕像损毁一事，在那之后不久族长特瑞典就因病命丧黄泉，可怜的特瑞典，领主不禁对瑞德克斯一族产生了怜悯之心，但他自己也知道这并无多少意义，这两大家族在他出生之前就世代相斗，今天终于要在这一天终结。

领主从怀中掏出一枚银币，当众宣告正面为雷耿家族先作展示，背面则为瑞德克斯家族。伯恩·瑞德克斯盯着领主手指尖的银币，忍不住咽了口口水，他悄声问旁边的黎曦顾清伦是否已经来到会场。黎曦点点头，说顾清伦已在后台等候。

“你有见过最后顾清伦的雕塑成品吗？”伯恩低声问道。

这次黎曦摇了摇头，“他用布盖着，我没有看见”。

领主掷出了银币，银币翻滚着向上，雷耿席位上，依瑞斯依然低着头，似乎如此重要的时刻都与己无关，红袍僧则微微仰头，以旁人无法所见的目光从兜帽后观察着这枚将决定两家展示顺序的银币。瑞德克斯席位，众人紧张忐忑地盯着银币，不少人暗暗祈祷，希望硬币掉落时正面向上。

银币掉在高台的中央，落地后竟还在兀自旋转，雷耿和瑞德克斯的族人忍不住探出身子，想要看清楚硬币倒下朝上的那面是正是反。终于银币倒下，正面朝上，众人发出一阵窃窃私语。依瑞斯缓慢地抬起头，望了一眼高台中央的银币，然后轻轻挥了挥手指，高台下的人群发出一阵骚动。

人群向两边散开，八个身强力壮的大汉抬着一座高达丈余的巨大雕塑缓缓走来，巨大的天蓝色绒布盖住整个雕像，让人对其中隐瞒的雕像真容产生无尽的遐想。仅仅从雕像的尺寸来看，这个巨大的家伙无疑散发着一种宏伟的威慑之力。八个大汉踏上高台阶梯的那一刻，整个高台都不可自抑地晃动了一下，让人不禁担心高台是否能承受这巨大的重量。雕像终于被小心翼翼地抬上高台，八个大汉动作一致，缓缓下蹲，被固定在四根木柱上的雕像也随之缓缓降落，当雕像底座慢慢与台面接触之时，众人都明显感觉到一股向下的沉力，仿佛要将所有人都吸到高台中央一般。

大汉们放置雕像完毕，纷纷从木柱下脱身站起，向以领主为首的贵族们行礼后下台。雷耿席位上，依瑞斯缓缓起身，走到高台中央，向领主们躬身行礼，不少贵族小姐忍不住鼓起掌来，雷耿家年轻的族长声名在外，果然如传言一般俊美挺拔。

黎曦望着依瑞斯英俊的侧脸，忐忑他是否会向这边看上一眼。但依瑞斯转身对着自家的雕像，并未对瑞德克斯这边有丝毫表示，黎曦觉得今天的依瑞斯有些古怪，他面容冷静如深雪中的寒冰，双目中满是决绝的杀意。

依瑞斯抓住蓝色绒布的一角，突然用力扯下。绒布顺着雕像的轮廓滑落，露出了海马与龙雕像的真身，紧接着高台四处都发出了一阵惊呼之声。

巨龙的身姿如长蛇一般环绕在海马的身上，龙头与海马的头颅并行，仿佛下巴微微靠在海马的肩上。龙身上的鳞片清晰可见，上面镶嵌着玛瑙、祖母绿、珍珠等各种宝石，阳光下散发出五彩的光芒，像是一条华丽无比的锦带。巨龙的双目由红宝石制成，阳光下反射出如火焰一般的目光。海马的双目则用蓝宝石制作，散发着如海洋一般深蓝的光辉。

领主席位上爆发出一片欢呼和掌声，雷耿族人也个个志得意满，挑衅地望向瑞德克斯席位。伯恩强装镇定，德罗和维兰却低下了头，不敢直视雷耿的锋芒，黎曦表情复杂地望着依瑞斯的侧脸，心里五味杂陈。

依瑞斯躬身示意，感谢众人的欢呼和赞叹。当他走回自己座位时，除了红袍僧之外，雷耿族人都站起身来，举起酒杯向他庆贺，宛若欢迎一位凯旋的将军，似乎与瑞德克斯的这场决斗，在雷耿亮剑时就已结束。

依瑞斯回到座位坐下，一旁红袍僧的身体还是微微后倾，与眼下欢愉的气氛隔着一点点距离。依瑞斯并未和叔叔搭话，他抱肩坐着，闭目养神，仿佛因为完成了任务，接下来的一切都与自己无关一般。

领主席位上的贵族们窃窃私语，对着海马与龙雕像指指点点，赞不绝口。贵族的小姐们更是频频望向雷耿首席的依瑞斯。只见后者依然闭着双眼，像一尊不动的雕像。就连快要大婚的领主女儿，也不禁望向席下的依瑞斯，心里小鹿乱撞，觉得自己的如意郎君应当是依瑞斯这样的男人。

领主望着气势恢弘的海马与龙雕像，又想起瑞德克斯海马与凤雕像已毁的事情，想在如此短的时间里再雕塑出一尊海马与凤雕像几无可能，看来胜负已定，大局已平，往后维尼亚将不再有瑞德克斯家族的旗帜，只剩下雷耿家族独挑大梁。想到这里，领主也不禁叹了口气，维尼亚一百年来的平衡即将打破。

领主清了清嗓子，周遭逐渐安静下来，领主向瑞德克斯的席位伸出手，朗声说道："接下来是瑞德克斯的展示时间。"

全场的目光都聚焦在瑞德克斯席位，新任族长的伯恩·瑞德克斯如芒在背，只感觉每个人的目光都是一把把锋利的利刃。其余的瑞德克斯族人也被盯得很不自在，雷耿家自然是敌意里混着轻蔑，而领主席位上则多是同情、好奇的目光。黎曦紧咬嘴唇，望向对面的依瑞斯，后者却依然双眼紧闭，仿佛一切已与他无关。

"瑞德克斯，请珍惜你们的时间和机会。"见瑞德克斯这边毫无动静，领主的语气里也出现一丝不耐烦的情绪。

伯恩身子微微靠向自己的妹妹，悄声焦急道："顾清伦呢？"

黎曦咽了口口水，她也不知顾清伦现在何处，刚想起身去寻找顾清伦。突然高台下的人群发出一声惊呼，一个人怀抱一尊被红色绒布包裹着的雕塑，飞身跃向高台，如在空中行走一般。德罗·瑞德克斯惊呼道："顾清伦！"

顾清伦施展的乃是中土习武之人常练的轻功。等他从天而降落在高台中央，已将所有人的目光都吸引过去。连一直闭着双眼的依瑞斯也睁开眼来，望着这个堪称他的宿敌之人。领主席位上的众多贵族之前并不知道顾清伦的事情，眼下发现他竟是一个黑发黑目的东方人，又见他施展这种御风而行的本事，都不禁窃窃私语。

领主听过瑞德克斯的东方客人，知道此人是黎曦的未婚夫，也可算作瑞德克斯的一员。顾清伦和黎曦对视了一眼，冲她点了点头，黎曦立刻吩咐左右，抬了一张桌子到高台中央，顾清伦将盖着红绸的雕像轻轻放在桌上，和一旁高达丈余的海马与龙雕像相比，顾清伦怀抱之中的雕塑简直小得可怜。

雷耿族人里爆发出一片窃声私语的嘲笑，贵族们也觉得和雷耿家需要八名壮汉齐力搬上来的海马与龙雕像相比，顾清伦怀抱着的这尊雕塑实在小气得可怜，不过众人也暗暗好奇，想知道瑞德克斯究竟会展示出什么样的作品。

顾清伦的手掀开红绸的一角，然后缓缓地将红绸拉下，像是在轻解爱人的衣衫。红绸褪下，露出了一座人像。

顾清伦移步到人像后方，好让三面的观众都能看清楚雕像的真容。全场在雕塑露出真身的时候就安静了下来，一股祥和的力量仿佛从雕像处散发出来，一股柔和的暖风吹向众人，雷耿族人的敌意，瑞德克斯族人的忐忑，贵族们的猜忌和好奇，都仿佛在这一瞬间被平息下来。

黎曦想到人像是以自己为蓝本雕塑，不禁心跳加速，面色潮红，但是待她仔细看去，才发觉这座雕塑熟悉又陌生，已经并非她之前看过的人像。雕像的手部微微前伸，手掌张开正在放飞一只白鸽，而在腰间的缎带上，同样有六只鸽子栖息其中。黎曦知道白鸽象征着和平和新生，顾清伦此意是为定下和平新生的基调。人像的头部戴着一个新奇的头饰，头饰上用金叶雕织了一只黎曦从未见过的珍兽，待仔细观察之后才惊觉这只珍兽有着凤凰的头颅和百羽。羽毛下的身体却是海马的后肢，原来顾清伦竟将海马与凤融合起来，再造了一只海马凤。再看人像的底座，被雕刻成了海浪的形状，仿佛人像是被海浪托起，乘浪前进。黎曦想起顾清伦曾经跟她说过一些东方世界的工艺设计，他们东方人会将云彩雕刻成一种特殊的形状，被称为祥云，意寓可以带来祥瑞，而东方的仙人会驾着祥云，从天空来到大地传播吉祥和幸运。如今再看人像站在海浪之上，似乎隐隐当中也有着祥云的感觉。人像的左手拿着一个权杖，顶处是三只珍兽以三角形背靠背在一起，珍兽的头部是龙首，身子却是海马的身子。有了解读海马凤的经验，黎曦立刻明白顾清伦是将海马与龙融合，将海马与龙变成了海马龙。看到这里黎曦突觉困惑无比，不知道顾清伦为何要将雷耿的家族纹章加入到瑞德克斯的人像之中，他这样做到底是何用意？

依瑞斯盯着人像，同样洞悉了顾清伦的设计，他对于顾清伦为何将海马与龙做这样的改造同样困惑不解，身为瑞德克斯的代表，怎么能用雷耿的纹章。和黎曦的大惊失色不同，依瑞斯只是微微蹙眉，脸上颇有困惑。

“那个雕像……就像……就像活的一样。”领主的女儿望着人像说。

这并非领主的女儿独有的感受，她的话很快引起了周围人的共鸣。这尊人像的雕刻工艺实已经登峰造极，更关键的是，这尊雕塑仿佛是会呼吸一般。

一旁的海马与龙雕塑气势恢宏，珠光宝气，却是死的。

没有刚才依瑞斯得到的如山般的欢呼和掌声，是因为所有人都静静盯着雕像，仔细去体会雕像的每一次呼吸。全场鸦雀无声。就连一直靠在椅子上的红袍僧都坐正了起来，隐藏在兜帽后的目光直视着顾清伦的人像。

顾清伦环顾四周，然后打了一个清脆的响指，众人如梦初醒，冻结的时空再次流淌了起来。

顾清伦说：“关于这座人像，我想讲一个故事，不知道大家愿不愿意听。”

周遭静场了三秒之后，领主终于发话打破了僵局。

“你是瑞德克斯家长女黎曦·瑞德克斯的未婚夫吗，那个传闻中来自东方的男人？”

顾清伦不自觉地看了黎曦一眼，后者也神情复杂地看着他。

“我叫做顾清伦，来自东方一个叫做明的国度。我想讲的这个故事，却和在座的雷耿家族和瑞德克斯家族都有关联。而且关联重大，恳请领主大人让我一吐为快。”

听到顾清伦说他要讲的故事和雷耿、瑞德克斯都有关系，众人议论纷纷，领主皱了皱眉头，伸手让大家安静，然后对顾清伦说："好，你讲吧。"

顾清伦欠身行礼，开始讲述这个跨越了一千八百多年的故事。

他首先从一千八百年前，楚人卞和在荆山找到日后被称作天下至宝的和氏璧开始。后来东方的工匠之祖鲁班认定有阴必有阳，于是前往荆山秘境之中，寻得了与和氏璧阴阳相对的另一块璞石。鲁班想要将璞石剖开见玉，得到另一块与和氏璧同样价值连城的宝玉，却不料试遍了各种方法，还是一无所获。鲁班为了了却心愿，带着璞石去找了当时的另一位工匠大家墨翟。墨翟与鲁班一道研究让璞石见玉的方法，可依然无计可施。墨翟不仅是一位工匠大家，同时还是一个叫做墨家的组织的领袖。鲁班将璞石赠予墨翟，希望墨家可以守护好璞石，并在未来的某一天找到可以让璞石见玉的方法。

墨翟死后，墨家分裂成数个分支。其中有一支分家专研机关营造之术。为了继续璞石见玉的工作，他们来到了荆山之中，希望可以在璞石出现的源头寻找线索，几载寻踪，终于得以进入一处人间秘境。这处秘境在荆山深处的一处山洞之中，洞里的山壁上有着一幅幅巨大的浮雕，墨家子弟阅完浮雕，发现这些浮雕竟然记载着璞石的由来。原来这两块璞石都是天外飞来的陨石，与璞石一并落地的还有一块如碗碟形的巨大陨石。墨家子弟通过对浮雕的解读，得知如果能让鲁班寻得的璞石见玉，便可以产生强大的能量，实现墨家"天下和平，兼爱非攻"的理想。至此之后，这支墨家后人便以将璞石见玉为己任。时间流逝，墨家逐渐衰落，消失在历史的长河中，但这一支墨家后人却一直流传了下来，一直在寻找可以让璞石剖开见玉的方法。一百多年前，蒙古帝国相继击败了金、宋两朝，在这场席卷神州大地的战乱中，墨家后人在慌乱中将璞石藏于一个香炉的炉内，这个香炉和很多工艺作品都流落到了元兵手中，成为了当时的蒙古王子忽必烈的私藏。而一个西方的航海家马可·波罗来到当时被元统治的东土大陆，游历长达十七年之久，并被已经成为元大汗的忽必烈委以官职。马可·波罗在离开中土返回西方之前，忽必烈赏赐了他很多宝物，其中便包括藏有璞石的香炉。而一直想要拿回璞石的两名墨家后人，跟随马可·波罗成为了他的仆从，一路随他从遥远的东土回到西边，并随同马可·波罗一起经历了百余年前热那亚与威尼斯的海战，马可·波罗被俘入狱。这两名随从经历九死一生，逃出生天。在马可·波罗的行囊中，他们终于得到了流失已久的香炉，并找回已经在墨家相传千年的荆山璞石，师门使命终于完成。然而在经历了这许许多多的事故之后，他们已不愿再跋山涉水返回中土。

这两位墨家后人一男一女，本是自幼青梅竹马长大的恋人。两人决定在当地定居，开始新的生活，却不料男子后来移情别恋，喜欢上了一个当地的女人。气愤的女子决定和男人分开，两人爆发了激烈的争吵，在争执的过程中，马可·波罗的一本笔记被一撕为二，男女各得一半。而墨家至宝荆山璞石，则落到了男子手中。女子一怒之下，也嫁给了当地的一个男子。

最终，两人都成立了自己的家庭，有了自己的子嗣。而那本被一分为二的马可·波罗笔记，男子抢夺的那一半里，有一幅马可·波罗亲自绘制的海马与龙的画页。而女子抢到的那一半里，有一幅马可·波罗亲自绘制的海马与凤的画页。而因为两人同是墨家后人，都对机关营造、工匠雕刻钻研精深，纷纷开始了工匠的手艺生涯。而他们两人的家族，分别以海马与龙、海马与凤作为家族的纹章。

顾清伦说到这里，现场已是鸦雀无声，所有人的神经都被吸引到了这个故事里，而此刻每个人脸上都是一副不可思议的表情，他们静静等待着，等待着顾清伦说出那个让他们惊愕的答案。

“大家想的没有错。这两位墨家后人定居的地方，便是我们脚下的这座城镇维尼亚。而融入两地的两人，都取了当地的姓氏，男的改姓雷耿，而女的随夫改姓瑞德克斯。他们便是雷耿家族和瑞德克斯家族的始祖。”

顾清伦话音未落，周遭已经爆发出了一阵激烈的争论声，显然无论是左席的雷耿族人还是右席的瑞德克斯族人，都无法接受原来两家的先祖竟曾是一对青梅竹马的恋人。黎曦和依瑞斯也都惊愕得张大了嘴巴。瑞德克斯都竞相问黎曦是否知晓此事，顾清伦所言是真是假。黎曦摇了摇头，说顾清伦从未跟她说过这些，她也不知道顾清伦说的是真是假，又是从哪里知道了这发生在一百多年前的往事。

顾清伦没有被两边的声音干扰，他抬头望向领主，与领主的目光相对。领主也对顾清伦的故事感到惊愕无比，但此刻看着顾清伦坚定的眼神，他明白顾清伦是想让他主持秩序。领主伸出手，大声叫众人安静。

领主控制住了场面，顾清伦对他点头示意，表示感谢。

领主也冲着顾清伦点了点头，示意他可以继续说下去。

“本来雷耿对瑞德克斯多有亏欠，但在雷耿的婚礼上，瑞德克斯用后来被众人称为‘烟火’的魔法烧伤了雷耿。原本相爱的两人终于因爱生恨，彼此嫌弃。时光流逝，雷耿和瑞德克斯渐次老去。后来瑞德克斯因患石化症故去。已经是风烛残年的雷耿决定隐居，他带着璞石离开，穿过阴雨森林进入远山，在其中的一个山洞里度过了自己人生最后的时光。他将自己的生平始末记书成册，和璞石一道留在山洞里，期望未来某一天留待有缘人阅。”顾清伦说到这里停了下来，转身面对雷耿席位，目光直直盯着红袍僧。

库恩·雷耿正襟危坐，此刻如一座岩石一般纹丝不动，也直直盯着顾清伦。两人像是两军攻伐前期对峙的将领，众人不知顾清伦和库恩·雷耿为何彼此望着对方，都纷纷将目光在顾清伦和依瑞斯之前轮换，依瑞斯侧着身子，也直直盯着自己的叔叔。

顾清伦开口：“时光荏苒，雷耿和瑞德克斯已过四代，积怨和嫌隙越来越深，逐渐演化成水火不容的态势。然而好几年前，却有一对年轻的雷耿和瑞德克斯男女对两家这种无端的仇视嗤之以鼻，男方是曾经雷耿家族的长子，雷耿族长的第一继承人，上代雷耿族长蓝札·雷耿的哥哥恩斯特·雷耿。女方是上代瑞德克斯族长特瑞典·瑞德克斯的妹妹鲁茜亚·瑞德克斯。他们彼此吸引，很快坠入爱河。”

众人又发出一阵骚动，年轻一代的雷耿和瑞德克斯族人都纷纷交耳，看来都对这两个名字陌生至极。年长些的两族族人却都神情严峻，看来他们是知情之人。高台主席台上，领主知道这件往事，当时雷耿和瑞德克斯两族都将此事视为禁忌，彼此都严禁谈论，如今依瑞斯和黎曦一代的两族年轻人，都对曾经发生的故事一无所知。

顾清伦继续说道：“这两人的结合自然遭到了雷耿和瑞德克斯族人的一致反对。而身为雷耿族长第一继承人的恩斯特，得以接触雷耿家最核心的工艺技术，得以看见当年雷耿家始祖和瑞德克斯始祖在争执中一撕为二的那份马可·波罗笔记。当鲁茜亚在瑞德克斯庄园找到另一半笔记时，两人才明白，原来海马与龙和海马与凤的形象同出一源，只是被迫分离。恩斯特去找自己的父亲，当时的雷耿族长理论，却不料激怒了雷耿族长的禁忌。而鲁茜亚在瑞德克斯家遭遇了相同的待遇。两大家族为了拆散这对情人，决定将鲁茜亚远嫁他方，而恩斯特则被软禁了起来。恩斯特的父亲将鲁茜亚远嫁的消息告诉他，希望他可以就此死心，却没想到心急火燎的恩斯特竟然逃出了雷耿庄园，追上了出发不久的送亲队伍，勇武的恩斯特打伤瑞德克斯家族护卫多人，最终还是被制服。当时亲自负责送亲的是瑞德克斯族长，鲁茜亚的父亲，当瑞德克斯的长剑压在恩斯特的脖子上时，为了救恩斯特的鲁茜亚声泪俱下赌咒发誓不再爱恩斯特，并表示甘愿远嫁并与恩斯特断绝一切关系。恩斯特是雷耿家的长子，瑞德克斯族长也不便伤害于他。就这样恩斯特亲眼看着自己深爱的女人远去，无可奈何。回到雷耿家的恩斯特在不久后又收到了一条噩耗，便是鲁茜亚趁人不备，跳崖身亡，殉情于他。极度的悲痛深深击垮了这位雷耿家未来族长的继承人，并在他的心里埋下了复仇的种子。他恨的并非只是瑞德克斯，还有自己的家族雷耿。恩斯特翻阅雷耿族史，从中得知了家族始祖在自己生命的最后时期离开了家族，一人一马进入了阴雨森林。而在对始祖的描述中，说他掌握了可以带来爆炸的魔法‘烟火’。恩斯特推断始祖一定带走了很多关于海马与龙、海马与凤，以及工艺匠法的资料。为了探究一切的来龙去脉，得到‘烟火’魔法展开自己的复仇计划，恩斯特孤身进入阴雨森林，开始寻找始祖踪迹。功夫不负有心人，恩斯特终于在远山之中寻找到始祖隐居的山洞，得到了始祖的遗产。”

顾清伦在讲述的时候一直盯着红袍僧库恩·雷耿，仿佛每一句话都是说给红袍僧听一般。而库恩·雷耿笔直地坐着一动不动，这种诡异的情形已经持续了许久。

“恩斯特来到始祖山洞之后，发现了始祖留下的诸多文献。记载着璞石由来和墨家历史的文卷是始祖用鲁国文字书写，恩斯特并不认得。但很多关于工匠技艺的资料，却是始祖用维尼亚的文字写就，其中包含了‘烟火’魔法的真相。其实所谓能引起爆炸的魔法，就是传自东方的火药，配方为一份硫磺、二份硝石、三份木炭混制而成。恩斯特希望可以用火药制造出威力巨大的爆炸，向雷耿和瑞德克斯两家复仇。恩斯特在始祖山洞里留下了自己的日记，上面记载着他和鲁茜亚的爱情。然而在一次火药实验中发生了意外，恩斯特被严重烧伤。求生的欲望驱使他离开始祖山洞，向维尼亚的雷耿庄园走去。那是一个雷电交加的雨夜，恩斯特在走出阴雨森林时刚好被一道巨大的闪电照亮，被恰巧在森林边缘的维尼亚居民看见，被误当作恶魔。这就是阴雨森林流传的恶魔传说的真相。”

众人听到此，又是一份哗然之声。

顾清伦咽了口口水，眼睛依然直直盯着库恩·雷耿，继续说道：“雷耿家族救治了恩斯特，但这次事故摧毁了他的容貌。之前恩斯特和鲁茜亚相恋一事已经搅得家族鸡犬不宁，如今恩斯特面容全毁，变得一副人不人、鬼不鬼的样子，让当时的雷耿族长对这个未来的继承人失望至极，最终剥夺了他继承人的身份，将继承权给了他的弟弟。并向外宣称恩斯特已死，给了他另外一个身份……一个远游在外的小儿子，库恩·雷耿。”

故事讲到这里，众人终于明白为何顾清伦要一直盯着库恩·雷耿。所有的目光都聚焦在红袍僧的身上，后者的脊梁依然如白杨树般挺立，如磐石般纹丝不动。没有人知道红袍僧藏在兜帽之中的表情如何。库恩·雷耿就是恩斯特·雷耿？年轻一代的雷耿和瑞德克斯根本没有听过恩斯特·雷耿这个名字，知晓往事的人突然得知这个尘封已久的名字竟然是雷耿家族大名鼎鼎的拜火教祭司也难以接受。顾清伦也不再言语，只是死死盯着红袍僧，众人都在等待红袍僧的反应，看他如何应答。

所有的目光都聚焦在红袍僧身上，库恩·雷耿突然转动了一下脖子，像是一座雕像突然有了生命，他站了起来，躲藏在兜帽后的目光缓缓扫过全场，然后他伸出双手，轻轻将兜帽褪到脑后。

于是，一张饿鬼的脸被昭示在众人面前。

那是一张被严重烧伤的脸，光秃秃的头颅上已没有头发，全是凹凸不平的头皮，已根本无法分辨之前的面容。唯有一双眼睛湛蓝似海，这本该是一双摄人心魄的眼睛，只是如今在周遭一片丑陋的皮肤包裹下，看着诡异至极。红袍僧最后的目光停留在顾清伦身上，两人四目相对。

顾清伦说：“你借着有人在阴雨森林目击到恶鬼的传言，以拜火教祭司的身份，在阴雨森林周遭设立围栏，写上符文，表面上说是为了阻拦阴雨森林中的邪恶力量，其实是不想再有人踏入阴雨森林，怕他们凑巧找到始祖山洞，因为传言中的恶鬼，根本就是你自己。”

红袍僧点了点头，“没错，你说的都对。我就是恩斯特·雷耿”。

红袍僧此言一出，周遭一片哗然，众人都惊愕之极，顾清伦口中天方夜谭一般的故事，竟然就是真相。

红袍僧和顾清伦依然彼此注视着对方，对周遭的反应浑然不顾，红袍僧继续开口。

“所以，你去过始祖山洞了？”

顾清伦说：“我当然去过，否则，我也不会知道这一切。”顾清伦说完从怀中拿出一卷羊皮书，精准地扔到了库恩·雷耿面前的桌子上。

“你在始祖山洞写就的日记，我还给你。”顾清伦说。

红袍僧低头看了看羊皮书，那一瞬间他的目光仿佛穿透了羊皮卷的封面，回到了他曾亲手写就的岁月里。现在的库恩·雷耿，曾经的他便抬起头来，继续迎着顾清伦的目光。

“我写下这一切，是希望自己可以牢记这些仇恨和屈辱。没想到，最后竟会被你找到，放到我的面前。”曾经众人眼中的拜火教祭司库恩·雷耿，现在露出真身的恩斯特·雷耿拿起自己多年之前写就的日记，用手轻轻抚摸着古旧的羊皮纸卷，“但这一切都已经过去了，而你们也要过去了。”

话音未落，恩斯特已经将羊皮卷高高抛向空中，同时从桌子底下拿出一根引线，用火石点燃，众人还未反应过来，引线已经向下燃烧，在众人的视线内燃烧殆尽。

恩斯特摊开双手，向信徒迎接天堂一般仰起头，如等待着最后的审判。

什么都没有发生。

恩斯特皱了皱眉，却发现顾清伦还在盯着他，他突然明白了些什么。

“你埋藏在高台底下的炸药，都已经被人拆掉了。”顾清伦印证了恩斯特的预感。

“你……你怎么会知道？”在被顾清伦揭穿身份时依然稳如磐石的红袍僧，第一次有了慌乱的音调。

“我理解你此时的惊愕，因为我刚才所讲的一切，都可以在你的日记里找到，你自然不惊奇。但是你的计划，却从来没有写下，也没有告诉过任何人，现在竟然被我洞悉。半个多月前，我眼睁睁看着瑞德克斯工坊里海马与凤的雕像起火损毁，当时雕像旁边并无别人，简直就如同雕像自燃一般。当我去了始祖山洞，得知‘烟火’魔法一事后，终于明白你是如何做到的。你用的是磷火。”顾清伦说。

恩斯特眯起了眼睛，看顾清伦的目光有了变化，他不得不承认自己低估了顾清伦。

顾清伦继续说：“磷火是炼金术士惯常操用的手段之一，你将磷粉和火药混合置于海马与凤雕像之上，所以当我打开工坊大门，阳光透进工坊照射到海马与凤雕像上的磷粉时，磷粉升温燃烧，引燃了其中的火药，对海马与凤雕像造成了损坏。而在外人看来，海马与凤雕像是在众人眼前无端燃烧损毁，就算知道是有人蓄意破坏，可也怪不得别人。”

恩斯特的眼神里满是嘲讽，“这次你可说错了，破坏海马与凤雕像的人并不是我”。

似是有意无意，恩斯特微微仰了仰头，目光越过顾清伦向后望去。

黎曦听见恩斯特如此说，咬了咬嘴唇，心下紧张。

顾清伦低下了头，微微叹了口气，“没错，你确实没有亲手破坏海马与凤雕像，将磷粉撒在雕像上的人，是黎曦·瑞德克斯。”

黎曦身形一晃，她没想到原来顾清伦已经知道破坏海马与凤雕像的人是她，更没想到顾清伦竟会当着众人的面说出。

众人的目光从对面雷耿席位上的恩斯特瞬间转移到了瑞德克斯席位上的黎曦，一旁的伯恩、维兰、德罗纷纷向黎曦投去不可思议的目光，如果这些话不是从顾清伦的口里说出，他们根本就不会怀疑黎曦会做出这样的事情。

“看来，她还是向你坦白了啊。”恩斯特口里的她自然指代是黎曦。

“她没有告诉我。”顾清伦反驳，“因为她自己是不会做这种事的，除非有人能说服她这样做，并且给她磷粉，教她如何安放。而这个唆使黎曦的人，和拆掉你安置在高台下的炸药的人，恰好是同一个人。”

恩斯特面色一变，缓缓转过头去，看到依瑞斯正用灼灼的目光盯着他。

“怎么会……你们两个……是怎么……”恩斯特不可思议地用手指在顾清伦和依瑞斯之间摇晃。

“这说起来要感谢一个人，一个已经死去的人……”顾清伦低下头，缓缓地说，“戚凡并不是死于阴雨森林的黑熊之口，他是死于依瑞斯剑上的毒。”

顾清伦突然抬起头，瞪视着恩斯特，“死在你涂在依瑞斯剑上的毒”。

恩斯特身形一凛。

顾清伦继续说道：“蓝札·雷耿也不是死于特瑞典·瑞德克斯的剑伤，他也是被毒杀的，是你恩斯特·雷耿亲手毒死了自己的亲弟弟。”

此言一出，整个会场如经历了一场狂风暴雨一般。

“我检查过戚凡的尸体，在决斗时依瑞斯的那一剑只是造成了轻伤，虽然肩膀上黑熊撕咬的伤口很大，但他真正的死因却是中毒。戚凡临终之际告诉我在远山与阴雨森林边缘的山路上发现了我墨家的标记。我前往始祖山洞，在得知了这一切的来龙去脉之后，得知了鲁茜亚的忌日就在不久之后。那天晚上，我在瑞德克斯的墓地找到了鲁茜亚·瑞德克斯的墓碑，你还记得吗，那晚我看见过你。”墓地的那一道闪电在顾清伦脑海里划过，雨夜中那张恶鬼的脸分明就是眼前的恩斯特。

依瑞斯缓缓站起，对着恩斯特说道：“顾清伦用飞箭给我送信，约我出来，提醒了戚凡被我刺中的伤口有毒。他说我应该不是会在武器上涂毒的人。我的确不会在武器上涂毒，而这把剑……”依瑞斯将靠在桌边的龙剑按在桌上，“是你拿给我的，让我用于和特瑞典·瑞德克斯的决斗，你原本是想要保证特瑞典死在我的剑下，却没有想到顾清伦会以瑞德克斯夫婿的身份代特瑞典和我决斗，更不会想到，戚凡竟会冒充顾清伦来和我决斗，并最终死在了你下的毒上。”

恩斯特的目光移到依瑞斯手下的龙剑上。

依瑞斯继续说："所以，我和顾清伦一起挖出了父亲的坟墓，开棺验尸，果然，他也是死于中毒，和威凡剑伤上一样的毒……是你，是你谋杀了我的父亲，却嫁祸到特瑞典头上，意欲挑起雷耿和瑞德克斯两大家族的全面争斗。你要毁掉雷耿和瑞德克斯两大家族！"

恩斯特听了依瑞斯的话，突然阴森地笑了起来。

"我的傻侄子，被我操控了这么久。你终于发现了。"恩斯特的声音里透着一股讽刺至极的味道，"我知道你一直和瑞德克斯家的小姐黎曦·瑞德克斯还有联系，所以暗示诱导你让黎曦·瑞德克斯毁掉他们海马与凤的雕像，而你也果然不负我望。"

伯恩用不可思议的口吻对黎曦说，"黎曦，你……你竟然……"

"不怪黎曦！"依瑞斯突然大声说，"是我欺骗了黎曦。因为之前我一直以为父亲是死于特瑞典·瑞德克斯的剑下，蓝札·雷耿不仅是我的父亲，还是雷耿家族的族长。我身为父亲的儿子，雷耿家族的继任族长，于公于私我都要为父报仇。而你以家族长老的身份，对我多般暗示，让我利用黎曦破坏海马与凤的雕像。我向黎曦许诺，如果雷耿赢了之后，一定会善待瑞德克斯的从属，而我也将迎娶黎曦为妻，她这才铤而走险，破坏了海马与凤雕像。"

众人听了依瑞斯的话，更是一片哗然，黎曦也没有想过依瑞斯竟然会这样堂而皇之地说出事情的真相，将自己的罪责也一并抛出。领主席位上，领主和众多贵族也是面面相觑，没有想到私底下两家还发生了这么多明争暗斗。

恩斯特有些不可思议地看着依瑞斯，"你竟然——"

"竟然如此轻易地就向所有人袒露自己这些不光彩的行为吗？我和你不同，你已经在阴影下生活了许久，你自己甚至已经变成了黑暗的一部分。但我不想再在阴影下活着了。"依瑞斯的声音铿锵有力，坚决无比。

恩斯特看了看依瑞斯，又看了看顾清伦，突然仰天狂笑起来。

领主此时已经听明白了来龙去脉，当下一声爆喝："恩斯特·雷耿，你在高台之下布满火药，是要让这场上所有无辜的人都给你陪葬吗？"

恩斯特轻蔑地看了领主一眼，"无辜，谁是无辜的人？雷耿？瑞德克斯？还是你们这些高高在上的贵族？雷耿和瑞德克斯本就是一家，海马与龙和海马与凤本就出自同源，当年我和鲁茜亚两情相悦，却被雷耿和瑞德克斯两家族阻拦，纵使当年始祖们因爱生恨，却也算不上什么深仇大恨，却因为两家抱着先入为主的敌视态度，摩擦不断，导致相斗百年，积怨越来越深。我和鲁茜亚明明已经找到了马可·波罗的两半笔记，可以证明海马与龙和海马与凤并非天生敌视，雷耿和瑞德克斯也不是宿命的敌人。可是那些家族的老家伙们，惧怕改变传统，惧怕怀疑他们曾经深信的东西，哪怕这东西不过是一个谎言。而就是这个谎言，拆散了我们，害死了鲁茜亚，还害得我变成这副人不人、鬼不鬼的样子，我恨瑞德克斯，我也恨雷耿，你们全都该死，全都该死！"

恩斯特说到这里情绪激动，已近似癫狂，顾清伦看着这个因仇恨而扭曲的可怜人，心里竟不禁划过一丝同情。

依瑞斯本来对恩斯特恨之入骨，但此刻听了恩斯特的话，不禁想起了自己和黎曦。而年轻时候的恩斯特，想法和自己是如何地相像。依瑞斯突然觉得后怕，因为自己也险些成为了和恩斯特一样的人。

而在场的雷耿族人、瑞德克斯族人、领主和贵族们，以及高台下广场四周拥挤的维尼亚居民，都被恩斯特最后的控诉带入了沉思，所有人自出生起就被灌输海马与龙和海马与凤是有你无我的敌人，雷耿和瑞德克斯是上天注定的宿敌。每个人都深信不疑，而历史的真相竟是，海马与龙和海马与凤，他们并非天生为敌，而是同出一源，天生一对。

"无论你说什么，你毒杀了自己的亲弟弟蓝札·雷耿，那个东方人戚凡也因你的毒而死。而你在高台底下布满火药，想要烧死这里所有的人。

恩斯特·雷耿，你罪大恶极，在太阳升起和落下的每一处土地都不会容许你的罪行！卫兵，抓住他！”领主一挥手，两个手持长斧、身披盔甲的卫兵向恩斯特走去，“我会确保你获得公正的审判和应有的惩罚！”

恩斯特眯着眼睛看了一眼向他靠近的卫兵，而依瑞斯手扶在龙剑的剑柄上，随时做好应对恩斯特逃跑的准备。恩斯特将视线转移到顾清伦身上，两人再次四目相对。恩斯特嘴角突然咧出一个绝望又讽刺的笑容，他的手伸入怀中，拿出一个瓶罐，使劲摔碎在自己的脚下，下一刻熊熊的烈焰突然从他脚下升起，包裹了他。周遭的雷耿族人尽皆闪避，只剩下一个火人立在那里，那双湛蓝色的双眼在火海中格外耀眼。

大火还是淹没了那双海蓝色的双瞳。

下一刻，一阵风吹来，火焰如灰般散去，红袍僧曾经站过的地方空空如也，只在地上留下了一堆灰烬。

恩斯特·雷耿最后用“烟火”魔法，结束了自己跌宕的一生。

众人惊魂未定，领主也没有想到恩斯特·雷耿竟然用这种方式畏罪自尽，现场一片唏嘘和议论之声，顾清伦看着恩斯特最后站过的地方，心下叹了口气，这也只是一个，迷失在仇恨中的灵魂啊。

事情发展到眼下这个状况，这场赛事的胜负已没有人关心。雷耿和瑞德克斯的族人的脸上写满了迷茫和失望。一直以来坚信的事物在眼前崩塌，他们都像突然失去了信仰的信徒一般，在茫茫的海面上找不到灯塔。雷耿和瑞德克斯，海马与龙和海马与凤，这百年的争斗到底有何意义？如果没有意义，那接下来的时光里，大家又应该何去何从？

顾清伦走近他雕刻的人像，痴痴地看着人像的双眼。这已不是最初按照黎曦的样子雕琢的人像，思绪回到了李飞扬投炉的那个晚上，他捧起了那块李飞扬牺牲生命得到的宝玉，他哭了，眼泪流了下来，滴落在玉石温润的表面上。下一刻神奇的事情发生了，宝玉开始变得柔软起来，从顾清伦的指缝间流下，掉落在地后开始向人像流去，仿佛一个有生命的流体一般。流体流到了人像的底座，攀附了上去，开始逐渐分散变薄包裹着人像，当整个人像都被流体包裹时，流体停止了运动，最终成为了人像表面的一层玉膜。顾清伦走到人像旁边，发现人像的仪态面容已经改变了，是黎曦的样子，又有李飞扬的影子。顾清伦伸手接触人像的表面，一股温润柔软的感觉从指尖传来，仿佛是有生命的一般。

那一刻，顾清伦突然感觉有一股灵光在脑海里乍现，如一杆尖利的长枪刺破了顽愚的盾牌，如第一缕朝阳刺破初晨的雾气。曾经的国仇家恨不重要了，曾经的求而不得也不重要了，世上的仇恨、痴怨、积攒缠疾……只有接受真相，才能放下执念。一个人放下对仇恨的执念，他会得到平静。而如果所有人放下对仇恨的执念，世界会得到和平。

天下兼爱，众生非攻。

顾清伦的思绪回到了高台上，他用手轻轻抚摸着人像的面庞，温润的感觉传到全身，让他平静下来。顾清伦转头面对领主，决定结束这一切。

“尊敬的领主大人：事情的真相已经水落石出，关于海马与龙、海马与凤的由来，大家也得知真相。雷耿和瑞德克斯本自同源，后来因爱生恨，令人唏嘘，然而两人之间的恩怨，其实并不为维尼亚人所知，但却在后来的岁月里，逐渐出现了海马与龙、海马与凤水火不容，雷耿和瑞德克斯是宿命的敌人这种论断。事实上，龙与凤，都是我们东方的祥瑞尊贵之灵。我们东方的皇帝，被称为真龙天子，而凤凰，则是我们皇后的象征。龙与凤，一阳一阴，一男一女，本是一对旗鼓相当的爱人，不该是一对针锋相对的仇人。雷耿和瑞德克斯相斗百年，本就师出无名，恩斯特·雷耿纵然罪大恶极，却又何尝不是这个错误的牺牲品。太多的人因为雷耿和瑞德克斯的争斗遭受伤害、失去。难道我们还要让这种错误的仇恨继续下去吗？”顾清伦说着环顾四周，众人默默低头，若有所思。

顾清伦继续说道：“这尊雕像，虽然是代表瑞德克斯的作品。但是我结合了雷耿家族的海马与龙，我在这边听到很多传说，有上半身是人，下半身是马的半人马；有老鹰的头颅，狮子的身体的狮鹫。你们的海神波塞冬，拥有着掌管海洋力量的无上神力，他的神兵是一个三叉戟，他的马车在海中都由海马拉驾，海马象征着海神的力量。而龙于我们东方的意义，我刚才已经有过解说。”顾清伦用手指着玉像权杖上的海马龙，“这是海马龙像，马可·波罗前往东方，记下了我们东方龙的形象，他曾尝试将海马与龙的形象结合，并将一切记在了笔记中，成为了日后雷耿家纹章的雏形。如今，我在马可·波罗和雷耿先祖的基础上，将海马与龙融合，权杖上的神兽，便是海马龙。同理，我还融合了海马与凤，这便是海马凤。”顾清伦用手指了指雕塑上的海马凤冠，“海马与龙和海马与凤本是同源，曾经错误的分裂，现在应该融合。同样，我希望雷耿和瑞德克斯放下争斗和成见，协力并进，让恩斯特·雷耿和鲁茜亚·瑞德克斯的悲剧不要再发生”。

不知道有意无意，顾清伦向黎曦看了一眼。

现场鸦雀无声，很多人露出了若有所思的表情，没有人会想到事态会以这样的形势发展。终于，依瑞斯站了起来，众人的目光都被吸引到了现任的雷耿族长身上，依瑞斯走到顾清伦旁边，然后转身面对领主，说道：“领主大人，我身为雷耿家族的族长，愿意和瑞德克斯家族抛弃之前固有的成见，雷耿家族不会再与瑞德克斯家族为敌。我恳请领主大人撤销之前的领主裁判，这场比赛已经不需要胜负。”

依瑞斯此言一出，像一枚石子打破了平静的水面，领主点了点头，显然是赞赏依瑞斯的决定，他将目光移到瑞德克斯席位上现任的族长伯恩·瑞德克斯身上，伯恩和自己的兄弟姐妹们交换了眼神，在发现众人心愿一致时，他站了起来，离席走到顾清伦身边，转身面对领主，说道：“我以瑞德克斯现任族长的身份，表示瑞德克斯家族赞同雷耿家族族长依瑞斯的建议，瑞德克斯家族将抛弃以往对雷耿家族的成见，我同样恳请领主大人撤销之前的领主裁判，这场比赛已经不需要胜负。”

此刻领主的心里已有定夺，他并未让众人等候太久，开口说道：“我以领主的身份，宣布之前的领主裁判取消，希望雷耿家族和瑞德克斯家族可以按照彼此族长承诺的那样，和平共处，携手共进，再无纷争，我的女儿出生之时，恰逢我们刚刚平息了一场战乱，所以我以和平女神艾琳娜之名为她取名，希望她能给臣民们带来幸运，而今，这尊雕像也预示着我们将抛下一切仇怨，爱可以战胜一切！”

现场突然爆发出了巨大的欢呼声，之前剑拔弩张的阴霾气氛一扫而光，顾清伦和领主对视了一眼，彼此都向对方点了下头表示赞赏和肯定。依瑞斯回头看着玉像，她的面部嘴角弯曲着，好像在对他微笑。

第三十一章

“后来……”老人出神地望着落地窗外的天际，他的样子仿佛自己已处身在六百多年前的维尼亚，正注视着那风起云涌的时代。“顾清伦所雕塑的神像以领主即将大婚的女儿的名字艾琳娜命名，被称为和平艾琳娜，象征着雷耿和瑞德克斯两大家族的百年恩怨终于结束。在领主女儿的婚礼上，雷耿和瑞德克斯家族皆有代表出席，依瑞斯·雷耿和伯恩·瑞德克斯以双方族长的名义，在领主的见证下签署了兄弟之盟，并将曾经分裂的两本马可·波罗笔记重新缝合，象征着雷耿和瑞德克斯在经历了一百年的争

斗后，再次溯本归源。”

说完这句话，老人的身体微微后倾，靠在太师椅上，重心的后移让太师椅微微翘起，他的目光投向落地窗外，夕阳最后一抹余晖落下，仿佛象征着这个六百年前的故事终于完结。我看了眼一旁的思薇，她神色略带迷惘，仿佛还沉浸在那场六百年前波澜壮阔的爱恨情仇之中。房间里静悄悄的，窗外的鸟鸣声，楼下的人声车声此刻都清晰不已。

“那……顾清伦呢？还有依瑞斯和黎曦，他们后来怎么样了？”思薇问道。

“依瑞斯和黎曦终于有情人终成眷属，他们也举办了盛大的婚礼。并且为了感激顾清伦为两大家族所做的一切，依瑞斯代表雷耿家族在顾清伦海马龙的基础上，设计制作了一枚海马龙戒和一座海马龙雕像。而黎曦则代表瑞德克斯家族在海马凤的基础上设计制作了一枚海马凤戒和一座海马凤雕像。雷耿家族的族徽从海马与龙演变成了海马龙，而瑞典克斯家族的族徽则从海马与凤演变成了海马凤。他们将这对戒指和两尊雕像送给了顾清伦，并声称顾清伦永远是两家最尊贵的客人。而顾清伦没有留在维尼亚，他带着和平艾琳娜和一对海马龙凤戒指，一对海马龙凤雕塑，以及戚凡的骨灰一起，历经艰难险阻，最终回到了大明，回到了李飞扬和戚凡的老家，便是现在我们所在的昆山。顾清伦将戚凡的骨灰和李飞扬的衣冠冢合葬在一起。他一生未娶，只是收了一个孤儿为徒，将自己一身本领尽数传授于他，视为己出。他的徒弟长大后娶妻生子，血脉便沿留了下来……而海马龙凤双戒，海马龙凤雕像，却在日后漫长的岁月中流失了，只有和平艾琳娜像一直在徒弟的后人中流传下来……”

说到这里，老人露出神伤感慨的表情，他的右手却不自觉地抚摸着左手食指上的海马龙戒。我和思薇对视了一眼，知道彼此心里都有了同一个答案。

“所以……”我咽了口口水，开口问道，“顾先生您，就是顾清伦徒弟

的后人吗？”

“是的，你们猜的没错。”老人点了点头，尽管已经猜到了答案，但当老人亲口承认的时候，我和思薇还是大惊失色，这说明老人所讲的故事，那些发生在六百多年前的一切，竟然是真实的！

门铃声打断了现在安静的气氛和我们的思绪，我起身想去开门，老人却伸手示意我坐着别动。他站起来，稳健地走向大门，我和思薇彼此对视了一眼，都能确定彼此心里有万般感慨，只是现在还不是交流讨论的时刻。

来人是安娜女士，我和思薇起身问好，安娜女士也微笑回应，然后我注意到安娜女士的右手无名指上，戴着一枚戒指。

海马凤戒。

“向你们正式介绍一下，这位是安娜·雷耿。”老人说。

我和思薇目瞪口呆。

老人的嘴角划过一丝欣慰的笑容，然后转身走进书房。我盯着安娜女士手上的戒指，忍不住问道：“这是……海马凤戒吗？”

安娜女士低头看了看自己手中的戒指，笑了笑：“是的。”

“是六百多年前，黎曦·瑞德克斯亲自打造，送给顾清伦的那枚吗？”

思薇问。

安娜女士又微笑着点了点头，我和思薇面面相觑。

我冲着海马凤戒咽了口口水，安娜女士看出了我的渴望，摘下了戒指递给我们。

“我知道你们一定想亲自看看，没关系，拿去看吧。”安娜女士说。

我小心翼翼地接过这枚六百多年前打造的戒指，思薇立刻围上来，经过了六百多年的风霜，这枚戒指却依旧完好无初。思薇拿过戒指，仔细打量着，我能看见戒指上凤凰百羽的雕纹，不知道是不是只在艾琳娜雕塑上的功效，让这枚戒指逃离了时间的侵蚀。

思薇将戒指还给安娜女士，而安娜女士也讲清了事情的缘由。

拍卖会那天老人竞拍获得海马龙像后离席，而安娜女士也很快离开，其实安娜女士去追上了老人，两人之前虽然从未谋面，但当安娜亮出自己手指上的海马凤戒指时，老人就明白了面前的女士就是黎曦和依瑞斯的后裔。而这件在拍卖会上的海马龙像，就是安娜女士委托拍卖的，为的就是想找到识得海马龙像价值的人。和老人一样，安娜的家族也在寻找着当年顾清伦创作的这一系列象征着家族起源的圣物。近年来安娜女士一直代表家族在中国寻找六百多年前被顾清伦带回中国的和平艾琳娜像和海马龙凤对戒、海马龙凤雕像，终于功夫不负有心人，在一次次寻访后，安娜女士找到了五件艺术品中的三件——海马凤戒和海马龙、凤雕像。而海马龙戒安娜女士却来迟一步，戒指被一个神秘买家买走，而拍卖会主办方拒绝提供买家信息。安娜女士猜测买走海马龙戒的人必定与顾清伦有关，因为只有知道海马龙历史的人才知道戒指的宝贵。于是安娜女士决定用海马龙像做诱饵，海马龙像的起拍价并不高，如果有人要买，她就会将价格抬上去，几轮过后其他的买家便放弃了，雷耿女士则自己拍下海马龙像。而这次当老人用两千万买下海马龙像时，雷耿女士就知道，他一定是买下海马龙戒的人，他一定知道海马龙像背后这段六百多年前的往事，甚至知道和平艾琳娜像的下落。所以在老人离去时雷耿女士就追了出去，果然，老人就是顾清伦所收徒弟的后人……

"原来是这样……"听完安娜女士的讲述，所有的谜团终于都被解开。

思薇拿出自己那枚有着海马龙的戒指递给安娜女士，安娜女士放在眼前品鉴了一下，说这枚戒指确实出自雷耿家族之手，应该是后来批量制作的其中一枚。安娜女士把戒指还给思薇，告诉我们在雷耿和瑞德克斯和解之后，海马龙、海马凤取代了之前两家的海马与龙和海马与凤，行销诸国，可惜在后来漫长的岁月中大多流失了。

脚步声和轮轴滚动的声音响起，思薇将戒指还给安娜女士。老人推着一个推车出来，车上的托盘里是一座女人的雕像。她的头顶戴着一个造型奇特的凤冠，右手托着一只白鸽，左手握着一根权杖，权杖的顶部有一颗明珠，明珠下是三只海马龙像。女神穿着明显带有希腊风格的长裙，而圆形的底座之上是翻滚的海浪。女神就被海浪托起，面容唯美，神色平和。

毋庸置疑，这就是顾清伦当年亲手打造的和平艾琳娜像。

而海马龙、海马凤像伫立左右，如两个忠诚的卫士一般守卫着和平艾琳娜。老人将推车停在我们的身边，我和思薇、安娜女士都凑过去，四个

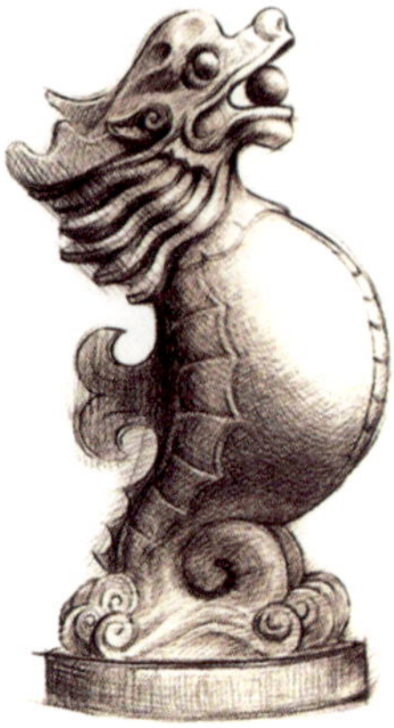

海马龙

海马凤

人围着这六百多年前的雕塑。

“这就是，艾琳娜……”我喃喃地说。艾琳娜，她不仅仅是一个名字，她还是一个希望……老人的话在我脑中浮现。我努力在雕像的细节上寻找着那些往事的痕迹。朦胧间，我在艾琳娜的身上看到了许多张脸——执着果敢的黎曦·瑞德克斯，自由不羁的李飞扬，清新可人的领主女儿……我静下心来，闭上了眼睛，耳边似乎听到了阵阵清脆的敲打声，是匠人在勤力地雕琢璞石？还是战场上的针锋相对，刀剑相向？这尊雕像就像是历史的录音机，记录下了四季更迭、沧海人间，同时也记录下了每个时代共同追求的希冀——和平。艾琳娜就这样绝世而独立，见证数代人心中的希望，并将其延续到了今天。

“可是……和平艾琳娜不应该是玉像吗？”思薇问，“按照顾先生故事中讲述的话。”

“我们家族的文献记载和平艾琳娜也是玉像，起码表面有一层玉膜，但我在中国找到雕像时玉膜已经不见其踪，我起初也怀疑这并不是顾清伦最初雕塑的和平艾丽娜像，但是当我触摸到雕像时，我确定这就是原品。”安娜女士伸出手，轻轻抚摸着人像。

“I can feel her heart beating. It seems like she’s breathing softly.”安娜女士轻声说道。

离开老人的家回到上海，我和思薇的内心久久不能平静。终于知道了事情的原委真相，终于知道了故事的结局，但我却没有一种尘埃落定的满足感，相反心里怅然若失，就这么结束了吗？

华灯初上，我和思薇漫步在街头。一路上我们对顾清伦的故事展开了激烈的讨论。我们都倾向于相信故事的真实性，尽管它听起来那么得不真实。“我觉得这个故事极有可能是真实的，但里面的细节不乏戏剧夸张的成分，故事不都是这样的么？”我说。

思薇知道我指的是李飞扬投炉后开玉，而现出的玉石竟然能变成流体，在地上流动着涌向顾清伦雕塑的人像，这分明是只有神话故事和志怪小说中才能出现的情节。

“未必。”思薇说，“在科学技术不发达的时候，人类会将当时不能解释的自然现象归结于鬼神之力，但实际上这些现象的背后都能找到科学的解释。”

“话虽如此，可玉石怎么可能变成液体。”我说。

“岩石都可以变成液体，称为岩浆，玉石为什么不可以？”思薇反驳。

“就算玉石也变成了岩浆，又怎么可能自己在地上有方向地流动，还专门流到和平艾琳娜像上，在上面镀了一层玉膜。你真的相信是李飞扬的灵魂融入了玉石之中，所以指引着变成液态的玉石流向和平艾琳娜像？”尽管这是这个故事最浪漫的部分之一，我也宁愿相信是真的，但显然这种浪漫主义只能存在于故事之中。”

思薇皱眉思忖了一下，“也许……”她说，“顾清伦眼里的玉石，其实并非玉石。”

“不是玉石？”

“你想想顾先生在故事中讲过，墨家的后人在荆山中寻得一处秘境，在秘境的岩壁上看到了大片的浮雕，记载着原来璞石是从天而降的陨铁，浮雕上还记载着一个巨大的碟形陨石……”

“碟形陨石……”我突然理解思薇说这段话的意思，不禁开口道：“你是说，那个碟形陨石其实是……是飞碟……璞石是外星文明的产物！”

思薇点了点头。

“你说得简直……”我不禁倒吸了一口凉气，“这比神话故事还要离奇！”

思薇皱着的眉头逐渐舒展开来，说：“我觉得这是唯一合理的解释。墨家宝玉根本不是玉，而是一种外星物质。至于这种物质是什么，比如一种可以在固态和液态之间转换的外星生物，或是像好莱坞电影终结者里的液态机器人，我们无从得知。但世界各地都有很多遗迹可能和地外文明有关，像英国威尔特郡索尔兹伯巨石阵，智利复活节岛石像，很难想象当时刀耕火种的史前人类可以建造如此宏伟的巨像。而且，顾先生故事里讲的，宝玉可以从固态变成液态，还能自主流动，现在的和平艾丽娜像上没有玉膜，很可能是后来宝玉自己流走了……我现在愈发觉得，墨家宝玉真的可能来自外太空。”

思薇情不自禁仰望星空，我也抬起头，今天天气很好，繁星满目。

“你说，为什么顾清伦最终没有和黎曦在一起，他当时毕竟和黎曦有婚约在身，如果依瑞斯和黎曦成婚，那是他把黎曦让给了依瑞斯？”我问。

“我觉得未必是让，”思薇说，“应该是成全。”

我明白思薇的意思，黎曦内心所爱应该还是依瑞斯，她对顾清伦只是感激之情。

“黎曦和依瑞斯的结合，不仅象征着雷耿家族和瑞德克斯家族联姻，也是对恩斯特·雷耿和鲁茜亚·瑞德克斯悲剧的修复。况且，我总觉得顾清伦最终带着戚凡的骨灰千辛万苦回到戚凡的家乡，是因为他最终接受了一个事实。”思薇继续说道。

“事实？”

“顾清伦确实曾经爱过黎曦，但最后，他发现自己其实爱的是李飞扬，在李飞扬牺牲自己换得璞石见玉的那一刻。而他也将李飞扬的衣冠冢和戚凡的骨灰合葬在一处，不仅仅是因为那里是李飞扬和戚凡的故乡，还因为他接受了，李飞扬在死前已经明白，戚凡才是她最终选择的爱人。”

听了思薇的分析，我突然感到一种巨大的悲鸣之感，唯有失去，才懂珍惜，唯有永不相见，才恨相见太难。

手机铃声响起，思薇拿出手机，我余光看见来电显示是 Henry，不知有意无意，思薇走远两步去接电话，我们中间拉开了数个人的距离，却以相同的频率前行着，我两手插兜沉默前行，而思薇举着电话有说有笑。和平常不同，此刻我的心里没有强烈的醋意，我很平静，心里有一种无畏的勇敢，敢做任何事。

我们走过了一个街口，思薇结束了和 Henry 的通话。几步过后，她又走到了我身边。我们并肩前行，一路无言。

气氛有点莫名其妙地尴尬，思薇刚想开口，我却停下了脚步，思薇走过两步也停下，转头疑惑地看着我，用眼神询问我为什么停下。

“思薇，”我深吸了口气，迎着她略带疑惑的眼神，平静地说，“我喜欢你，做我女朋友吧。”

我的表白毫无征兆，思薇愣住了，显然脑海里没有任何关于我会在此刻突然告白的预判。我平静地看着她，心里没有忐忑，没有紧张，就像是做了一道单选题，勾了一个答案，然后静静等着她批卷。

“李匠仁，你——”

“我没开玩笑，我是认真的。”我打断了思薇，“其实在意大利上学的时候我就喜欢你了，不是一见钟情，而是日久生情。我们一直是以好朋友的方式相处，我这边你是我的女哥们，你那边我是你的男闺蜜。我可以在你面前胡子拉碴不洗头，你也可以在我面前素面朝天不化妆。慢慢地，当我发现对你的感觉变了的时候，也明白你对我的感觉依然只是朋友。我们的关系已经变成了一种习惯，每当我想要打破这种习惯的时候，我都感觉到一种巨大的阻力。我没有勇气，因为我知道你对我并无其他的感觉，而一旦我告白，我们这种日常的关系一定会发生改变，到那时如果做不了恋人，就连好朋友都做不了了。”

听了我的话，思薇许久没有作声，她低着头，而我平静地看着她。

我不想再逃避了。

大概五分钟后，思薇抬起了头，我感觉这是我人生中最漫长的五分钟。

“其实我感觉到了。”思薇说，“你对我感觉的变化。我只是不确定，我以为是我多想。其实我有考虑过，万一有一天你向我告白，我该怎么办。只是没想到这一天终于来了，而且来得这么突然。”

思薇说到这里，我已经知道了答案。

“对不起李匠仁，我真的希望我们一直是好朋友。”思薇深吸了口气，说出了她曾经演练过的话。

我不自觉地点了点头，然后转身离去。

思薇在身后叫住了我。

“为什么你忍了四年都没有说，今天突然讲出来，是因为Henry吗？”

“不，”我边走边答道，“是因为顾清伦。”

我走过了一个街角，然后停下脚步回头看了看，思薇并没有追来。

思薇没想到我会这么突然地告白，其实我自己也没有想过。只是当看见思薇手机上Henry的来电显示时，突然觉得我应该告诉思薇了。

毕业回国这几年，我到底在做什么？

和喜欢的姑娘同住一个屋檐，却只敢以男闺蜜的身份陪伴。

从小的梦想是成为一名有自己品牌的设计师，最后却只是进了一家设计公司成了设计狗。

爱情和梦想，看着很近，离得都很远。

想到这里，我不禁自嘲般地笑了笑。

因为预料到向思薇告白会是现在的结果，暗恋的一方主动挑明，日常的平衡被打破，谁都无法假装什么都没有发生，曾经建立的友谊已经变质，我不仅没有多一个爱人，还失去了一个朋友。

一个最重要的朋友。

但如果不说呢？一直这样暗恋下去，直到有一天看她嫁给别人？

我并不想做你的好朋友，我只想做你的男朋友。

也许是时候该做些改变了。

周一，我向公司提交了辞呈。

我提出得太突然，Sam、Lily惊讶无比，起初他们以为我是在开玩笑，在发现我是认真的之后，连连追问我辞职的原因，我却觉得自我的感受太过私人和复杂，不愿和他们做过多的解释，人事那边极力挽留，很快大洋彼岸的老板也得知了消息，Henry接了老板的越洋电话后，约我详谈。

在Henry的办公室里，我们隔着一张办公桌，我神色平静，Henry看起来有些烦躁。

“为什么突然提出辞职？”Henry问。

“世界很大，我想去看看。”我回答。

Henry愣住了，显然没有料到我会用如此“网红”的回答答复他。

下一刻Henry站起身来从我身边走过，将百叶窗放下，然后转身回到自己的座位坐下。

“是因为Jade吗？”Henry突然问。

我觉得Henry的问题有些可笑，表情上也不自抑地表现了出来。

“和思薇有什么关系？”我反问。

“现在这里只有我们两个人，我们不妨打开天窗说亮话，我知道你和Jade是室友，我也知道你一直喜欢Jade，所以我和Jade的事情你应该也知道。另外这次珠宝大赛，最后没有用你的方案，我想你可能心有不满。”

“你知道我一直喜欢Jade？”

“其实大家都看得出来，只是Jade‘不识庐山真面目，只缘身在此山中’吧。”Henry说。

“好吧，我确实喜欢思薇。但我辞职和思薇关系不大，我只是有自己想要做的事情。另外珠宝大赛的事情，你不用我的方案是对的，因为我做得并不好。”

Henry挑了挑眉毛，没想到我会这么说。

但我又补充道：“不过说实话，你的方案也不怎么样。”

Henry愣住了，更没想到我这次的回复。

“我都要走了，也不介意说句实话了，你说对吗?”说完这句话，我起身离开。

辞掉了工作，我也搬出了和思薇合租的房子。

我告诉她一切都好，我只是需要一点时间，去做自己的事情。

我在别处租了一套一居室，把自己的行囊都堆了进去。

然后我在桌子前，摊开设计纸，上面是那夜我画下的有关海马龙与海马凤的图稿。只是那时我还不知道故事的结局，而现在，和平艾琳娜、海马龙戒、海马凤戒我俱已见过。

这才是，我想做的事情啊。

我拿起笔，仿佛年幼时的理想又回来了。

接下来的一个月我过得简单而狂热。拒绝一切邀约，拒绝闲聊，每天废寝忘食地扑在以海马龙为主题的珠宝设计上。每次入眠时我几乎都会梦见在六百多年前的维尼亚，在瑞德克斯的工坊里，我看见顾清伦一个人雕刻以黎曦为蓝本的人像，神情专注如岩石隽永。我看见海马龙戒和海马凤戒在顾清伦的手下慢慢成型，他的皱纹一条条增多，他的头发一根根变白，但每当他注视着人像和海马龙凤戒时，他的嘴角会弯出微笑，眼睛里也漾满了温柔。而在梦醒之后，我摊开图纸，明白我所做的并不是简单的珠宝设计图，我笔下的虽然是画面，但在我的心里，是对这个发生在六百余年前的故事的感动。

沉浸在创作中的时候，时间过得缓慢而飞速，在一笔一划，一遍又一遍修改设计稿时，每一个卡住的地方都让我觉得时间仿佛走入了一个无法前进的死胡同。我觉得自己似乎一直在时间的罅隙中打转，但是日落月升却成了我眼前的常态，就是那种一睁眼天亮了，再抬头天就黑了，中间的时光在经历时漫长无比，过去时又如白驹过隙。在这种矛盾的状态里，我完成了以海马龙、海马凤为主题的设计初稿。

像是结束了一场酣畅淋漓的篮球比赛，虽然气喘吁吁，心情却因运动分泌的多巴胺而愉悦不已。我冲了一个澡，躺在沙发上静静思考，算算日子发现自己竟已足不出户一月有余，日常三餐基本也是外卖解决，这段日子里唯一能说上话的就只有外卖小哥。之前沉浸在设计之中，如今终于游上了岸，突然很想出去转转，看看阔别已久的滚滚红尘。

出门时暮色四合，我打了辆车来到徐家汇，走出车门外面已是皓月当空。这里是上海著名的商区，灯火辉煌，车水马龙。我一个人漫无目地在大街上走着，呼吸着初秋略微清冷的空气，周遭的一切繁华又陌生，我静静走着，漫无目的，不知不觉走进了一处商区的步行街里，和一对又一对牵手的情侣错身而过，这一刻我脑海里突然浮现出了思薇的样子。心里没来由地一痛，像是被突然捅了一刀一般，来得毫无征兆。我本以为自己已经接受了一切，就像顾清伦接受了黎曦始终爱的人是依瑞斯。不知道顾清伦在想起黎曦的时候，心里会不会也如我这般突然一痛。我想起那夜我们从昆山听完故事返回上海，思薇说她觉得顾清伦最后发现自己喜欢的人变成了李飞扬。然而想到顾清伦一生未娶，就知道他心里最后装着的无论是黎曦也好，李飞扬也罢，他到死都没有忘记那个人。

如果思薇嫁作他人妇，恐怕我也一直不会忘记她吧。

就像意大利著名导演托纳托雷的那部电影《西西里的美丽传说》中结尾主角的那段独白：时光流逝，后来我爱上过许多女人，当她们紧紧拥抱我时，都会问我会不会记住她们。我都说会的，我会记住你。但唯一我从来没忘记的，是一个从来没有这样问过我的人。

想到这里，我嘴角不自觉挤出一个落寞的笑容，因为这段话真的是，太悲伤了。

然而立刻，一个不可思议的巧合发生了，因为我看见了思薇，就在不远处，而她旁边的人，是 Henry。

我愣住了，站在原地，呆若木鸡，痴痴地看着不远处的思薇和 Henry，两人并肩坐在一个花坛边上，Henry 在不停说着什么，而思薇却是一副意兴阑珊的表情。自从离开公司，搬出和思薇合租的房子，我就再也没有见过思薇，这一个月来我连微信都极少用，也不翻朋友圈，思薇从来没有联系过我，我是从来没有和任何人联系过。我从思薇的生活里消失了一个月，而现在我在大街上碰见她，和那个一直在追求她的 Henry 在一起的她。

他们应该在一起了吧。

我难过地想到。

过去打个招呼吗？我问自己。

自取其辱！我回答自己。

那还是走吧，趁着还没被对方发现，否则实在是尴尬至极。

想到这里，我觉得内心无比难受，这一个月来沉浸在创作中的乐趣顷刻间被瓦解掉，我感觉心里有了一个洞，而这个洞在不断地变大，似乎最终会将我吞噬一般。商区广场附近的高楼大厦此刻就像一个牢笼，而我只想快点离开这里。

我突然感到鼻子一酸，眼睛湿润，喉咙很堵，我深呼吸了一口气，用呜咽压抑住了哭泣。

“李匠仁！”听见有人叫我，但几乎是条件反射，我心里一个咯噔。虽然已经有一个多月没有听见她的声音，但此刻她在这里，而我熟悉她的声音。

我向思薇的方向望去，发现她已经站了起来，也在望着我。

Henry 当然也发现了我的存在，他站起来走了一步到思薇的身边，同样注视着我。

我看了看思薇，又看了看 Henry，我低了低头，转身离去。

眼泪终于不争气地夺眶而出。

但我努力可以控制住自己不要夺路而逃。

已经走得很落寞了，就不要再走得很落魄了。

尽管如此，我还是不禁脚下加快，我仿佛暂时失去了听觉，周围的一切都静悄悄的，像是死寂的坟墓。两边林立的商铺此刻好像悬崖绝壁，而我身处峡谷之中，我看到脚下道路的尽头是一条横着的马路，车辆如光般在上面一辆一辆驶过，那里是尽头也是出口，是我走出峡谷逃出生天的路。

我刚想再加快脚步，突然被人从身后一把抱住，我愣住了，低下头看见那双白玉般的手，我能感受到她的头靠在我的背上，随着呼吸靠近又疏远，我能闻到她身上惯用的茉莉花香的香水味，周围的寂静仿佛如潮水般退去，我又能听见人来人往的繁华热闹，当然还有她的心跳声，因为此刻是我们认识以来彼此心脏距离最近的时刻。

我好希望此刻是时间的终点，我好希望此地是世界的尽头。

终　章

后来，思薇告诉我，事实上在我离开的这一个月里，她经常想起我，起初她以为只是不习惯，也许过几天习惯了就不想了，然而就算她可以在白天用工作填满自己，可是在入睡之后的梦境中却总是梦见我。梦见我们曾经在学校的时候，一起上课、吃饭、看秀、做作业。梦见我们一起来到上海，在同一家公司做设计师，在同一间屋檐下做室友。我们在一起吃了数不清的饭，看了不以计数的电影，做过很多有笑有泪的案子，我们一起生活，并肩奋斗，她以前一直觉得我有些幼稚，不像是即将三十而立的人。可后来她突然发现幼稚有时候是孩子气，有时候其实是少年感，她意识到我的内心一直住着一个不曾长大的小男孩，而那个小男孩身上所有的优点，却是如今大部分的男人都失去的东西。

我们不想长大，却被时光洪流胁迫着长大。有多少人最终变成了自己所不喜欢的人，不知道他们有没有在自己的心里留下一块藏着初心的净土。我身上所有的弱点，Henry 身上都没有，他比我成熟，比我自律，比我更懂人情世故，他就像一个现代工业社会精心雕琢打磨出来的精品，所有的指标都符合产品的黄金比例。而我不一样，思薇说我就像山间的清泉，无味却凛冽；像田园的野草，杂乱却生猛。

我从来没有想到在思薇的眼里我会得到这样的赞誉，终于明白了什么叫作“情人眼里出西施”的道理。我记得以前听过一句话，叫做情人和朋友的区别就在于，你展现在情人面前总是最好的一面，而你可以在朋友面前展现不好的一面。而事实上，所有的事情都是有两面性的，我喜欢你，我看到的就是好的一面；我不喜欢你，我看到的就是不好的一面。我想当思薇开始发现我的幼稚同时代表着我内心里住着一个纯真的小孩时，她发现自己其实也喜欢着我。

但她依旧没有主动联系我，因为她曾经一直认为自己对我没有爱情，只有友谊。而在我出走的这段时间里 Henry 自然是对她穷追猛打，然而 Henry 追得越紧，她却越有一种想要逃的感觉。

总要有一件你不爱做的事情，告诉你喜欢做的事情是什么。也总要有一个你不喜欢的人，告诉你喜欢的人是什么样子。终于，在她已经到临界点的时候，我出现了。

我带思薇来到我闭关创作的地方，向她展示我“失踪”的成果——海马龙为主题的珠宝设计。思薇看了之后罕见地对我赞不绝口，我们聊到了之前在公司为了参加比赛的那些作品，思薇说当时我尝试的东西方元素融合是生堆硬凑，而现在的设计可以被叫做水乳交融了。

我说从马可·波罗到雷耿和瑞德克斯始祖，再到顾清伦、黎曦、依瑞斯，我现在也是站在巨人肩膀上的人了。思薇问接下来准备做什么，我说想休息一阵再找工作，另外想再去拜访一下老人，如果不是他给我们讲顾清伦的故事，那么我不会下定决心面对我的生活，无论是事业还是爱情。

说到爱情的时候，我抬起头看着思薇，她也看着我，我觉得她的双眼特别明亮，像星辰。

翌日，我和思薇带着设计稿前往昆山拜访老人。老人开门时看见我和思薇手挽着手，他的目光在我们二人紧扣的双手上停留了一瞬，然后嘴角流露出一丝微笑，老人请我和思薇进去，问了我的近况，我如实相告。我拿出设计稿给老人看，并向他表示了感谢，让我得以有机会和久远时空中的那些工匠大师产生某种联系。当然更重要的是，让我认清了自己的生活并有勇气遵从自己的心意。

老人细致地看完设计稿，并没有评价，而是陷入了沉思。许久之后，老人抬起头，对我说："你知道我为什么要给你讲顾清伦的故事吗？"

我和思薇都愣了一下，好像从来都没有仔细思考过这个问题。

"还记得你第一次见我的时候说了什么吗？"老人又问。

我的思绪回到了第一次见到老人时，那是父亲让我去给钱教授送东西，然后在钱教授家偶遇了老人，之后我一路尾随跟踪老人，看他上了一辆车，就打了一辆出租车跟着他。在追上老人后，我给他详细解释了事情

的原委和经过，我记得当时自己越说越激动，好像还说了一些我一路走来的心路历程什么的，如今想起来也是冒失，不知道自己当初为何会跟这个初次见面的老人说那么多自己的心事。

“看你的样子应该已经回忆起来了。”老人没等我开口便说道，“你对海马龙像好奇，对思薇的海马龙戒指好奇，对拍卖会上发生的竞价好奇，包括对我好奇，这些都是人之常情，是人都有求索之心。但我并不会为了满足世人的好奇而说出祖上的故事，我告诉你顾清伦的故事，其实是因为你不仅问了和他有关的事情，你还说了你自己。我看到了你从小对设计的热爱和坚持，我看到了你对思薇的喜欢和隐忍，你让我想到了顾清伦和戚凡，戚凡跟着李飞扬却从来不敢表白，因为他害怕失败，可他一直跟着李飞扬，因为他更害怕失去她。你跟我说了当时珠宝大赛比稿的困惑，你想将东西方元素结合，设计出有东方特色的珠宝样式，但你觉得自己只有方向，却没有道路，所以迷茫困惑。我跟你讲顾清伦的故事，是因为他在六百多年前也做了同样的尝试。我想也许这个故事可以给你启发，帮你拨开眼前的迷雾，去到你想去的地方。”老人将设计稿放在桌上，“现在我觉得你已经上路了”。

我刚想回话，响起的门铃声却打断了我，思薇起身去开门，来人是安娜女士。

老人将我的设计稿递给安娜女士，她细细看完之后，问我：“都是你设计的吗？”

“是我设计的，用了一个月的时间，我知道还有很多地方不够完美。只是终于完成了初稿，算是告一段落吧。”我说，“还是要多多感谢你们让我知道了有关海马龙的故事，因为我知道这个纹章背后是数千年的历史，所以有一种站在巨人肩膀上的感觉。”

安娜女士将设计稿还给我，“非常不错，接下来你有什么打算？”

“我想自己应该还是会再去找一份设计师的工作吧。”我老实回答，听了我的话，老人，安娜女士和思薇都忍不住笑了起来。

“你真是这么想的?”思薇笑着问。

“是啊，就像是找回了小时候刚学画时的感觉，没有什么别的想法，我就是有一个想要画出某样东西的心动。”我说。

老人和安娜女士对视了一眼，然后两人去了书房，似乎是有什么事情要商量，大概过了一刻钟，老人和安娜女士推着一个推车从房间出来，推车上的托盘里放着和平艾琳娜和海马龙凤双戒。

“我从你的设计初稿里看出了你的天赋，这样吧，由我和安娜女士投资，我们帮你和思薇建立一个珠宝品牌，以海马龙凤为主题，你觉得怎么样?”

老人此话一出，对我来说自然是惊喜，思薇则有些惊奇，“还有我吗?”

“顾清伦没有黎曦和李飞扬的帮助，也无法打造出和平艾琳娜。黎曦和依瑞斯也是通力合作，才打造出了海马龙凤对戒。你们一男一女，阴阳互补，一个中国人，一个外国人，中西合璧。我知道你们都是非常优秀的年轻人，一定可以发挥一加一大于二的力量。”

我看了看老人，又看了看安娜女士，发现两人并非说笑，似乎是认真的。

老人又说：“海马龙凤双戒，和平艾琳娜像，都制作于六百余年前，我希望你们可以用现代人的视角和工艺，将海马龙凤双戒中所承载的真爱，将和平艾琳娜所承载的包容、和平在如今的世界中延续下去。无论时代怎样变迁，科技如何进步，但是人与人之间的情感，人类追求和平的心愿是不会变的。我在你的初稿之中已经看见了你在这方面的努力和效果，但是正如你所说，这只是初稿，还有很多不完善的地方。你能自发地画出这些设计稿，说明你内心是认可和热爱这个故事的，我相信你能做好。”老人说完，将海马龙戒递给我，而安娜女士则拿出海马凤戒递给思薇，“我要跟着安娜去一趟欧洲，拜访一下如今的雷耿家族和瑞德克斯家族。海马龙凤双戒与和平艾琳娜像我们都留下供你们研究，这里我也不常住，就先免费借给你们作工作室吧。具体的事情，让小张和你谈吧”。

听到这里，我确定老人和安娜女士是认真的，由于太过突然，我和思薇毫无准备，两个人都愣住了。老人是顾先生唯一的徒弟的后人，安娜女士是那个传奇家族雷耿家的后裔，现在他们竟然愿意相信我这个和他们非亲非故的年轻人，支持我实现我的梦想。

我和思薇低头看了看彼此手中的戒指，又抬头看了看对方。

一年后，9 月 9 日，昆山御珑宫廷广场。

历时一年，我和思薇经过了无数的讨论、争执、磨合，终于做出了让我们彼此都满意的设计。根据顾先生和安娜女士留给我们的海马龙凤双戒，我们加入了很多现代时尚的元素，除了两款婚戒之外，还设计了尾戒、项链的方案。另外我们将海马龙像、海马凤像再丰富加工，独立制作成玉雕。我将设计样章邮件给在欧洲的顾先生和安娜女士，他们看过后也赞不绝口，在他们的帮助下，我和思薇成立了工作室，完成了海马龙系列

在中国大陆的版权，商标注册等事宜。而在今天，9月9日，我们准备在御珑宫廷的“9·9真爱节”上，宣布我们的工作室正式成立，并举办海马龙系列珠宝品牌的发布会。

此时我难得地西装革履，思薇一如既往地明艳动人，今天发布会邀请了很多业内的媒体朋友，而以前公司的同事Sam、Lily也赶来祝贺。我们在后台有说有笑地聊着，Sam说我真是君子豹变，失踪一段时间原来是在秘密积攒大招，还怪我辞职时不告诉他真相。我实话相告当时辞职时并无任何计划，只想找一个安静的地方开始海马龙系列的设计，至于后面的贵人相助，对我真的是意外之喜。Lily打趣说后面的美人相爱也是意外之喜吗？

“那不是意外之喜。”我说。

“哦？那是什么？”Lily问。

我又看了一眼思薇，我俩都羞赧地笑了起来。

“是天意。”我说。

Sam和Lily都打了个哆嗦，连说好酸好酸，我们都大笑起来。这时顾先生和安娜女士来后台找我们，我为他们一一引见介绍。

“外面准备得差不多了，你们紧张吗？”顾先生问。

“老实说有一点。”我坦然承认，这是我第一次从幕后走到台前，“不过看着我们努力了一年的成果就要展现在大家面前，又激动又忐忑。”

思薇过来握住我的手，她的手微微用力，帮助我安定下来。

顾先生拍了拍我的肩膀以示鼓励，他看着一旁推车上的海马龙凤双戒、海马龙与海马凤雕塑，我看着他的眼睛，总觉得他心里此刻有着千言万语，但最后他却也只说了一句：“走吧，该开始了。”

我和思薇牵手上台，今天台下来了不少亲朋好友，此刻都在起哄尖叫，主持人给我们递来话筒，开始向大家介绍我们。到我发言时候，我看着满场的目光，一时有点恍惚，在我还是小孩子的时候，曾经幻想过长大了以后，会有一个属于我的时刻，而现在，我终于处于这个时刻之中。

我回头望了望，我的身后是一座巨大的幕布，在这座幕布后隐藏了一个环节，按照流程我将在演讲结束后揭晓这个环节。我环顾了一下台下黑压压的人群，咽了口口水，开始了我的讲述。

“大家好，我是李匠仁，在我旁边的这位外国友人是我的搭档 Jade。她有一个中文名字，是我为她取的，叫思薇。我们在意大利里亚奇工艺美术学院是同学，毕业后她被我‘诱拐’来中国，和我一样成为了一名珠宝设计师。”

“我从小就对手工兴趣很大，别人家的孩子都喜欢买变形金刚的玩具，而我喜欢买橡皮泥自己捏变形金刚。别人家的孩子梦想长大了以后成为科学家、作家、外交家，而我希望自己以后可以成为一个工匠，一个手艺人，一个可以把自己脑海中的想象变成实体的人。今天我有幸可以站在这里，我要感谢的人很多，这些感谢都发自内心，我就不多说了。但以下几

个名字，我却必须说出来，如果没有他们，我不可能站在这里，也不可能有这场发布会。”说到这里，我深吸了口气，和思薇对视了一眼，她冲我点了点头。

“感谢顾清伦、李飞扬、戚凡、黎曦·瑞德克斯和依瑞斯·雷耿。”

“我知道大家一定很好奇这些名字，他们是谁，我又为什么要感谢他们。这是一个漫长的故事，跨越六百多年的时空。恕我无法在今天的场合给大家诉清因果。希望以后有机会可以将他们的故事讲给大家听，因为所有有关海马龙系列的一切，某种意义上都是他们的遗产。我很幸运，成为了牛顿口中那些站在巨人肩膀上的人。接下来是我们的展示时间，请我的搭档思薇来为大家展示海马龙凤对戒，以及海马龙、海马凤的玉雕。”

礼仪推着一辆推车上来，上面陈列着的便是我和思薇这一年来的心血，但我知道这更是顾清伦他们在那个时代的结晶。我们继承了前人的遗产，并融入了我们这个时代的审美。

思薇开始跟大家细致地讲述我们的设计理念，剖析那些微小的细节里所隐含的深意。我站在台上，思绪却不可阻挡地飘出了展台之外，穿过了久远的时空。那个时候的顾清伦一定不会想到，在六百多年后的二十一世纪，他的作品会被传承下来，并在李飞扬和戚凡的故乡以全新的姿态和世人见面。

思薇的解说完毕，现场的掌声将我的思绪拉回了台上，我接过思薇的话筒，静待着掌声停下。

“谢谢思薇细致的讲解。在这里我也要感谢‘9·9真爱节’可以给我们这个契机，让我们在这个以传递真爱、情感的舞台上向大家发布我们的作品。另外，我们还有一个特殊的礼物要展示给大家。”

我挥了挥手，身后的幕布落下，巨大的和平艾琳娜像出现在身后。

“这座雕像的名字叫做和平艾琳娜。艾琳娜取自一个久远的贵族少女的名字。在这里感恩顾先生所做的一切。而这座广场，从此以后也将命名为和平艾琳娜广场。包容、胸怀、真爱、和平是我们的主题。如果大家知道艾琳娜背后的故事，相信诸位会对此更有感触。”

说完这些话，我深吸了一口气。

因为接下来，我还有一件必须要做的事。

我的心跳开始加速。

我从展台上拿起海马龙戒指，戴在自己的无名指上。

再拿起海马凤戒指，面对思薇，单膝下跪。

“思薇，你愿意嫁给我吗？”

图书在版编目(CIP)数据

海马龙:马可波罗·600年前·人文遗产/马龙,魏天一著.--上海:上海三联书店,2021.7
ISBN 978-7-5426-7085-4

Ⅰ.①海… Ⅱ.①马… ②魏… Ⅲ.①长篇小说-中国-当代 Ⅳ.①I247.5

中国版本图书馆CIP数据核字(2020)第122652号

海马龙:马可波罗·600年前·人文遗产

著　　者/马　龙　魏天一

责任编辑/殷亚平
装帧设计/徐　徐
监　　制/姚　军
责任校对/王凌霄

出版发行/上海三联书店
(200030)中国上海市漕溪北路331号A座6楼
邮购电话/021-22895540
印　　刷/上海展强印刷有限公司

版　　次/2021年7月第1版
印　　次/2021年7月第1次印刷
开　　本/640×960　1/16
字　　数/250千字
印　　张/20.25
书　　号/ISBN 978-7-5426-7085-4/I·1639
定　　价/88.00元

敬启读者,如发现本书有印装质量问题,请与印刷厂联系021-66366565